下

近衛 龍春

毎日文庫

島津は屈せず【下】

—目次—

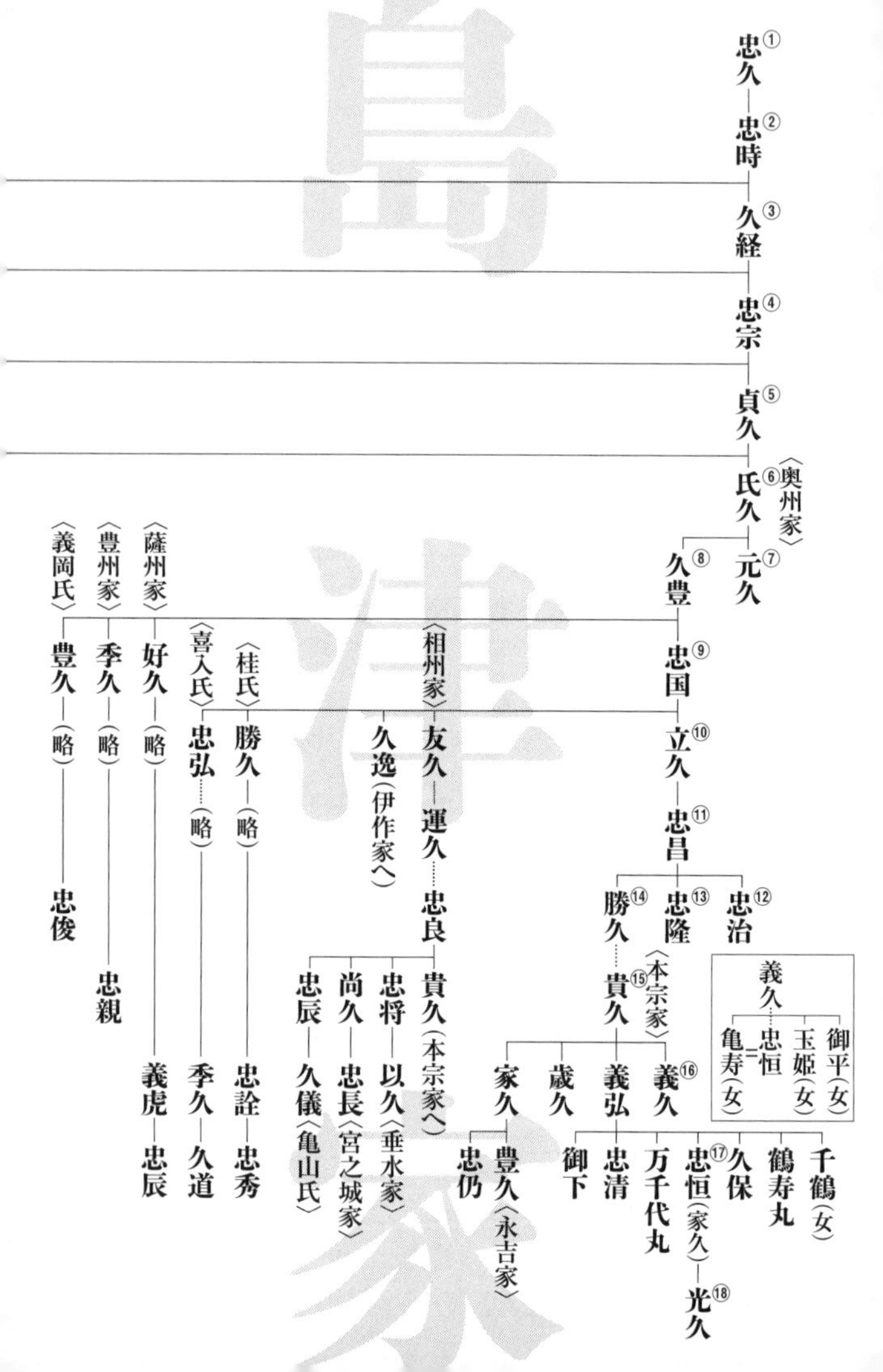
島津家
忠久①
忠時②
久経③
忠宗④
貞久⑤
氏久⑥〈奥州家〉
元久⑦
久豊⑧
忠国⑨
立久⑩
忠昌⑪
忠治⑫
忠隆⑬
勝久⑭
貴久⑮〈本宗家〉
義久⑯
義弘
歳久
家久
千鶴（女）
鶴寿丸
久保
忠恒⑰（家久）
光久⑱
万千代丸
忠清
御下
豊久〈永吉家〉
忠仍
義久
御平（女）
玉姫（女）
忠恒
亀寿（女）
友久〈相州家〉
運久
忠良
貴久〈本宗家へ〉
忠将
以久〈垂水家〉
尚久
忠長〈宮之城家〉
忠辰
久儀〈亀山氏〉
久逸（伊作家へ）
勝久〈桂氏〉
（略）
忠詮
忠秀
忠弘〈喜入氏〉
（略）
季久
久道
好久〈薩州家〉
（略）
義虎
忠辰
季久〈豊州家〉
（略）
忠親
豊久〈義岡氏〉
（略）
忠俊

略系図

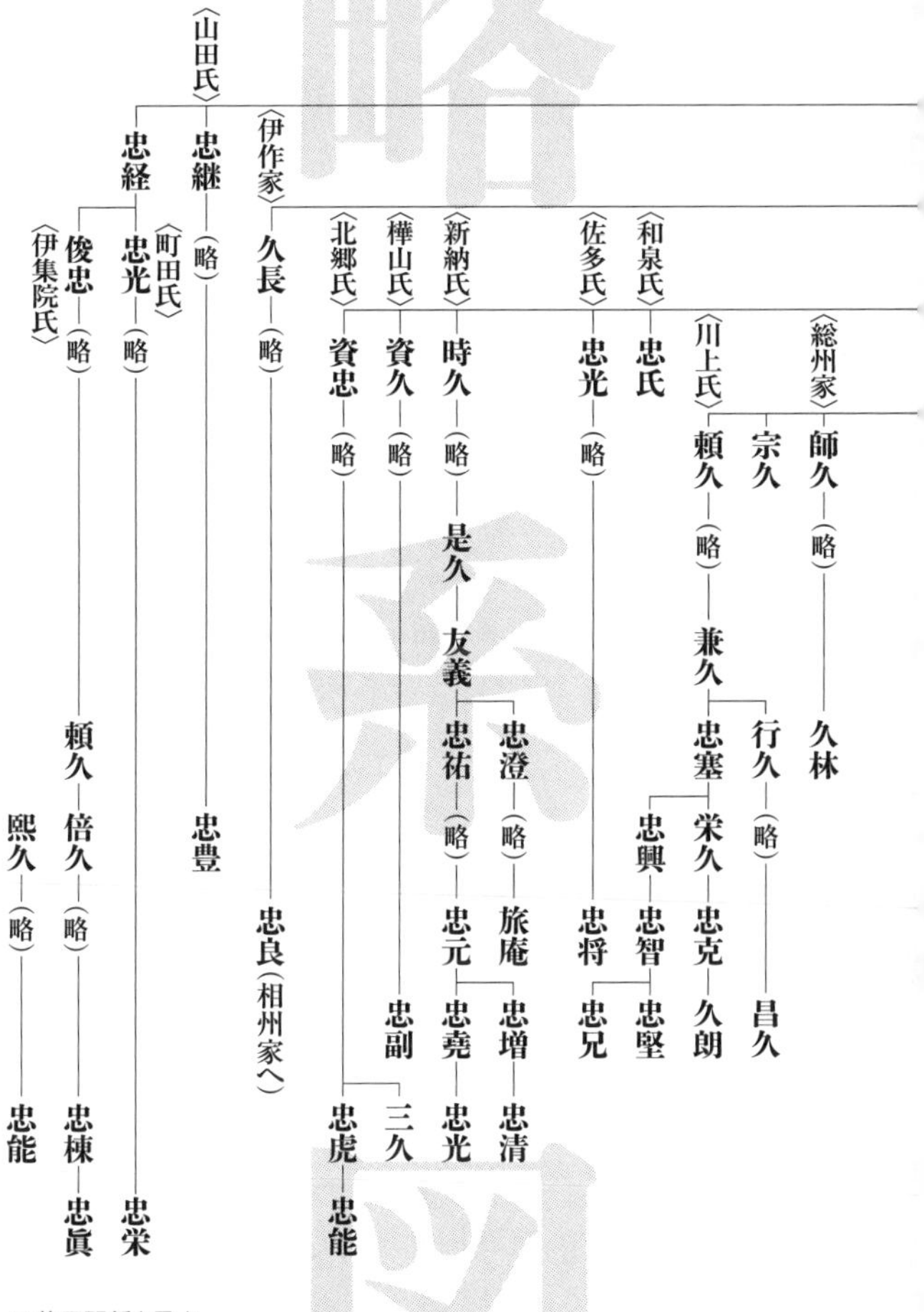

…は養子関係を示す。
『島津氏正統系図』『新訂寛政重修諸家譜』『群書系図部集』
『系図纂要』『裂帛島津戦記』など参考

墨絵　茂本ヒデキチ
装幀　岡 孝治

島津は屈せず【下】

第八章　東西選択

一

島津家が庄内で泥沼の内戦を繰り広げている間、上方《かみがた》でも戦雲が空を覆《おお》いだしていた。戦《いくさ》の雲は自然発生ではなく、人為的に造り出されたもの。張本人は年寄衆《としよりしゅう》筆頭の徳川家康であり、補佐する人物は佐和山《さわやま》城に隠居した元奉行の石田三成《みつなり》であった。

過ぐる慶長《けいちょう》四年（一五九九）八月上旬、年寄衆の一人・上杉景勝《かげかつ》は滞《とどこお》っていた国許《くにもと》の整備を進めるため、会津の鶴ヶ《つるが》城に帰城した。景勝は前年の三月に旧領の越後から移封したばかりで、半年も経たぬ間に秀吉が死去したので急遽《きゅうきょ》、上方に上った。移封にあたり秀吉からは向こう三年の間、在国が許されているので、正式な取り決めに基づいての帰国であった。

上杉景勝が帰城したのち、家康は同じ年寄衆の前田利長《としなが》を説いて加賀の尾山《おやま》（のちの金沢）城に帰国させた。毛利輝元《てるもと》とは父兄、兄弟の契《ちぎ》りを結んで籠絡《ろうらく》し、宇喜多秀家《うきたひでいえ》には、それとなく手を伸ばした。

九月七日、家康は伏見から大坂城に赴《おもむ》いて、備前島にある旧石田屋敷を宿所とした。間もなく増田長盛《ましたながもり》が来訪して、前田利長が黒幕として指示し、浅野長政、大野治長《はるなが》、土方雄久《ひじかたかつひさ》が家康の暗殺を計画していると告げてきた。

暗殺の噂の流布《るふ》は弱腰の前田利長の尻を叩《たた》き、家康と対抗させるように仕向けた、あるいは亡き利家の跡継ぎとして頼りになる人物か確かめるための石田三成、嶋左近《しまさこん》主従の策だという。

家康は暗殺計画を利用した。

九日、家康は厳重な警戒をして大坂城に登城《とじょう》し、秀頼《ひでより》に会って節句を祝った。

翌十日には兵を率いた次男の結城秀康《ゆうきひでやす》を伏見から呼び寄せたので、大坂は瞬《また》く間に騒然とした。

十二日、家康は奸賊《かんぞく》の動きを見るという名目で大坂城内にある三成の兄・正澄《まさずみ》の屋敷に入り、未亡人となった秀吉の正室・北政所《きたのまんどころ》に接触。

この一月まで北政所は本丸に住んでいたが、一月十日、側室の淀ノ方《よどのかた》と秀頼が伏見から移り住んできたので、西ノ丸に退《ひ》いていた。家康は西ノ丸から退去することを北政所に説《と》き、九月二十七日、自身は空いた同丸に入り、ここに天守閣を築いて本格的に政務を執るようになった。

西ノ丸を退いた北政所は、静かに秀吉の菩提《ぼだい》を弔《とむら》うために都の三本木《さんぼんぎ》に移り住んでいる。

十月二日、家康は、暗殺の企《くわだ》てに名を列《つら》ねた三人、大野治長を下総《しもうさ》の結城家に、土方雄久を常陸《ひたち》の佐竹家に預け、浅野長政を武蔵《むさし》の府中に蟄居《ちっきょ》させた。

三日、惟新《いしん》は大坂を訪れ、家康に庄内の乱における島津家支持の礼を述べ、周囲の様子を窺《うかが》った。

十一月二十日、出羽《でわ》・角館《かくのだて》城主の戸沢政盛《まさもり》が会津に不穏な動きがあると家康に報《しら》せた。道を広げ、武器を集め、浪人を雇っているとのこと。上杉家にすれば加増された新領の整備ならびに軍備増強するのは当たり前であるが、難癖をつけるにはもってこいの情報である。政盛は徳川家の重臣・鳥居元忠《もとただ》の娘婿《むすめむこ》である。

この冬、家康は先の暗殺計画を豊臣家に対する謀叛《むほん》とし、前田利長に嫌疑をかけて加賀征伐を号令。前田領と隣接する小松の丹羽《にわ》長重《ながしげ》に討伐の先鋒《せんぽう》を命じた。

寝耳に水であった前田利長は、すぐさま宿老《しゅくろう》の横山長知《ながとも》を大坂に向かわせ、申し開きをしたが、家康は聞かない。威圧を受け、遂に年寄衆の前田家は徳川家に屈し、利長の母・芳春院《ほうしゅんいん》を人質として江戸に送ることで討伐は取《と》り止《や》めになった。実際に芳春院が江戸に下向するのは、翌年の五月二十日のことである。

前田家に圧力をかける最中、家康は宇喜多家にも手を廻《まわ》した。

宇喜多家は梟雄《きょうゆう》と恐れられた先代の直家《なおいえ》が、暗殺、毒殺、謀略《ぼうりゃく》等を駆使して版図《はんと》を広げ、独立独歩を貫こうとする国人衆《こくじんしゅう》には高禄を与えて麾下《きか》にしてきた。そのため宇喜多家中は忠義心が薄く、禄高こそ全てであるという、戦国武士の典型のような者たちの集団であった。

宇喜多秀家の正室は秀吉の養女となっていた前田利家の四女・豪姫《ごう》である。

中村次郎兵衛《じろべえ》は豪姫付の家臣で、行政能力の高さから、若い秀家は次郎兵衛を多用した。これが平穏な時代ならばうまく機能したのであろうが、宇喜多家は豊臣政権において、飽《あ》くことない戦《いくさ》と城普請《しろぶしん》に狩り出された。秀吉の養子にもなったことのある秀家は、秀吉の親族衆として上方で茶、狂言、能等に遊興費を湯水のごとく使わされたので財政は逼迫《ひっぱく》して、領内は乱れた。

経済的な荒廃、農業経営の不振、強制的な検地による不満、キリスト教と法華教《ほけきょう》の宗教対立が絡《から》み合い、家中は豊臣政権と同じように官僚派と武闘派の二派に分裂した。

官僚派は長船綱直《おさふねつななお》、浮田《うきた》太郎右衛門、中村次郎兵衛、寺田道作《みちなり》ら。武闘派は浮田詮家《あきいえ》（のちの坂崎直盛《なおもり》）、戸川逵安《みちやす》、岡家俊《いえとし》、花房正成《はなふさまさなり》、山田兵左衛門《ひょうざえもん》らである。

初秋に官僚派筆頭の長船綱直が死去すると、中村次郎兵衛が弾劾《だんがい》された。既に秀吉も前田利家も亡く、前田家の影響力は弱まったからである。次郎兵衛は、財政難を解決するために、家士《かし》の秩禄《ちつろく》を減らそうとしたので、怒った山田兵左衛門が次郎兵衛の用人《ようにん》・寺田道作を殺害した。

流血を機に戸川逵安、浮田詮家、岡家俊、花房正成、楢村監物《ならむらけんもつ》、中吉與兵衛《なかぎりよべえ》らは、備前島を訪れて秀家に訴え、中村次郎兵衛の成敗を迫った。

寺田道作に続き、妻の家臣を斬らせては恥の上塗り。宇喜多秀家は要求を拒み、夜陰《こば》にまぎれて中村次郎兵衛を女輿《おんなこし》に乗せ、加賀に送り届けさせている。

用人とはいえ無断で斬殺《ざんさつ》した上に、主君に糾弾《きゅうだん》を求めるとは言語道断。宇喜多秀家は戸川逵安らを斬るよう家臣に命令した。

主君の討伐兵が来ると聞いた浮田詮家は、涙を飲んで髻《もとどり》を切り、主君との血戦を覚悟して仲間と一緒に玉造《たまつくり》の屋敷に立《た》て籠《こも》った。数は二百五十四人に雑兵《ぞうひょう》が加わった。

まさに一触即発。戦《いくさ》に発展しそうな緊迫感となった。豊臣政権最高組織である年寄衆の一人が大坂城で戦闘を行うわけにはいかない。秀家は自力で解決できず、家康と大谷吉継《おおたによしつぐ》の調停に任せた。

北叟笑《ほくそえ》んだ家康は戸川秀安・逵安親子、花房正成、中吉與兵衛を自身が預かった。その後、戸川親子は常陸に蟄居。花房と中吉は増田長盛《ました》が預かり、大和に蟄居した。他の者は備前に戻され、執政は明石全登《あかしてるずみ》が取ることとなった。

こののち戸川親子、浮田詮家らは家康の配下となり、国許にいた楢村監物、角南隼人《すなみはやと》らは出奔《しゅっぽん》して徳川軍と行動を共にすることになる。

秀家の許《もと》から去った戸川、岡、浮田、花房は万石以上の領地を得る重臣であった。騒動により、宇喜多家の屋台骨は歪《ゆが》んだ。背後には家康の影が見えていた。慶長五年（一六〇〇）二月、明石全登《てるずみ》だけでは国を切り盛りできず、宇喜多秀家は領国に戻らざるをえなかった。

宇喜多家を攪乱《かくらん》した家康は、遂に上杉家にも噛みついた。

慶長五年一月一日、先の申し合わせにより、会津の上杉景勝は上坂して年賀の挨拶《あいさつ》を秀頼に行わず、代わりに家臣の藤田信吉《のぶよし》を上坂させた。

藤田信吉の藤田家は武蔵七党の猪股《いのまた》家から枝分かれした一族で、父の康邦《やすくに》が小田原の北条家に屈しなければ、武蔵の秩父、児玉、大里郡に及ぶ所領の中、何《いず》れかの領主ならびに城主であった武将である。康邦が北条家に殺害され、兄の重連《しげつら》が毒殺されると、上野《こうずけ》の沼田城将を務めていた信吉は武田家に内応。武田家滅亡後は上杉家に仕えて諸戦場で活躍、会津移封後は津川《つがわ》城主で一万一千石を得ている高禄の武将である。

秀頼に挨拶を済ませた藤田信吉は家康の前に罷《まか》り出た。

「貴殿《きでん》は武蔵の出であったの。今、我が所領じゃ。やはり領主は旧領に戻るのが一番。なにかあれば報《しら》せてくれ」

家康は下ぶくれした顔に笑みを作り、腰から脇差《わきざし》（青江直次《あおえなおつぐ》）を抜いて藤田信吉に手渡した。その上で、景勝に謀叛の用意をしているという疑いがあるので、噂が偽《いつわ》りであるならば、上洛《じょうらく》して身の潔白を晴らせとも付け加えた。

景勝は股肱《ここう》の臣である直江兼続《なおえかねつぐ》に全面的な信頼を置いている。筆頭家老の兼続と信吉は折に触れて衝突していた。信吉は、景勝が何度も敗走させられた新発田重家《しばたしげいえ》攻めでも奮闘し、新発田城攻略の契機を作ったものの待遇には不満を持っていた。

家康の呼び掛けを受けた藤田信吉は、帰国して家康の言葉を伝えた。景勝は聞き流すばかりで上洛する素振りは見せない。

家康の要求を拒めば、前田家と同じように討伐の話が持ち上がる。利長は惰弱《だじゃく》なので屈して生き残りの道を探ったが、軍神と崇《あが》められる謙信の武門を引き継ぎ、信長にさえ徹底抗戦を挑んだ景勝が、まだ天下人《てんかびと》でもない家康に頭《こうべ》を垂《た》れるはずがない。天下の軍に会津を包囲されれば滅亡は必至。滅びれば関東に藤田家を再興できない。信吉は上杉家からの離反を決意した。

家康から謀叛の疑いをかけられようが景勝は気にしない。二月十日、予定どおり、鶴ヶ城から半里ほど北西に神指《こうさし》城を普請しはじめた。

この頃、上杉家は前田慶次郎利太《けいじろうとします》、岡左内定俊《さないさだとし》、車丹波守斯忠《くるまたんばのかみつなただ》、山上道牛《やまがみどうぎゅう》、齋道二《いつきどうじ》、堀兵庫《ひょうご》、上泉泰綱《かみいずみやすつな》など、戦場で有名な錚々《そうそう》たる武士を召し抱えている。所領が広がり、石高が増えたので当たり前のことである。

果たして上杉家は徳川家と事を構える気はなかったのか——。

景勝と兼続は前年の初秋、帰途に就《つ》く最中、相次いで佐和山城に立ち寄り、石田三成と顔を合わせている。三成と兼続は同じ歳《とし》で親友付き合いをし、上杉家は三成のお蔭《かげ》で検地、朝鮮出兵、移封においての厚遇を受けている。豊臣家にそれほど忠義を尽くしたわけでもないのに年寄衆に加えられたのもその一つ。

前田利家の死後、同家の重臣を引き抜いて家中を混乱させ、三成を隠居に追い込んだ家康を上杉主従は快く思っていない。高齢の家康は近い将来、天下取りの戦《いくさ》を企《くわだ》て、上杉家にも画策の手を伸ばしてくることを予想していた。謙信以来、上杉家は挑まれて逃げたことはない、誇り高き武門の家である。もし家康が兵を進めてくれば受けて立つので、その時は上方で三成も蜂起《ほうき》するという、漠然とした盟約を結んでいた。これが世に名高い挟撃策とされている。

曖昧《あいまい》な密約とはいえ、三成は証《あかし》として、次女の小石《こいし》を上杉家に人質として差し出している。この女性はのちに岡定俊の息子・半兵衛《はんべえ》重政《しげまさ》（左内許宦《もとのぶ》）に嫁いでいる。

神指《こうざし》城の普請開始から半年もせぬうちに、先の戸沢政盛と、上杉家に恨みを持つ春日山《かすがやま》城主の堀秀治《ひではる》が、上杉家に謀叛の企てありと家康に訴えた。

堀秀治は上杉家の会津移封に伴い、代わりに越後の春日山城に入城した。移封に際して上杉家は年貢の半分を持って移った。旧会津領主の蒲生《がもう》家も下野《しもつけ》の宇都宮に移動した時に年貢を半分持っていったが、堀家は年貢を持たずに越後に入り、上杉家に米の返還を要求した。

「貴家が旧領から持ってこないのが悪い。貴家の過失だ」

取り決めに従ったことなので、直江兼続《かねつぐ》は公然と突っぱねた。

怒りが治まらぬ堀秀治は石田三成らの奉行《ぶぎょう》に訴えたが、三成は兼続の主張が正しいと裁定をしたので、堀家は上杉家から米を借りることになり、恨みが残ったというのが経緯である。

両人からの報せを受けた家康は、唐入《からい》りの相談をしたいと景勝に上洛を催促した。誰よりも家康自身が唐入りに反対していたことを知る景勝は、謙信の二十三回忌を行うので、すぐには上洛できぬと拒否。

三月十三日、会津城下の林泉寺《りんせんじ》で謙信の二十三回忌が行われた。この日、信吉は栗田国時《くにとき》を誘って上杉家を出奔《しゅっぽん》。国時は信濃善光寺別当《しなのぜんこうじのべっとう》の血を引く者である。

兼続は麾下の本村親盛《ほんむらちかもり》ら二百を追手《おって》として差し向けた。栗田国時は討ち取ることができたものの、信吉を討つことに失敗した。

逃げきった信吉は三月二十三日、江戸城に駆け込み、景勝が謀叛を画策していることを家康三男の秀忠《ひでただ》に訴えた。耳にした秀忠は、すぐに大坂の家康に報せた。

報告を受けた家康は、待ってましたと毛利輝元、宇喜多秀家、増田《ました》長盛と大谷吉継《よしつぐ》らに会津攻めを主張するが、時期尚早と反対された。仕方がないので、まずは事の真相を景勝へ問い質《ただ》すことに決定した。

四月一日、相国寺《しようこくじ》塔頭《たつちゆう》・豊光寺《ほうこうじ》の長老・西笑承兌《さいしようじようたい》が認《したた》めた書を持ち、徳川家臣の伊《い》奈昭綱《なあきつな》(伊那令成《よししげ》)と増田長盛の家臣・河村長門《ながと》が使者として会津に向かった。

伏見に在番する惟新は、まったくの蚊帳《かや》の外。四月八日、忠恒《ただつね》に記した書状の中で、諸大名は悉《ことごと》く大坂に移っているので、我らはとかく承《うけたまわ》らず、このままでは伏見は荒野になってしまう、と告げている。さらに、諸大名は少しばかり出歩く時も武装するようになったので、武具を持たせて兵を上洛させてほしいと依頼している。伏見と大坂に在する島津兵は庄内の乱で帰国させていたこともあり、二百ほどしかいなかった。

伊奈昭綱と河村長門は四月十三日、鶴ヶ城に到着し、直江兼続への詰問状《きつもんじよう》を渡した。

翌十四日、兼続は西笑承兌への返書を認めた。俗に言う「直江状」である。

書状は人を小馬鹿にしたような内容で、初めから多幸、多幸(とても幸せです)と二度重ねて揶揄《からか》い、四条までは軽く躱《かわ》しつつ、皮肉を適当に鏤《ちりば》め、五条で家康を表裏《ひようり》の者と批難した。

六条では家康のご威光はさすがでございますなと、完全に馬鹿にした。

九条では上方にいる者は茶器などの人たらし道具集めに奔走し、武士の本分を忘れている。その点、上杉家は武家らしく治にいて乱を忘れずと痛烈に批判し、さらに、お前は天下人の器ではないと侮蔑《ぶべつ》してもいた。

十一条では唐入りの相談など嘘だと厳しく指摘し、笑わせるなと愚弄《ぐろう》している。十二条では逆臣はお前で、表裏は世間の者が皆知っていると、鑓《やり》で抉《えぐ》るような言いようをし、十三条では謀叛はお止《や》めなさいと大人が諭《さと》すような口ぶりだ。

十五条では、態度を変えないのならば、考えがあると嗾《けしか》けるような文言になり、十六条では戦場で白黒つけましょう。追記では文句があるならば会津に来い、口ではなく弓矢で勝負しようと、完全に挑発していた。

あくまでも西笑承兌宛《あて》であるが、誰が読んでも明らかな家康への挑戦状であった。

「直江状」を受け取った伊奈昭綱と河村長門は、早馬を飛ばして西上の途《と》に就《つ》いた。

二

大坂から伏見まではは淀川沿いを歩いておよそ九里。普通に歩いても一日で到着できる。近い位置にあるものの、伏見は留守居ばかりがいるだけで閑散としている。隠居が縁側で白湯《さゆ》を啜《すす》っている分にはいいかもしれないが、毎日、大坂から緊迫した状況が届けられるだけに惟新は不安だった。特に、家康の思考が気がかりでならない。自力で内乱を治められなかった島津家を、どのように考えているのか。確かめる必要があった。

〈挨拶がてら、様子を見てくるしかなかの〉

四月下旬、惟新は大坂の島津屋敷に来た。政《まつりごと》の中心になっている地なので賑《にぎ》やかである。一時、聚楽第《じゅらくだい》、伏見に移っていたものが戻ってきただけではあるが。

「福島、加藤、長岡の屋敷が慌ただしくなっておりもす」

先に大坂の島津屋敷に来ていた有川与左衛門が告げる。

「ないごてか、下知《げじ》でも出したのやもしれんの」

気掛かりは深まった。

この四月二十五日、家康は内々で福島正則《まさのり》、加藤嘉明《よしあき》、長岡忠興《ただおき》に会津への先陣を命じたという。

惟新はすぐに西ノ丸に使者を立て、家康の都合を伺わせた。邪険にされるかと思いきや、家康は快諾《かいだく》し、「翌朝お待ちする」という返事を聞かされた。

「将は将を知るこつにございもすな」

老臣の新納旅庵《にいろりょあん》が言う。庄内の乱が終了したのちに上洛していた。

「そげんこつならば、有り難《あ》《がた》いがの」

惟新には、落ち目の島津家が大事にされるとは思えない。裏があるような気がしてならなかった。

四月二十七日の朝餉《あさげ》の後、惟新は上坂していた入来院重時《いりきいんしげとき》と使僧の善載坊《ぜんさいぼう》を伴って登城した。前日、秀頼への挨拶はしているので、この日は遠慮している。

〈まこと、こいは天下人じゃな〉

昨日も感じたことであるが、近くで見ると圧倒される。西ノ丸は本丸隣の天守閣に遠慮して四階六層と一階少ないものの、豪華という点では負けてはいない、紛《まぎ》れもない天守閣である。しかも、黒い本天守に対抗するように、白い壁に黄金をちりばめているので眩《まばゆ》いばかりだ。

一つの城に二つの天守閣を持つ異様な形にはなったが、これが家康の勢いを表すには十分の示威。年寄筆頭という立場を利用して、びた一文、家康は出さず、全て豊臣家の出費で築かせたという。

〈そいぐらいで豊臣の懐《ふところ》は痛まんじゃろうが、こいも豊臣の力を弱める策かの〉

秀吉の力は人気と金。幼い秀頼では恐怖を含めた人望はない。財布を空にしてしまえば他の大名を支援することができなくなる。家康は地味だが、いやらしい手を使うと惟新は思う。

西ノ丸の一室に通され、青々しい畳から発する藺草《いぐさ》の香りを嗅《か》いでいると、戸が開き、井伊直政《いいなおまさ》らと共に小太りの武将が現れた。家康である。ゆったりと上座に腰を下ろした。

「先達《せんだ》っては庄内の調停をして戴《いただ》き、改めてお礼申し上げもす」

まずは礼節に基づき、惟新は感謝の意を表した。ただ、真意では、惟新自身が出向いていれば、泥沼の内戦を一年も行わなかったと自負している。長期に亘《わた》る惨劇が続いたのは、間違いなく家康が惟新を伏見に留《とど》めたからに他ならない。そう考えると不快でもある。

「領内も鎮《しず》まり、重畳至極《ちようじようしごく》。龍伯《りゆうはく》殿も安堵《あんど》しておられよう」

鷹揚《おうよう》に家康は告げる。誰も抑える者がいないこともあるが、異質な威厳が備わってきた。

「先代も感謝してございもす」

以前は、事につけ龍伯が当主であると口にしてきたが、家督《かとく》が忠恒に譲られたので惟新は対外的には龍伯を前当主と位置づけるようにしている。龍伯が忠恒から『御重物《ごじゆうもつ》』を取り上げたことは聞いているので、家督を確実に継承させる意味もあった。

「それはよきこと。豊臣家安泰のためにも貴家の平穏は大事ゆえの」

家康は、遠廻しに恩をちらつかせて圧力をかける。

「仰《おお》せのとおり、ところで、上杉のこつは、どげなこつになってごわすか」

「当家の者（伊奈昭綱）を遣《つか》わしておれば、会津中納言《ちゆうなごん》（上杉景勝）も遅くとも六月上旬には上洛しよう。武辺一筋というのも困りものよ。年寄衆の一人ならば、皆と足並みを揃えるということを知らぬと。まあ、拒めば、余《よ》自ら出馬するつもりじゃ」

寛大ではあるが、かなり見下したもの言いの家康だ。同役の者に屈しろと言っている。それよりも、惟新は家康が自身を「余」と言ったことを聞き逃さなかった。秀吉存命時には、絶対に口にしなかったことである。

〈やはり、こん男、天下に挑《いど》むつもりじゃな。あるいは、こたび会津に家臣を送ったのは、

上杉に戦《いっさ》を喉《しか》けるためではなかかの〉

そんな気がしてならない。

「上杉も内府《だいふ》殿を敵にするとは、馬鹿奴《ざこはっ》にごわすな」

と惟新は口にするが、信長にも膝《ひざ》を折らなかった景勝の誇り高さに、惟新は年下とはいえ尊崇《そんすう》の念を持っている。時代の流れや所在地などもあろうが、それゆえに秀吉は年寄の一人に加えたに違いない。

「左様《さよう》、それゆえに常識が通じぬことがある。万《まん》が逸《いつ》、余が出馬した暁《あかつき》には、貴殿には伏見城の留守居を頼みたい。伏見には我が万千代丸《まんちよまる》を残していくつもりじゃ」

万千代丸とは既に元服を済ませている家康五男の武田信吉《のぶよし》の幼名で、この年十八歳。下《しも》総《うさ》の佐倉《さくら》で十万石を与えられていた。

〈内府は伏見を軽く見ておるのか〉

疑問が脳裏をよぎる。当初、伏見城の留守居は武蔵の忍《おし》城主で十万石を与えられている家康の四男・松平忠吉《ただよし》であった。惟新にすれば格下げしたように思えるが、さすがに嫌だとは言えない。即答するのも、なにか引っ掛かる。

「御意《ぎょい》の儀は承《うけたまわ》りもした。じゃっどん、子細の御返答は御取次《おとりつぎ》(山口直友)に申し上げさせて戴きもす」

惟新が即断しなかったので、家康の団栗眼《どんぐりまなこ》が一瞬険しくなった。

「良き返事を期待しよう」

「会津には、いかほどの軍役を下知しもすか」

「左様のう、会津には三人役、上方の留守居には一人役とする」

三人役は百石に三人、一人役は百石に一人。

〈とすれば、当家は……〉

独立している佐土原《さどわら》を除き、前年に加増されている島津家は在京料を含めて六十二万石。ここから龍伯、惟新、忠恒の無役を引くと四十三万石が軍役の対象。会津に出陣すれば一万二千九百人。伏見城の留守居ならば四千三百人となる。

〈無理じゃろう〉

国を挙げての海外派兵にすら碌《ろく》に兵を送らなかった龍伯が、朝鮮出兵に続き、庄内の乱で疲弊《ひへい》した状態で一万を超える兵を出陣させるわけはない。留守居の四千余も難しいと惟新は考える。

「万が逸の事態がなければ、よかこつにごわすが」

「そう願いたいもの」

平和を願う口ぶりではあるが、家康からは抑えきれぬ闘志を感じた。素振りは言葉からではなく、感覚的なもの。それはこれまで戦人《いくさびと》として生きてきた惟新の勘《かん》である。

その後、惟新は入来院重時や善載坊ともども食事を振る舞われ、家康と膳を共にした。

始終穏やかな会見だった。

〈上杉次第じゃが、内府《だいふ》は戦《いつさ》を起こす気じゃの。さもなくば年寄筆頭で終わってしまう〉

伏見への帰途の中、馬に揺られながら惟新は思案する。秀吉が天下人になるためには、面倒な家は協力を求める形で麾下《きか》に加えて厚遇し、佐々成政《さっさなりまさ》、紀伊の根来《ねごろ》・雑賀《さいか》衆、長宗我部元親《ちょうそかべもとちか》、島津義久《よしひさ》を下して西日本を制圧すると、遠慮なく東日本を討伐して滅ぼしていった。

還暦《かんれき》を間近にした家康が、悠長《ゆうちょう》に秀吉の真似をしている余裕はない。天下を摑《つか》むには協力者を集《つど》って麾下に加え、誰もが納得する大戦で勝利を得る必要がある。戦わず、勝手に反対勢力がこけてくれればいいが、世の中そう都合よくはいかない。今の地位に満足できなければ、大勝負に出ることが求められる。

〈味方は一人でも多いほうがよかこつじゃが……万が逸の時、内府はいかほどの兵を伏見に残すのか〉

危惧《きぐ》が脳裏《のうり》をよぎる。家康が会津に兵を向ければ、留守にした上方を反家康勢力が押さえにかかる。家康討伐を声高に叫ぶのは、間違いなく石田三成。寡勢《かぜい》の島津家と少数の徳川家臣が伏見城に籠《こも》り、多勢に攻められたらひとたまりもない。

〈内府は島津を捨て石にする気で誼《よしみ》を通じておるんか〉

幾つかある考え方の一つであろうが、惟新は腹立たしさを覚えた。とにかく、内乱を自力で治められなかった島津家としては、せめて軍役を果たして大名の威信を保たねばならない。

同じ日、惟新はこの会見の旨《むね》を国許の龍伯に伝えた。伏見の知人に家康からの申し出を相談してみたところ、「公儀《こうぎ》の仰せゆえ、下知に従うべきでござろう」と皆も同意したとも記している。当然、機密事項を漏《も》らすような惟新ではなく、龍伯の心を動かすための方便である。

せっかく家康の調停で庄内の乱が治まったのだから、ここで油断して島津家の落ち度にならぬように兵を上洛させるよう、忠恒と相談してくださいと善載坊《ぜんさいぼう》を下向《げこう》させて懇願《こんがん》した。

何《いず》れにしても上杉家からの回答待ちであった。


兼続から「直江状」を受け取った伊奈昭綱は日を継いで上坂し、家康に差し出した。

五月三日、「直江状」を読んだ家康は激怒して会津攻めを宣言。すぐに増田長盛らの奉行と、堀尾吉晴《ほりおよしはる》ら三中老が延期を求めたので、家康は一度は堪《こら》えて、再度、景勝に上洛を求めた。

報せは即座に惟新の許にも届けられた。

「やはり上杉は拒んだか。しかも内府《だいふ》を怒らせるとは直江らしい」

惟新は直江兼続の端正な顔を思い出して笑みを作る。

幼少時から景勝の近習《きんじゅ》として仕えた兼続は上杉謙信に見込まれて上杉家を支えた。景勝は兼続の政策立案から戦術に至るまで、全面的に任せるほど信頼していた。上杉家の難局を何度も乗り越えられたのは、兼続あればこそと言っても過言ではない。その手腕を秀吉は高く評価して直臣《じきしん》に誘ったこともある。「会津百二十万石のうち、三十万石は兼続に与えたものだ」、さらに「天下の儀を任せられるのは、小早川隆景と直江兼続のみ」とまで言わしめた武将である。

〈内府の怒りは偽《いつわ》りで、内心は北叟笑《ほくそえ》んでいるのではなかかの〉

天下取りの契機ができたことを残念がるとは思えない。

五月十七日、惟新は忠恒に対し、家康の会津出陣が六月に決まったので、上坂を勧めた。家康の出馬前に庄内の乱仲裁のお礼を言上《ごんじよう》させるためのもの。表向き島津家の当主が国許を発《た》てば、相応の家臣も伴うので、これを持って伏見城の警備に当てるつもりだが、いい返事はこない。

忠恒は庄内の乱の恩賞問題に追われる傍《かたわ》ら、移城の話が出ていた。手狭な御内《みうち》城は六十二万石の当主が御座《ござ》する城には相応《ふさわ》しくなく新たに本拠地を惟新の居城の帖佐《ちようさ》城から半里ほど南の瓜生野《うりゆうの》に移すということ。とても忠恒が上洛できる状況ではなかった。

〈また、高麗《こうらい》の時同様のこつを繰り返すつもりか〉

中央からの命令には、あれこれ理由をつけて応じずに、これまで乗り切ってきたので、龍伯も養子になった忠恒も、先例に倣《なら》うつもりかもしれない。

〈そいでん、必ず限界が来る。こたびは高麗の時とは違《ちご》う〉

厳しい竹篦返《しっぺがえ》しがくるような気がしてならなかった。

五月二十五日にも催促するが、梨《なし》の礫《つぶて》に近い状態だ。

同月十二日、参勤のために佐土原を出立した島津中務大輔《なかつかさたいふ》豊久《とよひさ》が、下旬になって伏見に到着した。庄内の乱が終わったのちに豊久は忠豊から改名している。前年、朝鮮の戦功によって父の家久《いえひさ》が名乗っていた官途《かんと》の中務大輔が許され、この二月より名乗っている。中務大輔は唐名で中書《ちゅうしょ》といい、惟新も名ではなく唐名のほうで呼ぶことが多い。

「庄内では、よき働きじゃったの」

「難しき戦《いっさ》でごわした。そいより、上方は、面白きこつになっていると聞いておりもすが」

庄内の乱では戦い足りなかったのか、豊久は楽しげに言う。

「島津ん面目を失うことがか？　太守様《たいしゅさぁ》や忠恒の様子は判るか」

惟新は不愉快だ。

「あまり富隈《とみのくま》や鹿児島にまいるこつはありもはん。そいでん、太守様は源次郎（伊集院《いじゅういん》忠眞《ただざね》）を庄内から南薩に移して喜んでおられもす。少将様《しょうしょうさぁ》は庄内の恩賞や、移城のこつで多忙を極めてごわす」

「兵を送れそうか」

「帖佐《ちようさ》の兵はまいりましょうが、富隈や鹿児島は厳しきもんかと存じもす」

「さもありなん」

的《まと》を射た豊久の返答に惟新は頷《うなず》いた。愚問であったことも恥じている。

五月二十九日、山口直友が伏見の島津屋敷を訪れ、改めて伏見城の留守居を告げた。

「承知しもした」

ここに至っては拒めるわけはない。惟新は公儀の筆頭に従うことにした。

「ところで、伊集院殿（忠眞）の御舎弟（小伝次）でござるが、当家の榊原（康政）を頼り、我が主《あるじ》に直訴なされたのを御存じでござるか」

「初耳でごわす」

庄内の乱以来、惟新は伊集院忠眞の母（島津久定《ひささだ》の娘）と小伝次を除く二人の弟（三郎五郎、千次郎）を東山の東福寺《とうふくじ》から鞍馬《くらま》に移して匿《かくま》っていた。

伊集院小伝次は、その後、奉行の徳善院玄以《とくぜんいんげんい》にも訴えている。

「幸いにも主は返《かえ》り忠《ちゆう》が者の一族の戯言《たわごと》を聞く耳は持っておられませぬ。身はお引き渡し致す」

「なにからなにまで忝《かたじけ》なかこつ。内府様《だいふさあ》には、有り難き仕合わせと伝えて給《たも》んせ」

恩を売られる惟新は胸苦しさを感じていた。

徳川家から引き渡された伊集院忠眞の母と三人の弟は帖佐に送った。庄内の乱が勃発した時、忠眞は武家の倣《なら》いとして正室の御下《おした》を帖佐に戻しているのでちょうどいい。一万石に減らされた忠眞は台所事情も厳しいので、ほとぼりが冷めた頃、惟新が養うつもりでいた。


家康は五月いっぱい上杉家からの上洛の返答を待っていたが、遂に景勝は拒否した。

六月二日、堪忍袋の緒《お》が切れたという態《てい》で家康は、家臣の本多康重《やすしげ》、松平家信《いえのぶ》、小笠原広勝《ひろかつ》に対し、七月下旬には会津討伐することを告げ、出陣の用意を始めさせた。

六日、家康は諸大名を大坂城の西ノ丸に集め、上杉討伐の進路と部署を発表した。

白河口は徳川家康・秀忠。関東、東海、関西の諸将はこれに属す。

仙道《せんどう》口は佐竹義宣（岩城貞隆《いわきさだたか》、相馬義胤《よしたね》）。

信夫《しのぶ》口は伊達政宗《だてまさむね》。

米沢《よねざわ》口は最上義光《もがみよしみつ》。最上川以北の諸将はこれに属す。

津川《つがわ》口は前田利長、堀秀治。越後に在する諸将はこれに属す。

全てが出陣すれば秀吉の小田原討伐に匹敵する二十万を超える軍勢だった。

伏見で留守居をする惟新は、先に指示を受けていることもあり、呼ばれなかった。

豊久は惟新の頼みで援軍の要請をするために帰国することになった。六月五日、家康に暇《いとま》の許可を取るために大坂に行ったところ、翌日、重要な話があることを告げられた。大坂に残っていると、正式に会津討伐が決定したので、そのまま滞在することになった。豊久は佐土原の城主として即座に国許の家臣に上洛しろという指示を出している。

報せはその日のうちに伏見の惟新にも届けられた。

「遂に会津攻めにございもすな」

新納旅庵《にいろ》が告げる。その顔は、早く国許の兵を上洛させてもらいましょうと、訴えている。

「遅れんのはいつものこつ。焦《あせ》らんでもよか」

真意は判っている。家臣の手前、苛立《いらだ》ったような素振りは見せないようにしている惟新だが内心は違う。筆を執ることは苦にならないので、連日のように国許に対して兵の上洛を要請した。

六月十六日、家康は大坂を発って伏見城に入った。惟新は挨拶するために使者を立てたが、疲れているので、翌日に改めてと断られた。

翌十七日、再度、使者を向かわせたが、所用があると、やはり拒まれた。

〈俺《おい》と会えんわけでもあっとか〉

惟新は家康の態度に疑念を深めた。

十八日、今度こそはと思っていると、家康は急遽伏見を発った。

「なんと、内府《だいふ》が？」

まるで家康が逃げるかのように、惟新には感じられた。このまま会わず終《じま》いでは島津家の将来に関わる。即座に惟新は屋敷を出て家康を追い掛けた。

多勢に守られた年寄筆頭の家康を、年上の惟新が騎乗して追っている姿は、異様な光景である。一瞬、徳川家の家臣は、暗殺を企てる刺客《しかく》ではないかと警戒するが、すぐに惟新であることに気がつき道を開けたので、なんとか家康の乗る輿《こし》に追いつくことができた。

惟新のことを周囲に聞かされたのだろう、家康が乗る輿が下ろされた。惟新は手前で馬を下りて半町ほど歩いていくと、家康も輿の中から出てきた。

「こいは、わざわざ足を止めてしまい、申し訳ごわはん。これまでの御恩を受けながら、ご挨拶もせんとご帰国されては武家の恥。一言お礼を申し上げようと思った次第にごわす」

「左様な気遣いは無用。こののちも、よしなに頼み入る」

「ご武運、お祈り致しもす」

惟新が頭を下げると、家康は軽く会釈《えしゃく》をして輿に乗り込んだ。

〈内府《だいふ》は伏見のこと、確認しなかったが、大事なかろうか〉

動きだした輿を目で追いながら、惟新は疑問にかられた。今一度、追い掛けて問い質《ただ》そうかと惟新は迷うが、離縁された女子が縋《すが》るような気がして、行動には移せなかった。

その後、惟新は山科《やましな》口まで歩み、家康の姿を歓送した。

「軍勢の中に内府様の御子息（家康五男の武田信吉）がおられましたなぁ」

家康の輿を目で追う惟新に新納《にいろ》旅庵は声をかける。

「万が逸を思案してのことであろう。そいだけ俺《おい》どんたちゃあを信頼して、と思うがよか」

とロにするが内心は違う。家臣だけに任せたということは、敵に攻められて落城するかもしれないと想定しているようである。

帰国する家康を奉送する伏見留守居の徳川家臣は下総・矢作《やはぎ》城主で四万石の鳥居元忠、上総《かずさ》・佐貫《さぬき》城主で二万石の内藤家長《いえなが》、下総・小見川《おみがわ》城主で一万石の松平家忠、上野《こうずけ》の三ノ倉《さんのくら》城主で五千五百石の松平近正《ちかまさ》らで兵は一千五百。家康股肱《ここう》の臣とはいえ、本多忠勝、榊原康政らの重臣よりもかなり地位は低く、しかも寡勢。

他には若狭《わかさ》・小浜《おばま》（後瀬山《のちせやま》）城主で六万二千石の木下勝俊《かつとし》が数十人と在番をしているほど。とても家康が万が逸の時、伏見城を死守させようとしているとは思えなかった。

日射しは刺すような勢いで惟新の肌を焦がしている。グレゴリウス暦では七月二十八日、周囲では煩《うるさ》いぐらいに蟬《せみ》がこの世の名残《なご》りを惜しむかのように鳴いていた。

三

家康を見送ってから、惟新は国許からの兵を待っているが、願いは叶《かな》わず伏見の手元には二百ほどの兵しかいない。どうやら惟新直属の帖佐《ちょうさ》の家臣も忠恒というよりも龍伯に止められているようであった。豊臣政権の権力争いで島津家の血を流させたくないのであろう。

惟新の意思が通じぬ島津家に対し、佐土原の豊久は独立大名なので、龍伯の権限外である。主君の命令に従い、第一陣として三百ほどが大坂に上陸し、狭い屋敷に入っていた。

「こんまま国許の兵が上洛せんこつはなかかと存じもすが、遅れんのは常。あまり先延ばしにしては、内府様《だいふさあ》との約定《やくじょう》を違《たが》えたと思われっとではなかですか」

新納《にいろ》旅庵が不安気に助言する。

四千三百人の一人役を言い渡されている以上、惟新はそれなりの兵を揃え、威風堂々伏見城に入城する気でいたが、相も変わらず集まらない。二十一分の一以下の兵では一笑されるのがおちである。とはいえ、待てども増えぬでは新納旅庵の言うとおりであった。

「後詰《ごづめ》はおっつけ参陣するゆえ、本丸を空けるよう申してまいれ」

七月二日、家康が江戸城に帰城したその日、惟新は新納《にいろ》旅庵を伏見城に向かわせ、本丸を空けるように伝えさせた。

半刻ほどして新納旅庵は戻ってきた。

「挨拶は無用と鼻で笑われもした」

悔しげに新納旅庵は報告する。

「そうか。辛《つら》い役を命じたの」

老臣の新納旅庵が子供扱いされて、追い返された姿が目に浮かぶ。惟新は不憫《ふびん》でならなかった。

「大坂から中書様《ちゅうしょさあ》を呼び寄せもすか」

「いや、今少し兵を待つ」

嚙《か》み締めるように惟新は告げた。四千とは言わずとも、せめて二千の兵が揃わなければ、他家と話すらできない。島津家の信用問題に関わる大事であった。

この日も惟新は忠恒に軍勢の上洛を催促した。

同じ日、石田三成は会津討伐に向かうため、三成嫡男《ちゃくなん》の重家《しげいえ》を迎えにきた大谷吉継に、家康を討つために挙兵することを伝えている。吉継は無謀であると、三成の説得をはじめたところであった。

十二日になってもまだ国許からの兵は来ない。面《おもて》に出さぬように心掛けているものの、内心では躁心《そうしん》している。このままでは年寄筆頭の家康との約束も守れない。

「すまんが、今一度、登城《とじょう》してくれ。必ず国許からの兵は到着すると」

申し訳ない思いで惟新は新納《にいろ》旅庵に命じ、伏見城に向かわせた。今度は二ノ丸を空けさせるよう申し入れさせた。

新納旅庵は一刻ほどして島津屋敷に帰宅した。

「申し訳ございません。門前払いにございもす」

今にも泣きそうな顔で新納旅庵は告げる。

「内府《だいふ》との約定のこつは申したか」

「御意《ぎょい》、されど聞いておらぬとの一点張りにございもす」

「聞いておらぬと？」

老臣は頷《うなず》いた。これを見て些《いささ》か惟新の認識が変わった。当初、二百ほどの兵では一人役にとうてい足らぬ数なので、兵を整えてから来いと伏見城の留守居が言っているのかと思っていたが、どうも違うのかもしれない。

「まだ、木下宰相（勝俊）は伏見におるか？」

「出たとは聞いておりもはん」

「とすれば、徳川だけで伏見を守るつもりではなかこつじゃな」

今一つ、鳥居元忠らの真意を摑《つか》みきれぬ惟新であった。

そこへ家臣の岩下弓兵衛が跪《ひざまず》く。

「申し上げもす。石田様の家臣・八十島《やそじま》（助左衛門）殿《どん》がまいられもした」

「治部少輔《じぶのしょう》の」

もしかしたら、という嫌な予感が脳裏を過《よぎ》る。これまで取次役《とりつぎやく》をしてくれた八十島助左衛門に居留守を使うのも気が引けるので、惟新は会うことにした。

客間に足を運ぶと、いつになく八十島助左衛門は緊張した面持《おもも》ちで挨拶をする。

「一別以来、お久しゅうござる。島津様にはご健勝にて、主《あるじ》も喜んでおります」

「治部少輔殿も息災か」

「この一年半という歳月で、十分に英気を養ってござる」

闘志満々、今にも挙兵すると言いたげである。

「重畳至極《ちょうじょうしごく》」

あえて惟新からは切り出すつもりはなかった。

「本日、お伺《うかが》い致したのは他でもござらぬ。奸賊《かんぞく》の徳川家康を討つために主は兵を挙げます」

遂に言い出したかというのが惟新の感想だ。

「ほう、隠居した治部少輔殿が、年寄筆頭の内府《だいふ》殿を」

「内府の阿漕《あこぎ》な手によって主は隠居させられましたが、非は主にはあらず。内府を討つ名目は……」

秀吉が定めた「御掟《おんおきて》」を悉《ことごと》く破り、前田家、宇喜多家を攪乱《かくらん》し、奉行二人（石田三成、浅野長政）を蟄居させ、なんの罪もない上杉家を反逆者に仕立てあげて兵を起こした、独断で勝手に所領を与え、西ノ丸を天守閣に造り直した……等、と八十島助左衛門は懇々と説く。

「このまま見過ごしておけば、秩序なき悪《あ》しき世となり、何《いず》れ秀頼様に鉾先《ほこさき》を向けてくることは明白。叩き潰すのは今をおいて他になし。島津様も我らへの合力《ごうりき》をお願い致します」

懇願口調であるが、否《いな》とは言わさぬ口ぶりだ。

「難しき相談。簡単には応じられもはんな」

「それは、なにゆえでござるか」

これまで、あれほど島津家に尽力したのに、裏切るのか。八十島助左衛門の目が訴える。

「曲がりなりにも内府殿は公《おおやけ》の立場にあり、秀頼様から、延《ひ》いては豊臣家からの許可を受けて会津討伐に向かったはず。これに兵を向けるのは秀頼様に背《そむ》くも同じことではごわはんか」

「西ノ丸に精鋭を入れた内府に秀頼様は脅され、許可は已《や》むにやまれぬ仕儀」

「周囲には宿老衆もいたはず。言い訳がましくはごわはんか」

揚げ足を取ってでも、惟新は争いに巻き込まれぬように気を配る。

「失態はござろうが。もはや賽《さい》は振られました。総大将は安芸《あき》の毛利中納言（輝元）様、副将は備前の宇喜多中納言（秀家）様。盟約を結びし会津の上杉中納言（景勝）様は言うに及ばず。浅野を除く四奉行の他、西国の殆《ほと》どの大名は我らに加担なされます。近く皆は大坂に集結して秀頼様の信任を得られましょう。島津様が従われぬのは、よろしくないと思われます」

多勢に踏み潰されますよ、と八十島助左衛門は脅す。

「なんと、総大将は安芸の毛利殿が座られるのか」

まさか、そこまで話が進んでいるとは思わなかった。中国地方で八ヵ国を領有する毛利輝元は、石高こそ百二十万余石と、家康の半分ほどであるが、世界が注目する石見《いわみ》銀山を領内に持ち、瀬戸内海の海運益をも含めると優に三百万石を超えると言われる国力の持ち主。当主自体は凡庸《ぼんよう》でも重臣たちは先々代の元就《もとなり》に教えを受けた者たちばかりなのでお家は安泰。その毛利家が総大将になるならば、家康の討伐を本気で考えられる軍勢になる。

惟新は驚いた。

「左様、上方に置かれている諸大名の妻子《さいし》は質《しち》と致すゆえ、今、内府《だいふ》に従っている諸将も、何《いず》れ離反して当方に鞍替《くらが》え致しましょう。近江《おうみ》の愛知川《えちがわ》をはじめ、街道には関所を築き、東進する者を遮《さえぎ》るゆえ、内府に従う者は減っても増えることはござらぬ」

自信を持って八十島助左衛門は主張する。皆、三成の案であろう。良策である。

「治部少輔《じぶのしょう》殿の意思は判りもした。じゃっどん、当家は秀頼様の信任を受けた年寄筆頭の内府《だいふ》殿より、伏見の留守居を任されておる。当家は貴家とも徳川家とも昵懇《じっこん》の間柄じゃで、何《いず》れにも鉾先を向ける謂《いわ》れはなか。万が逸、当家が合力致すなら、秀頼様の下知あるほうになる」

あくまでも正論を述べ、惟新は旗幟《きし》を鮮明にすることを先延ばしにした。

「今日のところは、これにて引き上げます。伏見には安国寺《あんこくじ》（恵瓊《えけい》）殿がまいっておられます。ご相談なされますよう。また、近く主《あるじ》が大坂にまいりますので、その途中、伏見に立ち寄るかもしれませぬ。それまでにご返答をお考えくだされ」

告げると八十島助左衛門は退出していった。

安国寺恵瓊は秀吉に気に入られ、毛利家の外交僧から大名に出世した者である。

〈安国寺が毛利を説いたか。じゃっどん、毛利中納言はまだ国許じゃろう〉

話の展開が早過ぎるような気がするものの、何れにしても伏見の島津屋敷では戦いなどできない。火をかけられれば、逃れることは不可能。屋敷には龍伯の三女で忠恒の正室になっている亀寿《かめじゅ》がいる。実質的家督継承者の亀寿を死なせてしまったら、忠恒は絶対に当主になれない。おいそれと、争いに巻き込まれるわけにはいかなかった。

〈一番安全なのは大坂城じゃが、大坂が何れに味方するのか〉

まだ大坂城の西ノ丸には徳川家臣の佐野綱正《さのつなまさ》らが在している。情報が欲しくて仕方ない惟新だった。

「大変なこつになりもした。内府殿《だいふどん》は、どげんなされると思いもすか」

新納《にいろ》旅庵が困惑した表情で問う。

「ある程度、想定していたことであろう。あるいは、最初からそのつもりかもしれん」

「会津攻めは、どげんなりもすか」

「おそらく治部少輔は内府が会津と干戈《かんか》を交えてから兵を挙げるはず。内府が治部少輔の蜂起《ほうき》を想定すれば、間違《ましげ》っても精強な上杉に嚙みつきはせんじゃろう」

一旦火蓋《ひぶた》を切って落とせば、簡単に和睦《わぼく》できないことは誰もが知っている。

「内府殿は会津を前に引き返せると思いもすか」

「上杉の北には曲者《くせもの》の伊達と最上がいる。簡単には追い討ちをかけられまい。じゃっどん、伊達が天下騒乱の好機と思案すれば、上杉と手を結んで内府の背後を襲う。奥羽《おうう》の覇者《はしゃ》で満足ならば、内府に恩を売り、周辺の版図拡大に勤《いそ》しむではなかかの」

この辺《あた》りは流動的であると惟新は見ている。

「兵を挙げた治部少輔殿は何処《いずこ》で内府殿と雌雄《しゆう》を決するつもりでごわしょうか」

「判らん。近江、美濃《みの》、尾張《おわり》辺りではなかかの。集まる兵や、こののちの成りゆき次第。京、大坂ではまずせんじゃろう」

大方は睨《にら》み合いと小競《こぜ》り合《あ》いになろうが、豊臣政権への鬱憤《うっぷん》を爆発させ、狂気と化した大軍勢が激突することがないとは言えない気もする。

「何《いず》れが優位でしょうか」

「両軍とも寄せ集めじゃが、内府《だいふ》に匹敵する武将は、治部少輔側にはおるまい。じゃっどん、今の内府は九州に寄せてきた時の太閤ほどの力はない。秀頼様を摑んだほうが優位じゃろう」

「そいならば、治部少輔殿でごわすか」

「今の大坂城は、城自体堅固でも、中におるのは女子供と腰抜けの宿老衆。家運をかけて内府を敵にできようか。家老の片桐東市正《かたぎりとういちのかみ》（且元《かつもと》）が治部少輔ならば、できたであろうがの。世の面白きところかもしれん。あるいは治部少輔に宇喜多ほどの石高があれば、言葉の重みも変わろう。じゃっどん、こげんこつにはなっておらんか」

義や志だけで戦《いくさ》には勝てない。惟新は身に染みている。

「旅庵、至急、大坂に行ってくれ。いかなこつになっておるか知りたい。そいに、中書《ちゅうしょ》には、軽はずみに応じぬよう申せ」

新納《にいろ》旅庵に告げた惟新は、すぐに筆を執った。

「　覚
一、伏見御城の本丸、西丸（二ノ丸）に御番をすることを二度申し出たが納得を得られなかった。

一、右のごとく御城内へ在番できないならば、大坂に下り、秀頼様のお側《そば》で耐え忍ぶしかない。
一、秀頼様の御《おん》ため、いかにしたらいいか相談したいと安国寺恵瓊《えけい》に申し入れた。
一、安国寺恵瓊は伏見に在している。
一、伏見、大坂を固く守ること。
一、増田（長盛）が書状を持参したら、小西（行長）に渡すこと。
一、中務太夫《なかつかさたいふ》（大輔）（島津豊久）には伏見に召し、留《とど》めること。
一、御奉行衆のうちの誰か一人が伏見へ在番するべきである」
大坂の留守居に対して記した覚書を持たせ、惟新は夜中にも拘《かかわ》らず、新納《にいろ》旅庵を大坂に差し向けた。

覚書は他家の者に見られることを想定としたものである。三成と敵対して三成側が勝利した時、伏見を守ることが秀頼のためとする。家康と敵対して家康が勝利した時、伏見の留守居をしようとしたが、叶《かな》えられなかったことを明らかにするためであった。

この段階で安国寺恵瓊と会うつもりはないが、偽《いつわ》りがあっては面倒なので、機嫌伺いの使者を立てた。

〈こげんこつをせねばならんのも兵がおらぬからじゃ〉

惟新は、再度、国許への派兵を要請した。

八十島助左衛門が嘘を言っているとは思えない。事実ならば三成方の軍勢が伏見に押し寄せる。その時、徳川方に立っていれば、僅《わず》か二百の島津軍は一蹴《いっしゅう》されてしまう。

〈あと数日で、俺《おい》は島津の立場を決めねばならんのか。当主でもない俺が〉

憤懣や躁擾《そうじょう》とは違う。惟新は、えも言われぬ重圧を感じた。寡勢で、どんな強大な敵に立ち向かうことも、命令されれば苦にはならない。島津家の威信をかけて攻めかかるまでであるが、今の惟新には、なんの権限もない。これが一番辛《つら》いところ。判断の失態で国許の島津家も巻き込んでしまう。しかも現状では龍伯が嫌う三成方に取り込まれそうな雰囲気である。家康が会津討伐に向かっている以上、三成が蜂起すれば中立は許されぬ状況に追いやられる。

〈なんとしても伏見城に入らねばならんな〉

翌日も惟新は伏見城の留守居に使者を立て、入城を求めたが拒まれるばかりだった。

十四日、豊久が惟新の許に到着した。

「大坂では毛利中納言を迎える用意をしてごわす。治部少輔の挙兵は誠のようでございもすな。伯父御《おじご》はいかがなされるつもりでごわすか」

開口一番、豊久は問う。やはり不安なようである。

「近く兵を挙げっことは誠じゃろう。俺は、まだ進退を決めちょらん」

「急ぐこつはなか思いもすが、手後《てお》れにはならぬように。女子《おなご》もおりますゆえ」

豊久の姉も人質として伏見にいた。

「吾《あが》は何《いず》れに付くつもりか」

惟新は豊久の真意を問う。

「俺《おい》は伯父御に従いもす。存分に遣って給《たも》んせ」

豊久は惟新に身を委《ゆだ》ねた。秀吉の九州討伐時に父の家久は謎《なぞ》の死を遂げた。一般的には豊臣家による暗殺と取《と》り沙汰《ざた》されているが、別の観点もある。島津家中では、龍伯らの三人とは母の違う家久が島津家から独立を図ろうとしたので毒殺されたと噂され、豊久は背信者の息子という穿《うが》った目で見られていた。佐土原の島津家が、秀吉から独立大名として認められたのでなおさらである。豊久にすれば、豊臣家と島津本宗家《ほんそうけ》共に疑問を持っている。

哀れな甥《おい》の豊久を、惟新はなんの隔《へだ》たりもなく接し、可愛がったので、豊久も慕っている。朝鮮では大半は別の陣にいたので、なかなか一緒に戦えなかった不満を口にしている。それだけ泗川《サチョン》、露梁《ノリャン》の大勝利は豊久にも衝撃的だったに違いない。

「吾《あが》が来てくれたんで気が楽になった。じゃっどん、ほんなごての戦いは、こいから。みなには油断させるな」

惟新は自らを引き締め、言い聞かせるように告げた。

この日、惟新は龍伯に対し、乱劇（大混乱）になって是非にも及ばない。人数が足らなくてどうにもならない。亀寿《かめじゅ》を何処《いずこ》に移そうか、豊久らと相談していることを伝えた。

十五日、満を持して石田三成が島津屋敷を訪れた。周囲には二千余の兵が控えていた。

「ご無沙汰《ぶさた》してござる。多い人数は中書殿の家臣でござるか」

挨拶は一言ですませ、社交辞令を言わぬところは、以前となんら変わらない。涼しげな顔は、相変わらず島津家の動きは鈍いと皮肉を口にする。

「治部少輔殿は、ようご存じじゃ。蟄居の間に、随分と力を貯《たくわ》えられたようで」

「伏見への入城は断られているようでござるな。ご決断はつきましたか」

早く従ったほうが身のためでございますよ、とでも言いたげな三成である。

「当家は信義を大事にしておる。簡単に変更はできもはん」

「某《それがし》は、これより大坂にまいります。大坂は我らを支援してござる。無論、秀頼様もです。そのこと大坂の留守居から聞いておりませんか」

「書状でもあれば信じられるが、噂ではのう」

あくまでも、初心を貫くつもりの惟新だ。

「さすが島津殿は意志が固い。さればこそ悪辣《あくらつ》な内府《だいふ》も信じたのでござるの。ところで、奥方や忠恒殿のご正室は伏見におられますなあ。秀頼様の許可を得れば多勢が伏見城を囲むことになります。その前に徳川の留守居が城下を焼き払うかもしれず。今のうちに安全な大坂城にお移しなされてはいかがでござるか。何《いず》れ各大名の妻子は大坂城に入ってもらいます」

拒めば敵とみなされることは間違いない。三成は惟新の泣きどころを見事に衝《つ》いてきた。

「俺《おい》にどげんしろと？」

「お味方になったという書状を上杉中納言に記して戴きたい。伏見城に入ることを拒まれた今となっては、島津殿の進退も自《おの》ずと決まりましょう」

正論である。伏見の見張りはさらに厳重になることが予想される。夜陰に乗じて亀寿《かぢ》を帰国させようとすれば、たちどころに捕らえられて醜態を晒《さら》す。もし、亀寿が命を落とすようなことになれば、惟新が切腹しても許されぬことを三成は知っている。

惟新は応じざるをえなかった。

「未だ連絡をとっておりませんが啓《もう》し上げます。このたび内府《だいふ》が貴国に出張したことについて、輝元、秀家をはじめ、大坂の御老衆《おとなしゅう》、小西（行長）、大谷刑部《ぎょうぶ》、治部少輔（三成）らと相談して、秀頼様の御為《おんため》にしたことについて、貴老（景勝）も同意されたことなので、拙者《せっしゃ》もその通りにした。子細は石田治部少輔が申すでしょう」

この日、惟新は上杉景勝に書状を記した。渋々三成らに与《くみ》したことが、行間から滲《にじ》み出ているような文面である。

〈俺は島津家の当主ではなか。万が一の時には言い訳できよう。いざという時は腹を切ればよか〉

惟新には覚悟ができていた。

書状の内容を確認することもなく、三成は大坂に向かった。

「あっさりと発ちもしたな」

三成が出立したのち、豊久が来て惟新に言う。

「吾《あが》と合わせて数百の兵など眼中にないのであろう。治部少輔は当家の鈍さも十分に判っておる。今は数より六十二万石の当家が味方になったという名目さえ得られればいいに違いなか」

大坂への同行も求められなかったので、惟新はそのまま伏見にとどまっていた。

「奉行の発想でごわすな。伯父御の真実の強さを知っておらん」

「こん、数では侮《あなど》られてもしかたなか。伏見に大坂の多勢が仕寄《しよ》せる前に、ないごてかせんと」

豊久にも判断を委《ゆだ》ねられた惟新。いつにない重圧で下腹が刺し込まれるようであった。

翌十六日、新納《にいろ》旅庵が大坂から戻り、惟新の前に罷《まか》り出た。

「治部少輔殿らが近江の愛知川《えちがわ》に設けた関所で、東に進む大名が止められ、大坂方に従っているようにございもす」

近江の佐和山城から二里半ほど西の愛知川に設けた関所は、三成の兄・正澄が守っていた。この関所によって鍋島勝茂、長宗我部盛親、脇坂安治、徳善院玄以《とくぜんいんげんい》の息子・前田茂勝《しげかつ》らが追い返され、大坂に移動しているという。今後、さらに増えるに違いない。

「俺《おい》たちゃあも進退を明確にせねばならなくなったの」

惟新は最後の選択を強《し》いられることになった。

四

七月十七日の午前中、惟新は平服のまま、自ら伏見城の大手門に達した。一緒にいるのは新納《にいろ》旅庵のほか、豊久と十数人の供廻のみ。具足《ぐそく》を着用し、伏見の島津兵を掻《か》き集めて迫れば、城攻めだと勘違いされて戦闘の口火を切ってしまうことを警戒しての少人数にした。城将の鳥居元忠と直談判《じかだんぱん》するためである。

有川与左衛門から門番に、惟新が直《じか》に話したいことを告げさせた。四半刻《しはんとき》ほど待たされたのちに、鳥居元忠が石垣の上から顔を出した。具足に身を包んだ元忠は惟新らを見下している。

無礼な奴だと腹立たしさを覚えながら、惟新は鳥居元忠を見上げる。

「島津惟新、内府殿《だいふどの》との約定によって伏見城に入城致す。城門を開けて給《たも》んせ」

新納旅庵が前に進み出て、惟新に代わって大音声《だいおんじょう》を発した。

「左様な話は聞いておらぬ。我が主《あるじ》は筆まめ、事実ならば書付《かきつけ》を持っておられよう」

「そげんものは賜《たまわ》ってはおらん。貴殿は主《あるじ》の言葉を信じられんのか」

「主の言葉は信じても、兵も碌《ろく》に集められん者の言葉は信じられん。早々に立ち去られよ」

またも島津家の腰の重さで恥をかかされた。惟新は憤《いきどお》る。

「陪臣《ばいしん》の分際で、薩摩侍従に無礼であろう。早う城門を開かんか！」

惟新より早く新納《にいろ》旅庵が怒号した。

「問答無用。早う立ち去れ！ 立ち去らんなら容赦せん」

鳥居元忠が合図をすると、十数挺の鉄砲が火を噴き、新納旅庵の足下で地雷火が上がった。

「こん、馬鹿奴《ざこはっ》が！ 武器も持たん者《もん》に鉄砲を放つか！」

激昂《げっこう》した豊久が前に進み出て獅子吼《ししく》する。

「止《や》めい。二人とも退《ひ》くがよか。頑固者の説得は無理じゃ」

威嚇射撃を受け、惟新は伏見城への入城を諦《あきら》めた。

鳥居元忠は徳川家の譜代《ふだい》で、家康が駿河《するが》で人質生活をしている時から近侍していた。鷹《たか》を飼えぬ家康は鵙《もず》に鷹の真似をさせていたところ、「鵙に鷹の真似はできない。本物の鷹を飼える身分になりなされ」と進言すると、幼い家康に縁の下に蹴落《けお》とされた。理不尽な扱いに文句も言わず、自分の発言を改めようともしない三河武士である。

幾度となく戦功を挙げた鳥居元忠に対し、家康は感状を与えようとしたが、「感状などは別の主君に仕える時に役立つものであり、家康しか主君を考えていない自分には無用なものである」と拒み、元忠は生涯、感状を受け取らなかった。

秀吉からの官位推挙の話が度々《たびたび》あったものの、主君以外の人間からもらう謂《いわ》れはないと断ったので、生涯、彦右衛門尉で通した頑固者。この年六十二歳になる。

「確か、鳥居は、足が悪かったのう」

十間ほど下がった新納《にいろ》旅庵に、惟新は問う。

「そう聞いちょいもす」

腹立たしさをあらわに新納旅庵は答えた。

過ぐる天正三年（一五七五）八月、徳川軍の先鋒《せんぽう》として武田勢が籠《こも》る遠江《とおとうみ》の諏訪原《すわはら》城を攻めた折、鳥居元忠は城内から放たれた鉄砲に左腿《ひだりもも》を撃たれ、以来、足を引《ひ》き摺《ず》るようになった。

「足の悪い老臣が、敵中に残されたちゅうこつは、徳川家臣だけで、こん城に籠《こも》り、死に花を咲かせるつもりかもしれん」

惟新は鳥居元忠に武士の心意気のようなものを感じた。

〈当然、内府《だいふ》は知っていよう。あるいは、内府が命じたか。よう受けたもんじゃ。三河者は犬のごとき忠義を示すというが、羨《うらや》ましかこつ。寡勢じゃが、こん城、簡単に落ちんか

もしれん〉

鳥居元忠の覚悟を察した惟新は、激戦を予想しながら屋敷に引き上げた。

「伏見城への入城が叶《かな》わなくなった今、治部少輔方に加担致しもすか」

豊久が問う。

「中立が許されんなら、何《いず》れかに与《くみ》せねばならん。じゃっどん、俺《おい》は内府《だいふ》も治部少輔も憎んではおらん。島津の家が成り立つように動くしかなか」

惟新の言葉に、豊久と新納《にいろ》旅庵は頷《うなず》いた。二人とも、やむにやまれぬ仕儀にて三成方に与することを察したようである。

城内で惟新らが鉄砲で追い返されたところを見た木下勝俊は、父の家定と共に三本木《さんぼんぎ》に在する叔母の北政所《きたのまんどころ》を守るという名目で伏見城を出て、北政所屋敷に逃げ込んだ。徳川方が勝俊に城を出るように半《なか》ば脅したこともあり、鳥居元忠らは追撃を行わなかった。

徳川家の者しか信用していない鳥居元忠は、木下勝俊の実弟である小早川秀秋の入城も拒んだ。

その日の夕刻前、驚くべき書状が大坂から届けられた。長束《なつか》正家、増田《ました》長盛、徳善院玄以による家康への檄文《げきぶん》、十三ヵ条からなる「内府ちかひの条々」という弾劾状《だんがいじょう》である。

内容は十人衆（年寄、奉行）の誓書を無視し、石田三成と浅野長政を失脚させた。前田利長を逼塞《ひっそく》させ、利長の生母（芳春院《ほうしゅんいん》）を人質に取った。罪のない上杉景勝に討伐軍を起こした。勝手に知行を与えた。伏見城の留守居を追い、私《わたくし》に占有している。十人衆以外に誓書を交わさぬ掟《おきて》を破り、好き勝手に交わしてる。北政所を追って大坂城西ノ丸を占有している。西ノ丸に天守閣を勝手に築いた。諸侯の妻子を依怙贔屓《えこひいき》によって国許に帰国させた。大名間の婚儀を勝手に行い、今なお継続している。若衆（加藤清正ら）を煽動《せんどう》して徒党を組ませた。年寄の連署を勝手に断行。縁者の懇願を受け、石清水八幡宮《いわしみずはちまんぐう》の検地を免除、であった。

この弾劾状は多数の右筆《ゆうひつ》によって記され、万石以上の諸将の許に送られた。三成方に加担している武将には正義であることを訴えて勇気を与え、家康に従って会津討伐に向かっている武将には罪悪感を煽《あお》り、不安感を植えつけて味方に引き入れる策でもあった。

使者からは多数の武将が大坂に集結していることも告げられた。全ての武将が、家康が定めた軍役どおり、百石で三人の兵を出せば、十万近くにもなることが予想できる。

大坂で評議を終えたのち、毛利輝元は佐野綱正らを追い出して西ノ丸を占拠した。綱正らは鳥居元忠の居る伏見城に入城している。これで伏見城の徳川勢は一千八百ほどになった。

開戦は近いことは予想に難《かた》くなかった。

夜には血腥《ちなまぐさ》い報せが齎《もたら》された。

評議どおり、奉行らは大坂に住む東軍の妻子を人質に取ることにし、増田長盛は玉造《たまつくり》の長岡（細川）忠興の屋敷に使者を向け、忠興の正室ガラシャ夫人を大坂城に連れ去ろうとした。

「左様な指示は夫から受けておりません。お引き取りになるよう申しなさい」

ガラシャ夫人は拒むよう老臣の小笠原秀清《ひできよ》に命じた。ガラシャとは恩恵や聖寵《せいちょう》という意味でキリシタンの洗礼名。本名は於《お》たまと言い、明智光秀の娘である。

長岡忠興は嫉妬深く、見目《みめ》麗《うるわ》しいガラシャ夫人を他人に見せるのを嫌った。

「出陣中、敵が屋敷に乱入してきたならば、武士の妻らしく自刃《じじん》せよ」

会津出陣に際して長岡忠興は命じていた。

「従わねば踏み潰すのみ」

拒まれた増田家臣らは屋敷に鉄砲を撃ちかけて威嚇《いかく》した。

脅迫されてもガラシャ夫人は応じず、長岡家臣はささやかな抵抗を示すが、多勢に無勢は否めず、屋敷に敵兵が雪崩《なだ》れ込んでくるのも時間の問題。覚悟を決めたガラシャ夫人であるが、キリシタンは自死を禁止されているので、祈りを捧げたのち、小笠原秀清に胸を突かせて、屋敷に火をかけさせた。家屋は炎上、秀清は切腹して果てた。

「質を斬っては、質の意味がなかろう。ないごて増田は斬らせたんでごわんどかい」

理解できないといった表情で豊久は言う。

「偶然の出来事かもしれんが、奉行たち、特に治部少輔は長岡を快く思っておらんからのう」

惟新は三成の名を口にすると、豊久と新納《にいろ》旅庵は頷《うなず》いた。

信長存命時、長岡忠興は明智光秀の寄騎《よりき》であったが、本能寺の変後の山崎の戦いには加担しなかった。光秀に与《くみ》しなかったものの、主君の仇討《あだう》ちに参陣しなかったので、以降戦功を挙げても秀吉は丹後の宮津《みやづ》で十二万石しか与えなかった。

秀吉に冷遇されていたこともあり、長岡忠興は早くから家康に近づいた。忠興は前田利家が死去する少し前、両家の仲介役となって前田家が屈服する原因を作り、利家の死後は加藤清正らの猛将たちと三成を追い、佐和山隠居の契機を演出。これらの功により、忠興は三成の妹婿《いもうとむこ》である福原長堯《ながたか》の所領を得た。

福原長堯は慶長の役で戦目付《いくさめつけ》を務め、秀吉から豊後《ぶんご》の地で加増を受け、十二万石を受けていた。朝鮮で戦った武将たちから報告は歪曲《わいきょく》であると訴えがあり、家康は調査の上、長堯から同地を没収している。その地が長岡忠興に与えられていた。

なんといっても長岡忠興は会津攻めの先鋒。忠興の父・幽斎《ゆうさい》は、早々に帰国して丹後の田辺城で籠城《ろうじょう》の準備を始めている。

他にも大坂の奉行衆は蒲生秀行、有馬豊氏《とようじ》、加藤嘉明らの妻子を質にしようとしていたが、毛利輝元の下知《げじ》で人質収監を中止し、屋敷の周囲に柵を築いて監視することに変更した。

家康の養女を娶《めと》った諸将の家臣たちは、それぞれ見張りの目をかい潜《くぐ》り、脱出させている。

加藤清正の家では、大坂留守居の大木土佐守が、配下の梶原助兵衛を予《あらかじ》め病人に仕立てておき、門番と顔見知りになったのをいいことに、輿《こし》の底に身を隠して検問を通過した。

家康の養女と婚儀を結んだ黒田長政とその父如水《じょすい》の正室は、米俵の中に包まれて監察の目を逃れた。同じく家康の養女を嫁に迎えた蜂須賀至鎮《はちすかよししげ》は、その父・家政が参陣することを告げて逃れさせた。

池田照政の妻・督姫《とくひめ》は妹婿の山崎家盛《いえもり》が密《ひそ》かに自分の居城である摂津《せっつ》の三田《さんだ》城に匿《かくま》った。代わりに家盛は自分の正室を大坂城に差し出すことにした。これにより、三成に与《くみ》した家盛であるが、改易《かいえき》どころか加増されることになる。

家康の養女で唯一、大坂に残ったのは遠江の横須賀城主の有馬豊氏の正室である。

「この大坂からは、とても遠江まで逃げられませぬ。敵が迫れば自害致します」

この姫は松平康直の娘。人質受け取りの使者に気丈に言い放ち、生き延びている。

七月十八日、増田《ました》家臣の山川半平《はんべえ》が伏見城に赴き、鳥居元忠に城の明け渡しを要求したが、突っぱねられた。報せは惟新にも届けられた。

午後になり、大坂にいた三成が惟新の許を訪れた。軍勢を率いている。

「伏見の監視、ご苦労に存ずる」

三成なりの気遣いであり、皮肉でもあろう。

「随分と乱暴なことをするもんじゃ」

「長岡屋敷のことでござるか。偶発の事態はよくあること。大事の前の小事でござる」

冷めた口調の三成に、惟新は不快感を覚えた。

「古今東西、戦《いつさ》に巻き込まれて命を失う女子供は少なくないが、昨日の件は避けられたはず。明らかに失態であっど。『内府《だいふ》ちかひの条々』で内府に従う諸将の心を揺さぶれたもんを、長岡の一件で帳消しにした。そいどこか、どこぞの俊英を討てという心を一つにさせてしまったかもしれん」

「望むところ。我らも内府の首を討つことで心を一つに致した。昨日の書状を読まずとも、おそらく日本《ひのもと》は二つに分かれて戦うことになりましょう。秀頼様を頂《いただき》に置く我らと、内府に加担する悪《あ》しき東軍の戯《たわ》けどもが」

家康打倒に三成は燃えている。総大将は毛利輝元でも、首謀者は紛《まぎ》れもなく三成なので、自分の立てた計画に酔っているのかもしれない。

「東軍？」

「左様、江戸を居城に置く内府に加担する軍勢ゆえ東軍と呼んでござる。これに対し、安《あ》芸《き》の毛利中納言殿を大将とした我らは、さしずめ西軍になりましょうか」

日本を二つに割っての大戦に参陣し、勝利したほうが天下を牛耳《ぎゅうじ》ることは壮大で胸の透くような話であるが懸念もある。

「そげんな大事《おおごと》にすれば、秀頼様の天下に罅《ひび》が入るのではなかか？」

「今、膿《うみ》を出さねば、取り返しのつかぬことになる。それが我らの出した答えでござる。本日、伏見城の留守居が我らの開城の求めを拒否したことはご存じでござろう。明日には城攻めの軍勢が着陣します。島津殿も加勢して戴きます。拒めば秀頼様に背いたと見なされましょう」

高圧的ながらも、三成最大限の配慮であった。

「承知致した。して、治部少輔殿はいかに？」

こと、ここに至って拒むわけにはいかない。惟新は進退を初めて明らかにした。

「十八日は亡き太閤殿下の月命日。豊国社を参拝したのちに帰城し、その後は東に向かいます。伏見には軍監として当家の者を残しておきますので、なにかあれば相談してくだされ。されば」

告げると三成は家臣の高野越中《えっちゅう》と大山伯耆《ほうき》を残し、東山に向かった。同地には秀吉を祀った阿弥陀ヶ峰《あみだがみね》の豊国社があり、三成は軍勢を率いて社参している。毛利輝元も正室を同社に向かわせ、必勝祈願の神事を行わせていた。

「明日、万余の軍勢が押し寄せるか、伏見は戦場になるの。今日のうちに御上《おかみ》（亀寿《かぢ》）様《さあ》を安全なところにお移しせねばの」

苦慮の上、惟新は亀寿や、惟新の正室・宰相《さいしょう》ら女房衆に多数の兵をつけて大坂に移動させた。大坂の島津屋敷は総構《そうがまえ》の中にあるので、まずは安心。ただ、人質になるのは覚悟しなければならない。

〈内府《だいふ》に恨みはなかが、伏見への入城を拒んだ吾《あが》が悪い。俺《おい》は島津んために戦う。御上様を危うき目には遭《あ》わせぬ。又八郎のためにも〉

闘志を新たにするが、とにかく兵数が足りない。今は国許からの増援を待つばかりだ。

朝から残暑厳しい七月十九日、惟新が朝餉《あさげ》を食していると、慌ただしく新納《にいろ》旅庵が罷《まか》り出た。

「申し上げもす、伏見城の留守居が城下の屋敷に火をつけもした」

唾《つば》を飛ばして新納旅庵は言う。

感情云々《うんぬん》は別として、伏見城方の考えは理解できる。西軍が攻めてくることを摑んだので、敵が身を隠せるようなところは焼き払うのが常道である。

「消せそうか」

干した小魚を嚙みながら、惟新は問う。

「火の手は早く、難しゅうございもす」

屋敷が燃え上がれば、桶で水をかけても簡単に鎮火できるものではない。当時は周囲の建物を壊して火が移らぬようにするのが消火活動であった。

「そうか。運び出せるだけ運び出せ」

命じた惟新は粥《かゆ》を飲むように掻《か》き込んで立ち上がった。『御重物《ごじゅうもつ》』や贈物などは亀寿《かめ》と共に大坂に持たせているので心配はない。伏見屋敷にある物は、僅かな武器と生活用具、食料など。火の手は東からだったので、持ち出せる余裕はあった。

「馬鹿奴《ざこはっ》が、借銀をして建てた屋敷じゃというに」

炎が屋敷を飲み込んでいく様を眺め、惟新は吐き捨てる。初めて伏見城の留守居に憎しみを持った瞬間である。

島津家の者たちは宇治《うじ》川まで退いたので、人命に被害は出なかった。他家の留守居も同じように避難している。何《いず》れも西軍に与《くみ》した家の者たちである。

午後になって大坂から軍勢が到着した。毛利秀元《ひでもと》、吉川廣家《きっかわひろいえ》、安国寺恵瓊《えけい》、小早川秀包《ひでかね》、鍋島勝茂、長宗我部盛親、雑賀重朝《さいかしげとも》ら四万にも達する軍勢である。周囲には喊声《かんせい》があがった。

本来は、戦陣大将の宇喜多秀家が指揮を執《と》るはずであるが、小早川秀秋が雲隠れしてしまったので、秀家は秀秋の探索をしている最中で遅れるという。

小早川秀秋は東西両軍、何れに与するか迷った末に叔母の北政所に相談したところ、東軍に付けと勧められた。指示に従うものの伏見入城は拒否されて途方に暮れていたということだった。

「頼りになるのか、ならんのか」

西軍の到着を目の当《ま》たりにしつつも、惟新の不安は消えなかった。

呑気《のんき》に構える寄手《よせて》に対し、伏見城内では本丸に鳥居元忠、西ノ丸に内藤家長、三ノ丸に松平家忠、治部少丸（曲輪《くるわ》）に駒井直方《なおかた》、松ノ丸に深尾清十郎《せいじゅうろう》、太鼓丸も上林政重《かんばやしまさしげ》を対置し、一千八百の兵を無駄なく割り振って備えた。

惟新は、攻撃の総奉行を入来院重時《いりきいんしげとき》とした。重時は忠恒の名代として家康に庄内の乱平定の御礼を述べるために上洛し、流れの中で惟新の側《そば》にいるうちに参陣することになった者である。脇奉行は久留休齋《ひさどめきゅうさい》と神戸久五郎《かんべきゅうごろう》（のちの松岡勝兵衛）にした。

伏見城の周囲は焼け野原で身を隠す場所がなかった。まだ、燻《くすぶ》って煙を上げているところもあるが、西軍の諸将は竹束《たけたば》を前面に出して進み、思い思いのままに攻めかかる。

惟新と豊久合わせて数百の島津勢は、城の南西の地に追いやられた。目の前は広い水堀があり、堀の内側は御花畑山荘《おはなばたけさんそう》がある。城内に突入しようとすれば、西に移動して西門を破らねばならない。

寄手は周囲から鉄砲を放つだけで、城壁すらも崩せずに、初日は終了した。

「烏合《うごう》の衆の典型じゃ。こげんこつでは一月《ひとつき》経っても城は落ちんど」

蜩《ひぐらし》の声を聞きながら、惟新はもらした。

「伯父御が采を振れば一日で終わるものを、悔しか」

豊久が唇を嚙む。

「残念じゃが、寡勢の将が、なにを申しても誰も聞かん。今は兵に怪我をさせせんようにせい」

諦《あきら》め口調で惟新は指示を出す。肩身が狭いのには馴れているが、何度味わっても屈辱でしかない。兵の上洛を神頼みしたい心境だった。

同じ日、小野木重次《おのぎしげつぐ》を大将にして、毛利高政《たかまさ》、中川秀成《ひでなり》、竹中隆重《たかしげ》、早川長政《ながまさ》、杉原長《なが》房《ふさ》、赤松広英《ひろひで》（齋村政広《さいむらまさひろ》とも）、小出吉政《こいでよしまさ》、山崎家盛《いえもり》、谷衛友《もりとも》、川勝秀氏《かわかつひでうじ》、藤掛永勝《ふじかけながかつ》、石川貞通《さだみち》、高田治忠《はるただ》、生駒左近《いこまさこん》、長谷川鍋《なべ》など一万五千の軍勢が長岡幽齋の籠《こも》る田辺城に向かった。

連日、寄手は夥《おびただ》しい轟音を響かせるが、伏見城はまったく落ちる気配はない。大将がいないので寄せ集めの軍勢は好き勝手に弓・鉄砲を放つばかり。まるで手伝い戦《いくさ》に参じたような雰囲気で、緊迫した感じは皆無である。

「こいは戦《いつさ》でごわんどかい」

豊久は首を捻《ひね》る。

「鳥居も肩透かしを喰らったような思いではなかか」

惟新も華々《はなばな》しく散ろうとする鳥居元忠を気遣う。

〈皆、本気で内府《だいふ》と戦う気はないんやの。あるのは治部少輔ぐらいか。俺《おい》は……〉

戦いたいが、兵がいればというのは逃げ口上か。兵を集めるのも才能の一つ。

〈俺は大将の器ではないかもしれん。じゃっどん、戦えば負けはせぬ〉

朝鮮では遠巻きも含めて二十万の軍勢に勝利したが、国内でも同じことができるかは疑問である。やはり、最低限の兵は必要であった。

さすがに二十三日になると、城からの鉄砲を受けて、島津勢にも負傷者が出はじめた。

〈寡勢の上に手負いが出ては、どうにもならん〉

二十四日、惟新は忠恒に対し、こちらは兵が少なくて、なにをしてもうまくいかないだろうと困っている、と援軍の催促をするが、またも要求には応えてもらえなかった。

二十五日、宇喜多秀家は渋る小早川秀秋を引き連れて伏見に到着した。これでさらに三万二千六百の兵が加わったことになる。寄手は七万を超えた。

「漸《ようや》く金吾《きんご》もその気になった。これからは城攻めも捗《はかど》ろう」

明るい表情で宇喜多秀家は言う。金吾とは小早川秀秋のこと。成人した時に左衛門督《さえもんのかみ》に任官されたことから唐名の「金吾」と通称され、その後、権《ごん》中納言に任じられたので、金吾中納言とも呼ばれている。

大将の参陣で、改めて諸将の部署を定められた。東に宇喜多秀家、北東に小早川秀秋、北に鍋島勝茂、西に毛利秀元、吉川廣家、安国寺恵瓊、小早川秀包、南に長宗我部盛親、雑賀重朝。北西の島津勢は変わらないが、数百では蚊帳《かや》の外に追いやられた感じであった。

軍勢を配置し直して寄手は攻撃するが、徳川勢の結束は固く、城門を堅く閉ざして打って出ず、寄手の攻めに耐えている。四年前の大地震で新たに築き直した伏見城は秀吉の死で普請途中になっているものの、さすが天下の名城であり、城造りの名人と言われた秀吉の縄張りが生かされているようだった。

「緒戦《しょせん》にも拘《かかわ》らず、長対峙《ながたいじ》になりそうでごわすな」

前線に出られぬもどかしさもあってか、豊久が言う。

「俺《おい》は考え違《ちご》いをしちょったのかもしれん。鳥居は死に花を咲かせる気には違いなかが、刻《とき》を稼《かせ》いでいるのかもしれん」

「刻でごわすか」

豊久は意外だといった顔を向ける。

「内府《だいふ》が兵を返す刻じゃ。会津に向かうふりをして上方を空にしたのは、西軍に蜂起させるため」

「そげん、都合よくいきもすか」

「治部少輔の性根を読んだ賭けだったかもしれん。契機はなんでもよか。今は、いきつつあるのかもしれん。俺たちゃあが伏見に仕寄せておるしの」

「早《はよ》う落とさんとなりもはんな」

噛み締めるように豊久は言う。惟新も頷《うなず》いた。

大将の宇喜多秀家が一喝しても、城門一つも打ち破れる気配がない。落城の兆候などは皆無だ。

二十九日、石田三成が参陣した。なかなか伏見城が陥落しないので、美濃の大垣から秀頼に呼び戻されたと、惟新は聞いた。

〈落ちぬので焦《じ》れて戻ってきたんじゃろう。八歳の秀頼様が、下知するわけはなか〉

諸将の尻を叩くために、三成自ら触れたと惟新は思っている。

「まだ、国許からの兵は来られぬのでござるか」

遅滞《ちたい》にもほどがあるとでも言いたげな三成である。

「薩摩は遠方ゆえ」

なに喰わぬ顔で惟新は応えるが、肚裡《とり》は屈辱感で滾《たぎ》りそうであった。

この日も惟新は忠恒に書状を送り、三成から兵の催促をされたことを伝え、頼んでいる。同じように、国許の本田正親と伊勢貞成に宛てた書では、帖佐《ちょうさ》にいる惟新の家臣は多くが在京しているので、心ある者は分限に拘らず、自由に上洛させてくれと指示を出した。

三成が参陣したので、仲の悪い吉川廣家は伊勢の制圧に出ると、毛利秀元を伴って伏見の陣から離れた。廣家は東軍に内通しているので、落城の場には居たくないのであろう。このことは、まだ誰も知るよしもなかった。

伏見の陣から毛利家の者が全て去ると士気に関わるので、大坂の毛利輝元は一族の天野元政《もとまさ》の五千を代わりに参陣させている。

当然、陣替えが行われ、島津家は北東に追いやられた。

「北門が近い。功が上げやすくなったかもしれん」

兵の士気を下げぬよう惟新は前向きなことを口にした。

家康打倒の首謀者である三成が参陣しても、堅固な伏見城は落ちなかった。思案の上、三成は城内に在する甲賀者《こうがもの》を裏切らせることにして、長束《なつか》正家配下の甲賀衆・浮貝藤助《うかいとうすけ》を城内に忍び込ませた。

「治部少輔殿の陣は、人の出入りが多いようにございもす」

夕餉《ゆうげ》の最中、新納《にいろ》旅庵が告げる。

「夜討ちでもさせる気かの。目を放させるな。そいと、今宵《こよい》は軍装《ぐんそう》を解かせるな」

戦場暮らしの長い惟新は、嗅覚《きゅうかく》でなにかが起きると感じて命じた。

浮貝藤助は夜陰に乗じて松ノ丸に潜り、同丸を守る深尾清十郎に矢文《やぶみ》を射た。

「我らに従わねば甲賀に残した妻子一族を磔《はりつけ》にする。但《ただ》し、城内に火を放って内応すれば、妻子の命は助け、恩賞を与える」

八月一日の子《ね》ノ刻（午前零時頃）、深尾清十郎はやむなく矢文に従い、松ノ丸に火を放って城門を開いた。清十郎に続き、同丸を守る徳川麾下《きか》の甲賀衆四十余名は逃亡した。

「城が燃えちょりもす」

見廻りを終えて仮眠していた惟新は、新納《にいろ》旅庵の声で起こされた。城内は黄褐色《おうかつしょく》が鮮やかに見えた。

「こん好機を逃すな。仕寄《しよ》せよ！」

惟新の下知を受け、五代舎人《ごだいとねり》と神戸久五郎がまっ先に疾駆し、開かれた北門を通過した。二人は一番に松ノ丸に取りつき、久五郎は鑓《やり》で城壁の鉄砲狭間《さま》を突いて三つ、四つ閉じさせた。壁の内側から城兵が鑓を引っぱるので、引き合いとなり、久五郎は引き勝ったものの、勢い余って堀下に落下したところを鉄砲で撃たれた。弾は草摺《くさずり》の端《はし》を貫通し、久五郎は深手を負った。諦めた久五郎は自害しようとした。

「そげんな浅手で一々死んでいては、島津の者《もん》はいなくなる。手当てして次に備えよ」

惟新は抱き起こして、後方に退《ひ》かせた。戦いののちに惟新は薬も与えている。

「久五郎の勇気に続け！」

「チェスト！」

主《あるじ》の下知に奇声で応え、薩摩隼人たちは鑓を手に松ノ丸の城門に飛びついていく。有馬純房《すみふさ》、その従者の善七・善六兄弟、白坂篤次《あつじ》、井尻甚六《じんろく》、財部盛明《たからべもりあき》、富山義陣《とみやまよしつら》……らは鉄砲玉が掠《かす》めても臆《おく》することなく敵に向かうが、射撃されて地に伏せた。

城に矢玉は豊富にある。万が逸、足りなくなったら豪華にちりばめられた金銀を鋳造《ちゅうぞう》し直して玉にしろと家康は命じていた。

島津勢は味方が撃たれても構わずに松ノ丸に張り付き、守将の深尾清十郎は逃亡していることもあって、夜明けと同時に松ノ丸を占拠した。

「曲輪《くるわ》一つで満足するではなか。本丸を落とせ！」

大音声で惟新が叫ぶと、島津兵は狂気と化して本丸へと向かう。松ノ丸の南西の隣は本丸であるが、とても登ることができない高い壁と空堀が間にある。東から迂回《うかい》するように路を通らねばならない。島津勢が極楽橋を渉《わた》って本丸に入ろうとすると、城将の鳥居元忠が杖《つえ》を突きながら出撃してきて、配下に命じて鉄砲を乱射、福永助十郎、四本忠次《よつもとただつぐ》らが血《ち》飛沫《しぶき》を上げて倒れている間に橋を落とさせたので、それ以上進めなくなった。

「おのれ、されば三ノ丸に向かえ」

惟新は本丸の南西に建つ三ノ丸に兵を進ませた。

三ノ丸の守将は松平家忠。島津勢は鉄砲の雨を浴びながらも三度押し立てた。東郷重信《しげのぶ》、有川五兵衛《ごへえ》、和田義音《よしなり》……らが戦死しても構わず突き立てたので遂に城門を破り、三ノ丸の中に押し入った。

城兵も寄手も互いに退かないので、島津勢は刺し違えるように死んでいった。若松藤蔵《とうぞう》、和田主兵衛尉《しゆべえのじよう》、山崎重有《しげあり》、松元市右衛門《まつもといちえもん》……ら。種子島時宗《たねがしまときむね》らの死を恐れぬ戦いのかいがあり、三ノ丸の城兵は悉《ことごと》く島津勢が討ち取ることができた。

豊久の家臣の赤崎丹後《たんご》は筵《むしろ》を旗差物《はたさしもの》にして、城兵を斬り倒していた。

松平家忠は島津兵の別府下野《しもつけ》に左手を負傷させられるが、その後も奮戦。ほどなく疲労し、覚悟を決めて自刃した。筆まめな家忠は『家忠日記』という良質の日記を残しているが、これ以降の日記が続けられることはなくなった。

城兵は必死の反撃を試みるが、城門が開けられれば多勢に無勢は否《いな》めない。それでも半日以上も持ちこたえ、陥落したのは未《み》ノ下刻（午後三時頃）。城兵一千八百余人は全員死亡。ただ一人、治部少丸の守将・駒井直方のみは寄手の間を潜《くぐ》り抜けて逃亡したという。

この戦いで寄手も三千人の負傷者が出た。

島津勢でも右の者の他に石堂《いしどう》市右衛門、楢原弥二郎《ならはらやじろう》、山下喜六《きろく》、小川平左衛門《へいざえもん》、牧喜助《きすけ》らが戦死したことが伝えられている。

惟新は落城後に、内応があったことを知らされた。

「堅城とはいえ、緒戦から調略《ちようりやく》せねばならんとはのう」

本当に戦《いくさ》上手の家康に勝てるのか、疑念を抱く惟新であった。

伏見城は陥落させたが、島津家だけが少数しか参陣していない。同城が陥落した八月一日、宇喜多秀家と毛利輝元は連署で忠恒に対し、国中の兵を率いて上洛することを求めた。

苦労はしたが伏見城を落とし、西軍は歓喜に沸《わ》いた。その一方、増田長盛、徳善院玄以は家康に内応しており、まめに西軍の情報を伝えている。三成が信頼している奉行ですら、二股膏薬《ふたまたこうやく》をしているのが西軍の実情であった。

第九章　大垣の確執

一

鳥居元忠《もとただ》らに玉砕必至の徹底抗戦を命じた家康が、江戸に帰城したのが七月二日。七日には会津出陣の期日と軍法を定め、八日、重臣の榊原康政《やすまさ》を先鋒《せんぽう》として出陣させた。跡継ぎ候補筆頭の秀忠《ひでただ》は十九日に出発、家康自身は二十一日に江戸を発《た》った。北進する兵数は七万二千余で、江戸には五万余、その周辺には二万の後詰《ごづめ》が控えている。

家康に従う諸将は本気で会津を討伐する気でいたのだろうか。家康が出立《しゅったつ》した日と同じ二十一日、下野《しもつけ》の小山《おやま》周辺に達していた長岡忠興《ただおき》は、加増された飛び地の豊後《ぶんご》・杵築《きづき》で留守居《るすい》をする重臣の松井康之《やすゆき》らに対し、書状を送っている。

「石田三成《みつなり》と毛利輝元《てるもと》が談合したことがいろいろと噂に立っている……（中略）内府《だいふ》はさっそく上洛《じょうらく》するようだ。しかれば即座に勝利するであろう……（中略）いざという時は黒田如水《じょすい》の許《もと》に移ること。如水とは予《かね》てから相談していたので安心するように」

　長岡忠興をはじめ東軍諸将の殆《ほとん》どは会津に向かえば、三成らが必ず蜂起《ほうき》する。西軍を挙兵させるための陽動と考え、上杉と戦う気はまずなかった。あるいは、先陣を命じられた段階で、忠興らには秘密が告げられていたのかもしれない。

　ゆるゆると兵を進めていた家康の本隊が、下野の小山に到着したのは七月二十四日。家康の許には十七日に輝元が佐野綱正を追い出して大坂城の西ノ丸に入ったこと、弾劾状《だんがいじょう》「内府《だいふ》ちかひの条々」を諸将に送って挙兵したこと、ガラシャ夫人が殺された報《しら》せが次々と届けられた。

　その日の深夜、鳥居元忠が放った浜島無手衛門《むてえもん》が本多正純《まさずみ》の許に駆《か》け込み、十九日に西軍が伏見城を攻めたことを報告。すぐさま家康に伝えられた。

　家康にとっては、まさに吉報。北叟笑《ほくそえ》んだ家康は宇都宮まで進んでいた黒田長政《ながまさ》を呼び戻して福島正則《まさのり》を説得させ、翌二十五日、北進か西上かの評議を開いた。世にいう小山会議である。

「憎っくき治部少輔《じぶのしょう》を討つべし」

　前夜に説得を受けた正則が発言すると、諸将は賛同して西上が決定。

「当城をご存分に使われますよう」

　遠江《とおとうみ》・掛川《かけがわ》城主の山内一豊《やまのうちかずとよ》が居城を差し出すと、東海道筋の武将は挙《こぞ》って一豊に倣《なら》い、家康は瞬時に兵站線《へいたんせん》の確保ができた。群集心理の効果は絶大、諸将は家康と運命を共にすることを誓った。

勢いに押された福島正則は秀頼《ひでより》から預かる備蓄米三十万石を献上するとまで言いきった。皆、三成憎し、西軍討伐で士気は高まり、意思は一つに纏《まと》まった。

三成打倒の先鋒を命じられた福島正則、池田照政《てるまさ》勢は即座に西上を開始。家康は上杉家と手を結ぶ常陸《ひたち》・水戸城主の佐竹義宣《よしのぶ》の許に茶の師である古田織部《おりべ》を送り、追撃せぬよう説得をさせた。失敗もありうるので、上杉・佐竹家の西進を阻止《そし》するために、次男の結城《ゆうき》秀康と秀忠を宇都宮に配置。家康が小山を発ったのは八月四日であった。

ほどなく下野との国境《くにざかい》に近い陸奥《むつ》の長沼城で会津討伐軍を待ち構えていた上杉景勝《かげかつ》軍勢の反転が報された。家宰《かさい》の直江兼続《かねつぐ》は家康の追撃を主張するが、「背を向けて逃げる敵を追うことに義はない」と景勝は拒否。追撃は行われなかった。実情は岩出山《いわでやま》の伊達政宗《だてまさむね》が旧領の白石《しろいし》に兵を進めており、山形の最上《もがみ》義光も上杉領の出羽《でわ》の庄内を窺《うかが》っているので、家康を追えば領内は蹂躙《じゅうりん》され、侵略されるので上杉家は動けなかった。

上杉家並びに盟約を結ぶ佐竹家が東軍を追撃しなかったことで戦雲は西に移動した。これにより、惟新《いしん》たちは新たな戦いの渦《うず》に巻き込まれるのを止めることができなかった。

伏見城を陥落させた西軍は岐阜《ぎふ》城の織田秀信《ひでのぶ》と相談し、福島正則の清洲《きよす》城を押さえ、三河表に出て、矢作川《やはぎ》を決戦の場にすることを思案し、それぞれの部署を定めた。

伊勢口は毛利秀元《ひでもと》、吉川廣家《きっかわひろいえ》、安国寺恵瓊《あんこくじえけい》、長束正家《なつかまさいえ》、長宗我部《ちょうそかべ》盛親、鍋島勝茂、龍《りゅう》造寺高房《ぞうじたかふさ》と、秀頼の旗本を含む三万五千。

美濃《みの》口は石田三成、島津惟新、同豊久《とよひさ》、小西行長、福原長堯《ながたか》、高橋元種《もとたね》、熊谷直盛《なおもり》、秋月種長《たねなが》、相良《さがら》頼房、織田秀信ら一万八千三百。

北国《ほっこく》口は大谷吉継《よしつぐ》、戸田重政《しげまさ》、平塚為広《ためひろ》、木下頼継《よりつぐ》、小川祐忠《すけただ》、脇坂安治《やすはる》、朽木元綱《くつきもとつな》、京極高次《きょうごくたかつぐ》ら八千三百十。

大坂城に毛利輝元、増田長盛《ましたながもり》、片桐且元《かたぎりかつもと》、蜂須賀家政《はちすかいえまさ》、生駒親正《いこまちかまさ》、小出秀政《こいでひでまさ》、秀頼麾下《きか》で五万余。

遊軍の宇喜多《うきた》秀家、小早川《こばやかわ》秀秋、同秀包《ひでかね》、立花親成《ちかなり》、筑紫広門《つくしひろかど》ら四万一千四十は流動的で、状況に応じて、そのつど投入する。

〈まだ来んか〉

ここに至っても、まだ島津勢は数百のまま。肩身の狭さは変わらない。

八月八日、惟新は再度、忠恒《ただつね》に援軍を要請した。

同じ日、前《さきの》左大臣の近衛信尹《このえのぶただ》（信輔《のぶすけ》から改名）は富隈《とみのくま》の龍伯《りゅうはく》に対し、このたびの伏見の仕合《しあい》（戦《いくさ》）は誠に不思議千万な至りで言葉にならない。惟新からの注進があり、指示がないと、書状に記してあったので、これを一筆伝える、と援軍の要請に応えるように勧めていた。

八月上旬、三成は一足先に美濃に赴《おもむ》いた。島津勢は三成が残した軍勢と共に後を負う。伏見を出立して大津に出た。

「おおっ、こいが琵琶湖《びわこ》か。海でないのが信じられんの」

初めて琵琶湖を見た惟新は、あまりの広さに感動した。

よく考えてみれば、惟新は都より東に行くのは初めてである。不謹慎かもしれないが、どのような景色が目の前に広がるのかと、僅《わず》かながら物見遊山《ものみゆさん》の気分があった。

大津には三成を迎えに来た船が多くあり、余っていた。さすがに五奉行《ごぶぎょう》実力筆頭、地元に近い佐和山《さわやま》の仕置《しおき》が安定していることが窺《うかが》えた。

「どうぞ」

八十島《やそじま》助左衛門が勧めるので、惟新は遠慮なく石田家が用意した船で佐和山を目指した。乗船した当初は心地いい微風であったが、徐々に強くなり、次第に大風となって転覆寸前。たまらず惟新らは近江八幡《おうみはちまん》に上陸し、「小庵《しょうあん》」で一泊することになった。

「こんまま、日本を東西に割っての戦《いっさ》になった時、数百の兵での参陣では、たとえ西軍が勝利しても当家の立場は、著しく悪くなりもすな」

一緒に酒を酌《く》み交わす新納旅庵《にいろりょあん》がもらす。

「東軍が勝利した時は逆らう気がなかったと言い訳できる、と聞こえるぞ」

盃《さかずき》を呷《あお》り、惟新は口元を歪《ゆが》めた。

「五千で二十万を撃破した伯父御《おじご》がおれば、そいはなか」

酒を水のように流し込む豊久が言う。

「吾《あが》の算盤《そろばん》勘定じゃと、二万にしか勝てんの。果たして内府《だいふ》はいかほど兵を集めるかの。十万としても、四、五千は欲しか。太守様《たいしゅさあ》は近衛公の下知《げじ》に耳を傾けてくれればよかが」

惟新は主家の提言に、ささやかな期待をした。

八月十五日、惟新は三成の佐和山城に到着した。同城は佐和山（標高二百三十二メートル）の山頂に五層の天守閣を築き、北側には御殿丸と呼ばれる二ノ丸、三ノ丸を、南には鐘ノ丸《かねのまる》、西には太鼓丸《たいこまる》と山全体を要塞《ようさい》と化した城である。大手は東で東山道《とうさんどう》に続き、同じ方向の小野川を外堀とし、搦手《からめて》は西で、そちらは一望に琵琶湖が開けていた。すぐ北には北国《ほっこく》街道が走り、政治、経済、軍事、交通の要衝でもあった。

「こん城、遠くで見ると、近くで見るでは大違《おおちご》いじゃな」

遠くから見れば豪華な白亜の城に見えるが、城内の壁は土壁剝《つちかべむ》き出《だ》しの荒壁で、板床が多く、畳は僅か。無駄な装飾はなし。けちなのか窮してるのか定かではないが、質素である。

「『三成に過ぎたるものが二つあり。嶋《しま》の左近《さこん》に佐和山の城』と謳《うた》われておいもすが」

新納《にいろ》旅庵が言う。

「太閤殿下のため、内府《だいふ》に備えるために土台は堅固にしたが、そん上に建つ城にまでは手が廻《まわ》らんか。嶋の左近も苦労しとっとじゃろうなあ」

皆は嫉妬《しっと》して俗謡《ぞくよう》を謳ったが、実情との違いを目《ま》の当たりにし、些《いささ》か三成を見直した惟新だ。噂されるほど、賄賂《わいろ》や進物《しんもつ》を受け取っていれば輝かしい建物を築いていたはずである。

佐和山で一泊した惟新は同城を出立し、北国街道を通り、途中から東山道を東に向かう。畿内《きない》以西の者は東山道と言い、東国の者は中仙道《なかせんどう》と呼ぶ。

惟新は途中で関ヶ原に立ち寄った。

「こいが関ヶ原か」

伊吹《いぶき》山系から連なる天満《てんまん》山の南を抜け、開けた盆地が関ヶ原である。飛鳥時代では壬申《じんしん》の乱が、鎌倉時代は承久《じょうきゅう》の乱、南北朝時代には青野ヶ原《あおのがはら》の戦いと、時代の変革期には必ず戦場となってきた場所であった。

「多勢どうしが干戈《かんか》を交えるならば、こげんなところがよかかもしれん。じゃっどん、十万どうしじゃと、ちと狭か地かもしれんな」

周囲を見渡した惟新はひとりごつ。家康が天下を摑《つか》むために、三成が現政権を維持し発展させるために戦うならば、関ヶ原で勝敗をつけなければならないのかもしれない。

十七日、惟新は関ヶ原から二里ほど東の垂井《たるい》に到着。暫《しば》し足を止めて待ち、十九日には再び忠恒に対し、長文で現状報告をし、援軍の催促をした。

願いが届いたのか、第一陣として伊勢平左衛門尉貞成《へいざえもんのじょうさだなり》、相良長泰《さがらながやす》、太田吉兵衛《きちべえ》、後醍院喜兵衛《ごだいいんきへえ》ら譜代の家臣数百人が参着した。

「平左《へいざ》か、遠路、よう来たのう」

惟新は、これまでの苦労を忘れたかのように、満面の笑みを向けて家臣たちを迎えた。

「殿様《とのさあ》には、遅れてしまったこつ、お詫《わ》びのしようもありもはん」

伊勢貞成は涙ぐみながら謝る。

「なんの、まだ始まっちょりはせん。こいからじゃ。国許《くにもと》のほうはどげなこつになっちょるか」

一陣の顔を見た惟新は喜びつつも、関心は、これ以降のことにあった。

「殿様の訴えは鹿児島に届いちょりもす。少将様《しょうしょうさあ》はお応えなさるおつもりでございもすが……」

龍伯《りゅうはく》が反対していることは周知の事実。

「そうか」

「じゃっどん、太守様《たいしゅさあ》も、殿様に従いたか者《もん》は好きにせい、と仰《おお》せにございもすゆえ、追々後続はまいりもす。ご安心して給《た》もんせ」

希望を持たせるように伊勢貞成は言う。

〈好きにせいか……国を挙げてではなかの。上洛する費用は自分もちとすれば、多くても、五、六百ほどじゃろう。やはり、頼みの綱は忠恒しかなかか〉

龍伯への説得は無理だと惟新は諦《あきら》めだした。

「太守様《たいしゅさあ》は、ほかにないごてか指示を出しておるか」

「上方《かみがた》が乱れておる期に、領内を整える。少将様にも、そんこつを命じておりもす」

「忠恒にか」

それが唯一の救いでもあった。『御重物《ごじゅうもつ》』を取り上げても、まだ龍伯は忠恒を跡継ぎ候補の第一としている。

〈あとは、俺《おい》次第じゃな〉

この混乱をうまく乗り切れば島津家中での発言権が強くなる。そのためには惟新が参じる西軍を勝利させることが絶対である。

翌二十日、惟新は再び忠恒、並びに本田正親に書状を記した。

「（前略）長宗我部（盛親）殿は二千の軍役なのに、秀頼様に忠節を尽くすために五千の兵を率いて、近日、伊勢に着陣したとのこと。立花（親成）殿は一千三百の軍役にも拘《かかわ》らず、忠節を尽くすために四千を率いて今日、上方に着陣した。他国がこのように忠義を示しているのに、薩摩《さつま》の兵は僅《わず》か一千の内なので、当地で采配することは、幾度申しても面目ない次第で、筆舌に尽くしがたい。（中略）中書《ちゅうしょ》（豊久）は佐土原《さどわら》に注進して早々に兵を上洛させている。出水《いずみ》、帖佐《ちょうさ》の両役人が一人として到来しないのは心もとない」

惟新は本田正親の情に訴えた。

書状を国許に書き送った惟新は垂井を発ち、三成が在する大垣城《おおがき》に入城した。

大垣城は濃尾《のうび》平野の西北端に位置するので、東国に対する第一の防衛線になる城である。東から木曾《きそ》川、長良《ながら》川、揖斐《いび》川の三大河が流れ、西は杭瀬《くいせ》川、周辺は湿地に守られた天然の要害で、北の中仙道、南の東海道を押さえる要衝でもあった。

城主は伊藤盛正《もりまさ》で、当初は三成の入城を拒《こば》んでいた。三成は半《なか》ば脅し気味に説得して開城させると、すぐ南の福束《ふくつか》城に移動させ、若い城主の丸毛兼利《まるもかねとし》を補佐するように命じた。

その後は関ヶ原の南に位置する松尾《まつお》山には長亭軒《ちょうていけん》城と呼ばれる砦《とりで》が築かれているので、これを普請《ふしん》し直すことを依頼している。

「これは島津殿、ようまいられた。兵も増えたようで吉兆でござる」

三成は素直に労《ねぎら》っているのかもしれないが、これまでの言動からすれば、漸《よう》くか、増えてその程度かと皮肉を言われているように聞こえる。損をするのも諸将を検断し続けてきた結果か。

城には小西行長がいた。

「戦況は思わしくないと伺《うかが》っておりもすが」

惟新は小西行長に軽く挨拶をしたのちに三成に問う。

三成は福島正則の清洲城を、まだ正則が帰城しないうちに掌握しようとしたが失敗している。同城には正則をはじめ東軍に属する豊臣恩顧《おんこ》が六万二千五十余、家康が軍監として派遣した本多忠勝、井伊直政《いいなおまさ》ら四千百で合計六万六千百五十余人が在していた。

まずは小手調べと、福島正則は尾張《おわり》、美濃の国境《くにざかい》に在する横井時泰《ときやす》、徳永壽昌《ながまさ》、市橋長勝《ながかつ》らに命じて大垣城南から東に在する福束城、高須《たかす》城、駒野《こまの》城、津屋《つや》城を攻略させている。

「まだ内府《だいふ》は参じておらぬのに、敵は六万六千余もおるとは……」

伏見城の攻略は、まったくの無意味であるように思わされる。長岡家の人質掌握の失敗も含め、西軍は悪いほうに転がっているような気がしてならない。

先に岐阜城の織田秀信を引き入れていたので、一応、美濃の殆《ほと》どの大名と隣接する尾張・犬山《いぬやま》城主の石川貞清《さだきよ》は西軍に応じている。

「そこで……」

もはや矢作川を決戦の場にすることはできないので、美濃の竹ヶ鼻《たけがはな》城と尾張の犬山城を第一、木曾川・長良川、揖斐川の間に配置する兵を第二の防波堤とし、大垣城、岐阜城を本拠としたい、と問うように三成は言うが、既に小西行長や美濃衆と決定しているようである。

この時、美濃周辺にいる西軍の兵は石田三成が六千七百、小西行長が四千、織田秀信が四千百、尾張・美濃衆が六千、島津惟新・豊久が一千の合計二万一千七百余人であった。

「この先はいかがされるか」

惟新は三成に問う。

「おそらく敵は内府《だいふ》の本軍を待って兵を進めてくるに違いないので、我らも兵を参集して迎え撃つつもりでござる」

「敵は我らの三倍。これを知れば容赦なく仕寄《しよ》せてくる。聞けば木曾川の徒渉地《としょうち》は限られておるとか。二万余の兵で、そん地を押さえれば、敵は前進できぬ。そん間に毛利、宇喜多の大将を待ち、改めて策を立てるがよか。渡河されれば目も当てられもはんど」

惟新は強く主張した。

「大戦の前の小競《こぜ》り合いは避けるべき。先の小城はいざ知らず、残る城は堅固ゆえ、簡単には落ちぬ。さすれば敵は手負いを多数出して疲弊《ひへい》する。その時こそ出撃するべきでござる」

杉浦重勝《しげかつ》の竹ヶ鼻城には、織田秀信家臣の花村半左衛門《はんざえもん》、毛利掃部《かもん》、梶原三十郎《さんじゅうろう》らが送り込まれ、石川貞清《さだきよ》の犬山城には織田麾下《きか》の稲葉貞通《さだみち》、加藤貞泰《さだやす》、竹中重門《しげかど》、関一政《かずまさ》が入って城を固めていた。

「この期《ご》に至り、貴殿は籠城戦《ろうじょうせん》をすっつもりでごわすか？　闘志を見せねば返《かえ》り忠《ちゅう》する者《もん》が出っど」

家康と雌雄《しゆう》を決しようとしているのに、出撃しない思案が惟新には理解できなかった。

「一時、兵を待つだけ。軍役が守られれば、城を出られるのでござるか」

満足に家臣を参陣させられないのに、文句を言うなという目をする三成だ。これに小西行長も賛同する。

「島津殿の武勇は存じておるが、ここは治部少輔の意見に従うべきでござろう」

既に二人で話はついているようであった。ここで、一番兵数の少ない惟新一人が文句を言ってもはじまらない。惟新は渋々従うことにした。

〈こん対応の遅れ、後に引かねばよかが〉

惟新自身も兵の参集が悪く、大垣城への到着が遅れたので他人を非難することができないが、懸念《けねん》は払拭《ふっしょく》できなかった。

二

江戸城に戻った家康は、佐竹・上杉勢への心配もあるが、福島正則ら豊臣恩顧の大名たちを信用していなかったので江戸にとどまっていた。意気揚々と尾張に入り、突如、背信でもされ、その隙《すき》に佐竹・上杉に江戸を攻められでもしたら、目も当てられない。

清洲城に集結している福島正則らは、なかなか腰を上げぬ家康に腹を立て、何度も出陣の要請をしていた。

石橋を叩《たた》いても渡らない家康は、八月十三日、福島正則らの真意を質《ただ》すために、実直な村越直吉《なおよし》を派遣。十九日、直吉は清洲城に到着し、憤《いきどお》る正則らの前に出て主君の口上を忠実に伝えた。

「数日の在陣、まことに御苦労に存ずる。我らその表の出馬のこと、些《いささ》かも違《たが》えることはないとはいえ、我が殿はこのほど風邪気味ゆえ、暫《しば》し延期致す、と申してござる」

直吉が告げると、賤《しず》ヶ岳《がたけ》七本鑓《しちほんやり》の一人・加藤嘉明《よしあき》が発言した。

「なるほど、内府《だいふ》殿の御諚《ごじょう》はまことに仕方なきこと。我らはその心に気づかず、虚《むな》しく出馬を待ち合わせ、期日を延期致す愚かしさよ」

若き日より戦陣を共にしている加藤嘉明の言葉に、福島正則は不快感を示す。

「その、真意はいかに」

「我らは内府殿のお味方とはいえ、亡き太閤殿下の家臣。上方の逆徒らは私意をもって企《くわだ》てるといえども、秀頼様に対して兵を挙げたと申しておる。我らは内府殿へ味方している証《あかし》を示さねば、内府殿が出馬できぬのは至極《しごく》当然」

「さても、典厩《てんきゅう》（左馬介《さまのすけ》嘉明）はよう気づいた。我らは越中守（長岡忠興）と相談致し、宇喜多を仲間に引き入れんことを思案致し、敵を目前にしながら、手も出さず、うかうかと数日を過ごしておった。これは、大いなる油断じゃ」

加藤嘉明に賛同した福島正則は直吉に向かって言った。

「さてもさても、その方もよくぞ申されたものかな。その方には二、三日逗留《とうりゅう》なされよ。これより我らは、犬山か岐阜城を落として御覧に入れる」

「おおーっ！」

福島正則の強い主張に諸将は鬨《とき》で応え、美濃進攻が開始された。

評議の結果、木曾川上流の河田《こうだ》を渡るのは池田照政、浅野長慶、山内一豊、堀尾忠氏《ただうじ》、一柳直盛《ひとつやなぎなおもり》、戸川逵安《みちやす》ら二万二千七百余人。

下流の尾越《おこし》を渡るのは福島正則、長岡忠興、加藤嘉明、黒田長政、藤堂高虎、京極高知、生駒《いこま》一正、寺沢正成、蜂須賀至鎮《はちすかよししげ》、本多忠勝、井伊直政ら三万五千二百余人。

また、田中吉政《よしまさ》と中村一榮《かずひで》らの七千三百五十余人は犬山城に、有馬豊氏の九百人は大垣城に備え、岐阜城攻めの開戦日は、上流・下流の歩調を合わせ、八月二十二日の早暁《そうぎょう》と定められた。

八月二十二日の早朝、犬山城を守っていた加藤貞泰・関一政・竹中重門らは東軍に内応して石川貞清が在する本丸を囲んだ。これにより、田中吉政と中村一榮は下流組に参じている。

背後を衝《つ》かれなくなったので、池田照政らの上流勢は木曾川で織田秀信家臣の木造具《こづくりとも》康《やす》らを一蹴《いっしゅう》して渡河。北の加納《かのう》を目指して進んだ。

未明に竹ヶ鼻城兵らに渡河を阻《はば》まれた下流勢の福島正則らは、さらに下流の加々《か》村《が》から渡河し、攻撃してきた竹ヶ鼻城を攻め、城主の杉浦重勝を自刃《じじん》させて同城を攻略。その足で、約束を破って先に織田勢に仕掛けた池田照政を斬ると意気込んで岐阜方面に北進した。

報せは大垣城に届けられた。

「よもや、内府《だいふ》が来る前に仕掛けてくるとは……あの戯《たわ》けども、太閤殿下の恩を忘れ、悪《あ》しき内府に尾を振って戦功争いをするとは言語道断」

三成の理論では、家康が来る前に福島正則らが兵を進めることはないようだった。

〈やはり後手に廻ったか。戦《いっさ》は理屈どおりにはいかん。そげんこつ太閤の側《そば》におって判らんのか。それゆえ、無謀な唐入《からい》りなど始めたのかもしれん〉

それ見たことかと、肚裡《とり》で思うものの、惟新は無言のまま三成らに相対した。

「敵が動いたので、我らも動かねばならなくなった。そこで……」

大垣城から二里半ほど北西、長良川の徒渉点である合渡《ごうど》に石田家の家臣の舞兵庫《まいひようご》、杉江勘兵衛《かんべえ》、森九兵衛《きゅうべえ》らの一千。同城から一里半ほど南の墨俣《すのまた》に島津勢一千。三成、小西行長は大垣城の東で揖斐川西に位置する佐渡《さわたり》（沢渡）に四千の兵で布陣することにした。残り三千七百は大垣城の守備である。

「島津殿、異議はござらぬか」

不快そうに見えたのであろう、三成が問う。確かに不満はあった。

「墨俣に陣を布《し》き、俺《おい》たちゃあなにをすればよかこつにごわすか」

「なにをすればとは？」

三成には惟新の質問の意味が判らないのか、惟新には問い返す三成の意図が判らない。

「岐阜への後詰、大垣への前衛、はたまた西上する兵への備え、そん何《いず》れかでごわす」

お前が蔑《さげす》んだ一千の兵でなにができる。敵は島津勢を知らぬ上に士気の下がった明《みん》軍ではない。装備も同じで数は多い、泗川《サチョン》の戦いとは違うのだ。

「臨機応変」

「そげんこつならば、先の策どおり籠城していたほうがよか。寡勢を分ければ、個別に撃破される。岐阜城は織田殿が普請し直した堅城ではなかごわすか」

「岐阜への後詰と西上阻止は我が家臣にさせる。島津殿には大垣の前衛をお願い致す」

十分に戦略は練っていると、自信ありげに三成は答えた。

「判ってごわはんか。木曾川を渡られたのちに出す寡勢は物見《ものみ》も同じでごわんど」

「闘志を見せろと言われたのは島津殿ではござらぬか。じき、伊勢にいる兵が参陣しようゆえ、それまで覇気を示して戴きたい」

ことの重要性が判っていないのか、あるいは形にこだわっているのか、三成は淡々と告げる。岐阜城には後詰を出したので安心して籠城してくれ、西にも大垣にも敵は進めない、と。

「そうですな。従いもそ」

仲間割れはよくない。島津家は軍役を守れないのに腰抜けだ、と言われては恥辱《ちじょく》。惟新は応じた。

「毛利も宇喜多も来ん軍で、戦《いつさ》知らずに従うこつはなかではごわはんか」

馬を並べて豊久が不服そうに問う。

「内府《だいふ》からの依頼を受け、伏見城に入ろうとした俺《おい》たちは軍役も守れておらぬ。疑われるんは必定《ひつじょう》。こいを払拭《ふっしょく》せねばならん。そいに、治部少輔は、こん戦を企《くわだ》てた真の大将。従えるまでは従う。島津が逃げてはならん」

諭《さと》す惟新自身、疑念を抱いているが、大坂城にいる亀寿《かめじゅ》たちのためにも体を張らねばならなかった。

島津、石田、小西勢はそれぞれの地に向かい布陣した。

墨俣は秀吉の一夜城の逸話で有名であるが、島津勢が着陣した時に城はなかった。惟新はすぐに周囲の地形、とりわけ目前の長良川と背後を流れる揖斐川の深浅を探らせた。夜の見張りも多めに配置。諸将は陣で夜を明かしている。

八月二十三日の朝、尾越を渡河した東軍のうち、黒田長政・田中吉政・藤堂高虎の率いる一万九百の軍勢は、岐阜城救援のために、同城の後詰に出た森九兵衛らを牽制《けんせい》するために長良川の東岸の鏡島《かがみしま》まで兵を進めた。

既に長良川西岸の合渡《ごうど》には森九兵衛、杉江勘兵衛勢、数町西には舞兵庫が陣を布《し》いていた。

川に濃く立ちこめる朝霧のために石田勢は東軍の接近を知らず、朝餉《あさげ》を摂《と》っていたので、これ幸いと黒田長政らの東軍は一斉射撃を開始した。

腹拵《はらごしら》えの最中に急襲された石田勢は浮き足立つも、森九兵衛は反撃しながら後方の舞兵庫に急を報せた。九兵衛自身も鉄砲を放って応戦し、援軍の到着を待った。

粥《かゆ》を掻《か》き込みながら報せを聞いた舞兵庫は箸《はし》を抛《ほう》り投げ、東の前線に疾駆《しっく》する。

轟音が消えぬ銃撃戦の中、田中吉政は中間《ちゅうげん》の三郎左衛門に瀬踏《せぶ》みをさせた。首まで浸《つ》かるが徒渉できる地を見つけたので一気に渡河を下知。黒田長政は重臣の黒田一成《かずしげ》、後藤又兵衛基次《またべえもとつぐ》らを田中勢の下流から渡河させ、救援に現れた舞兵庫勢の横腹に突撃。石田勢は総崩れとなった。

全滅を危惧《きぐ》し、急襲を受けた汚名を雪《そそ》ぐために、杉江勘兵衛が殿《しんがり》を務め、森九兵衛、舞兵庫は兵を纏《まと》めて撤退にかかる。石田勢は熾烈《しれつ》な追撃を受けながら逃げに逃げた。

東軍は揖斐川東岸の呂久《ろく》まで猛烈な追撃を行い、杉江勘兵衛のほか三百余を討ち取っている。

藤堂勢は墨俣に布陣する島津勢を警戒し、河渡から一里ほど南の穂積《ほづみ》辺《あた》りを渡り、黒田、田中勢と合流して西に向かい、揖斐川西岸に宿営した。黒田勢は半里ほど南に黒地に白の筆『十文字』の旗指物を目撃。この時、豪勇・後藤又兵衛基次が指揮をしており、鎮《しず》まり返る島津勢に危険を感じて、攻撃を避けたという。

石田勢を一蹴《いっしゅう》した合戦は、合渡川（河渡川）の戦いと呼ばれている。

この戦いが行われていた時、惟新は入来院重時《いりきいんしげとき》、喜入忠政《きいれただまさ》、川上久智《ひさとも》、新納忠増《にいろただます》らの重臣のほか十数人の供廻《ともまわり》を連れて、三成や小西行長のいる佐渡《さわたり》に来ていた。

「敵の大半が岐阜城に向かった様子。これならば、大垣にいる兵の半数以上を……」

と三成が言っている時に、遣《つか》いが陣に駆け込んだ。

「申し上げます。合渡にて敵の奇襲を受け、杉江勘兵衛討ち死に。お味方は総崩れにて大垣に退いております」

「なんと！　して、敵の兵数と動きは？」

「敵は黒田甲斐守《かいのかみ》（長政）、田中兵部大輔《ひょうぶのたいふ》（吉政）、藤堂佐渡守《さどのかみ》（高虎）らで一万余、既に揖斐川を渡っており、あの勢いならば大垣に向かうかと存じます」

「大垣に戻る」

即断した三成は床几《しょうぎ》を立つと、小西行長も倣《なら》う。

「待たれよ。おはんらが退けば、墨俣におる俺《おい》の兵は、どげんか。墨俣の兵を退かさぬうちは帰城すること適《かな》いもはんど」

これまでとは違い、惟新は語気を強めた。

瞬時に三成本陣は緊張した。一瞬、時が止まったように静寂《せいじゃく》になったものの、三成は我を取り戻したかように無言のまま陣を出た。

〈こん、馬鹿奴《ざこはっ》！　己を何様だと思うちょっとか〉

惟新は激昂《げっこう》するが、それよりも早く、主君を蔑《ないがし》ろにした三成の行為に新納《にいろ》忠増と川上久智が激怒。二人は即座に追いかけて陣を出ると、三成が乗った馬の轡《くつわ》を押さえた。

「惟新は意気込んで、こん地にまいりもしたど。未練を出してはなりもはん」

新納忠増が言うと、川上久智が続く。

「惟新主従を死地に陥れ、一人逃ぐっとは卑怯ではなかか」

「なんがあっても惟新はこん場に踏み留《とど》まりもす。未熟なこつはしもはんど」

さらに新納忠増は言うが、三成は無言のまま手を払い、帰途に就いた。

「あん、馬鹿奴！」

刀の柄《つか》に手をかけて追おうとする川上久智に惟新は声をかける。

「やめんか。敵に備え、皆に撤収させるんが先じゃ」

今は三成のことよりも、墨俣に残した家臣たちのほうが心配であった。

「惟新殿、お気を悪くなされますな。我が主《あるじ》も駒野、高須に配下を向かわせてござる。家臣を思う気持は惟新殿と変わりはござらん」

重臣の嶋左近が気配りする。

「御辺《ごへん》も尻拭《しりぬぐ》いに苦労するのう」

「それほどではござらぬ。されば」

一礼した嶋左近は、三成を追う。

惟新は即座に使者を墨俣に遣わし、甥の豊久に兵を退くように命じた。すぐに全兵纏まって撤退すると混乱し、そこを追撃されることを避けるために軍勢を幾つかに分けて少しずつ後退した。豊久は揖斐《いび》川支流の呂久《ろく》川（現・揖斐川）の下流を、士卒《しそつ》は舟を使い、他は前日に調べた浅瀬を渡った。

「川向こうの桑畑に敵がおっかもしれん。見てくる」

皆が止める中、一人、押川郷兵衛公近《おしかわごうべえきみちか》は軍勢から離脱した。

「味方は追い討ちをかけられちょるかもしれん。当家の旗指物を高々と掲げ、敵が味方を追ってきたら、狙い撃ちに致せ」

惟新は揖斐川の堤の上に兵を整列させ、東軍に備えながら、味方の援護に当たった。

ほどなく二十、三十人ずつが無事に退却してきて、豊久も惟新に合流した。

「危うく敵中に取り残されっところ、助かりもした。寡勢で敵に備えておいもしたが、伯父御のご威光で敵は俺《おい》たちゃあに仕掛けてくっこつはなかごわした」

豊久は惟新に笑みを向ける。

「敵は？」

「敵に追われた石田勢の何人かが俺たちゃあの陣に逃れ込んだゆえ、合渡川の上流で戦いがあったこつを知りもした。そいで、俺たちゃあが敵に備えて四半刻《しはんとき》もせんうちに伯父御からの遣いが来もして、退いた次第にごわす。敵が今なにをしておるかは判りもはん。敵が俺たちゃあに仕《し》寄《よ》せて来んかったは、おそらく島津の旗指物を見たからではなかかと存じもす」

誇らしげに豊久は言う。

「よく無事に戻った。さすが中書《ちゅうしょ》じゃ」

労《ねぎら》った惟新は、豊久らを加え、その後も退いてくる島津兵の撤収に務めた。

夕方になり、ほぼ全員が退いているが、まだ押川郷兵衛が戻ってきていない。

「郷兵衛め、敵んに討たれたんではなかか、あん、ぼっけ者《もん》が」

新納《にいろ》旅庵が吐き捨てる。

「よか、郷兵衛はしぶといゆえ、敵ん合間を走り廻っておるに違《ちご》いなか。戻るど」

押川郷兵衛の生命力を信じて、惟新は帰途に就く。暫《しばら》くすると、前方から夕闇《ゆうやみ》に紛《まぎ》れ、黒い影が近づいてくる。一騎駆けしてくるので敵ではなさそうだが、惟新の周囲を家臣が守り、備えた。

接近するに従い、騎馬武者の姿が明らかになってきた。具足は黒で、兜《かぶと》の立物《たてもの》は水牛の角立物仕立て。石田三成である。

三成は一人の供廻も付けず、ただ一騎駆け寄ると、惟新の側で下馬した。

「合渡では、ご苦労なされたと聞きましたので、お見舞いにまいりました」

「こいは丁寧なる挨拶、痛み入る。幸いにも我が勢に手負いは出ておりもはん」

礼儀なので惟新も面倒であるが下馬し、挨拶を返した。

「それは、重畳《ちょうじょう》。島津殿の武勇に敵も恐れた様子。まずは、帰城されて寛《くつろ》がれませ」

労った三成は、先に大垣城に向かった。

「一人先に戻り、ばつが悪くなったのでございもんそかい」

馬足を進めながら新納《にいろ》旅庵が問う。

「まあ、そんなところであろう」

頷《うなず》きながら惟新は想像する。三成は秀吉の子飼い、おそらく秀吉が仕えた信長のことでも思案したに違いない。信長は挟撃されそうになった金ケ崎《かながさき》の退き口《のぐち》や伊勢長島攻めで失敗した時など、家臣に先駆けて単騎、逃げている。大将が討たれれば戦《いくさ》は負けとなり、国の滅亡にも繋《つな》がるので当たり前かもしれない。実質的、このたびの戦いの首謀者である三成が命を失えば、家康と干戈《かんか》を交えずして敗れる公算が大きいだろう。

〈じゃっどん、信長が置き去りにしたは、自《おの》が扶持《ふち》を与えた家臣。俺《おい》たちゃあ治部少輔の家臣ではなか。そんこつが判っておらねば戦う前に味方は分裂して軍勢の体をなさん。そいに気づいたとじゃろう。遅きに失した感はあるが、来んよりはましか……〉

三成の指示の下《もと》で戦うことに不安を覚える惟新だった。

大垣城に戻り、島津家が与えられた南の三ノ丸に入った。ほどなくすると、数万の東軍によって岐阜城が陥落され、信長の嫡孫《ちゃくそん》で城主の織田秀信は降伏したという報せが届けられた。

「織田は信長だけが逸材であったようじゃの。武家がそげんこつであってはならんな」

だからこそ早く家督《かとく》を相続し、当主としての帝王学のようなものを学ばせねばならぬと惟新は思わされる。

〈こいで、内府《だいふ》の出馬は確実になろう〉

岐阜城が落城したら家康が江戸を発つか、家康が江戸を発つから岐阜を落とせと言ったか惟新としては知るよしもないが、何《いず》れにしても、名城の攻略で家康の出発は早まる気がした。

その後、織田秀信は高野山《こうやさん》に追放された。

夕餉《ゆうげ》を終えた頃、押川郷兵衛が東軍の兵の首を取って戻ってきた。

「こん、ぼっけ者《もん》が。手柄を立てて、戻ってきたか」

惟新や周辺の者たちは、押川郷兵衛の肩を叩きながら労った。

「半里ほど北に万余の敵がおり、こん城を窺《うかが》っちょりもす。戦勝に沸《わ》く、敵ん話によれば、岐阜城を落とした数万の敵が、明日にはこん近くに迫るとのこつにございもす」

「左様《さよ》。俺《おい》たちゃあがいるゆえ城は落ちんこつはなか。屍《しかばね》の山ば築いてやっど」

押川郷兵衛の報告に、惟新は胸を張る。

「また、高野山に供養塔《くようとう》を立てねばなりもはんな」

新納《にいろ》旅庵が笑みを向ける。

「まあ、飲め。今日の戦功は郷兵衛が第一じゃ」

惟新は押川郷兵衛に酒を注《そそ》ぎ、無謀ではあるがその勇敢さを賞した。

翌二十四日の朝、三成が三ノ丸に自ら足を運んできた。

「昨日、島津殿の御家中が大垣の太刀初《たちはじ》めをしたと聞き、喜んできた次第にござる」

三成にしては阿諛《あゆ》ともとれる言葉であった。前日の気まずい関係を、三成が修復しておきたいと考えていることは惟新も理解している。

「こいは、嬉《うれ》しかことを申す。こいから首実検を致すところ。ご一緒なされよ」

未だ三成に不快感を持っている家臣も多いので惟新は快く応じた。古式に乗っ取って床几《しょうぎ》に腰かけ、軍扇を開いて、扇子の骨の間から、家臣が右手に髪を握って差し出す首を眺めた。名は黒田家の某《なにがし》ということであったが、惟新は記憶がない。おそらく末端の者であろうが、それでも劣勢続きの西軍としては士気を高める重要なことであった。

「その方が、この首を取った勇士か。天晴《あっぱ》れじゃ。これを遣わそう」

惟新の隣で声をかけた三成は押川郷兵衛に大判一枚を与えた。これは小判（一両）十枚にも相当する。現代でいえば大判一枚は百万円ほどか。身分の低い郷兵衛にとっては多額の特別報奨金であった。

「こげんこつならば、俺《おい》も敵ん首を取ってくれればよかった」

同僚たちは押川郷兵衛を羨《うらや》ましがり、次の戦いに闘志を燃やした。お蔭《かげ》でかなり険悪な関係は改善されたようだった。利で人を釣る秀吉の側《そば》にいた三成だけのことはある。


同じ二十四日、押川郷兵衛が探ってきたように、岐阜城を落とした福島正則らの東軍は、合渡川の戦いで勝利した黒田長政らと合流し、惟新らが在する大垣城から一里少々北西の赤坂の高台を占拠して対峙《たいじ》することになった。

東軍はこれまで占拠した城に守備兵を割いても西軍から離反した武将を加えているので、六万数千が赤坂周辺に布陣している。対して大垣城の西軍は一万三千ほどに減っていた。

寡勢の西軍らが大垣城から打って出るわけにはいかないので、大坂城の毛利輝元に援軍を求め、固く城を守ることで意見を纏めた。差し当たっては近江の勢多《せた》を守る諸将に移動を命じた。

同じ日、まだ江戸には岐阜城陥落の報せは届いていないものの、家康は宇都宮に在する三男の秀忠に対し、信濃《しなの》の上田城攻めを命じた。

上田城主の真田昌幸《まさゆき》は、小山会議が開かれる前に会津討伐の途中で三成からの呼び掛けを受け、下野《しもつけ》の犬伏《いぬぶし》で家族会議を行った。昌幸の長男・信幸《のぶゆき》は本多忠勝の娘・小松《こまつ》殿を家康の養女として正室に迎え、次男の信繁《のぶしげ》（一般的には幸村《ゆきむら》）は大谷吉継の娘を娶《めと》っている。この関係から、昌幸は次男の信繁と共に西軍に付き、信幸は東軍に参じ、東西何《いず》れが勝利しても真田家が残るように決定した。秀吉をして表裏比興《ひょうりひきょう》の者と言わしめた昌幸である。昌幸と信繁は小山には行かずに帰城して籠城準備をしていた。

秀忠は榊原康政、大久保忠隣《ただちか》、本多正信ら徳川家臣のほか外様《とざま》の大名を含む三万八千七十余を率いて宇都宮を出立した。

二十五日、勢多を守る熊谷直盛、垣見家純《かきみいえずみ》、相良頼房、秋月種長、高橋元種が大垣城に移動した。これにより四千ほどの兵が増えたことになる。

吉川廣家、毛利秀元、安国寺恵瓊《えけい》、鍋島勝茂、龍造寺高房、長宗我部盛親、長束正家《なつか》らによって二日間に亘《わた》る激戦の末に、二十六日、富田信高《のぶたか》の伊勢・安濃津《あのづ》城を開城させた。

同じ二十六日、三成は密かに大垣城を抜け、佐和山に帰城した。

「万《まん》が逸《いつ》、露見した時は、毛利中納言《ちゅうなごん》（輝元）の出馬を直談判しに行ったと申せ」

と重臣の嶋左近には伝えたという。首謀者の出立は隠してもすぐに漏れるものである。

当然、惟新も知るところとなった。

「戦《いつさ》を企てた本人が、戦陣を離れるとは言語道断。こげんな戦に参じたのは初めてでごわす」

憤《いきどお》りをあらわに豊久は言う。

「己を太閤殿下になぞられておるんじゃろう」

家康・織田信雄と争った小牧《こまき》・長久手《ながくて》の戦いが行われた時、長対峙《ながたいじ》に飽きた秀吉は家臣に陣を預け、暫《しば》し大坂に戻ったことを惟新は聞いている。これを豊久に説明した。

「太閤殿下と治部少輔は月と鼈《すつぽん》。もし、俺《おい》たちゃあが陣を離れたら、どげんな批難を浴びるか判ったもんではなか。返《かえ》り忠《ちゆう》が者《もん》にされるんではごわはんか」

「まあ、そう申すな。毛利中納言を引っ張ってくれれば、目に余るこつも帳消しじゃ。吾《あが》のごたる（ような）、ぼっけ者が多くおるゆえ、治部少輔も羽を伸ばしたかろう。許しちゃれ」

腹立たしい気持は惟新も同じであるが、陣に憤懣《ふんまん》を滞積させぬよう、鷹揚《おうよう》に告げた。

「俺は、そげんなぼっけ者ではなかど」

不快げに豊久が言うので惟新をはじめ、周囲の者は腹を抱えた。

二十七日、岐阜城陥落の報せが江戸城に届けられた。これで漸《ようや》く正則らを信じることができるなどと、家康は呑気《のんき》に構えていられなくなった。僅か二日で堅固な岐阜城が落ちるのは予想外のこと。本多忠勝らからの報告では、まだ西軍は整っていない。戦勝で勢いに乗る福島正則らを野放しにしておけば、大垣城を落として三成を討ってしまうかもしれない。

豊臣恩顧の大名だけで三成勢を鎮圧されては、家康が戦後の新体制における主導権を握るのが難しくなる。このまま家康抜きで戦をさせておいてはならない。これまでは福島正則らの様子を見るために出陣を引き延ばしていた家康だが、早急に方針を変えて出馬する必要に迫られた。

同じ日、家康は福島正則、池田照政、藤堂高虎らに自重を命じた。

二十九日には秀忠の許から戻った使者の大久保忠益《ただます》を、再び秀忠の許に向かわせ、中仙道を通って西上の途に就くことを命じ直した。

武蔵の府中に蟄居《ちっきょ》している浅野長政には九月三日に出陣すると伝えていたが、これを早めて九月一日、三万三千の兵を率いて江戸城を出立した。

三

九月三日、大谷吉継は関ヶ原の西南・山中村に布陣し、脇坂安治・小川祐忠・木下頼継・平塚為広・朽木《くつき》元綱・赤座直保・戸田勝成らも近くに陣城を構えた。同日、伊勢の長島城の包囲に加わっていた宇喜多秀家は、三成が佐和山に戻ったと聞き、危惧して大垣城に移動した。

大垣城に在する西軍にとって宇喜多勢一万七千の参陣は、大いに士気を高めた。

宇喜多勢よりも惟新を喜ばせたのは、九月五日、待望の援軍が国許から到着したことである。富隈《とみのくま》から四十五人、鹿児島から二十二人、そのほか合わせて二百八十七人。

「わいらが来たお蔭で、こん戦《いつさ》、勝ったようなもんじゃの」

歯の浮くようなことを言ったのも、龍伯、忠恒の家臣が参じたためである。皆、国許から支援は殆《ほとん》どなく自腹である。惟新の身を案じての西進であった。さらに、まだ後続はあるという。

龍伯のことを問うと、島津家として惟新の後押しをすることはないという。唯一の救いは、忠恒が家臣たちに銭を与えたこと。兵糧《ひようろう》などは移動に支障をきたすので銭のほうが都合よいものの、地の利のないところでは、銭を持っていても、簡単に兵糧は手に入らなかった。

九月上旬、三成は不機嫌な面持《おもも》ちで大垣城に戻ってきた。

「田辺城は未《いま》だ落ちず、大津の京極が、殿下の御恩を蔑《ないがし》ろにして返《かえ》り忠《ちゆう》した」

憤《いきどお》りをあらわに三成は吐き捨てた。

一月半ほど前から小野木重次ら一万五千余の軍勢が、長岡幽齋の丹後・田辺城を包囲している。城に籠《こも》る兵は僅《わず》か数百。寄手《よせて》には幽齋の歌の弟子が多くいて捗《はかど》らず、智仁親王《としひと》をはじめ公家衆も幽齋の才を惜しんで和睦開城を仲介し、軍勢は足留めされていた。

近江・大津城主の京極高次は家康が帰路の最中に立ち寄った時より通じていたが、約《やく》定《じょう》どおり、すぐに離反せず、時機を計っていた。毛利輝元から東軍についた加賀の前田討伐を命じられ、出陣の途中で帰城して叛意《はんい》をあらわにしたのは九月三日のこと。

京極高次の姉・竜子《たつこ》は秀吉の側室・松ノ丸殿《まつのまるどの》。正室は淀ノ方《よどのかた》の妹の於初《おはつ》であり、高次は淀ノ方の許に長子の熊麿《くままろ》を差し出していた。

大津城は都にほど近い中仙道と東海道が交わる要衝《ようしょう》なので、西軍としては見過ごすことはできない。三成は淀ノ方を動かして、孝蔵主《こうぞうず》と阿茶局《あちゃのつぼね》を於初の許に遣わして説得するが失敗に終わる。三成は毛利元康《もとやす》、小早川秀包《ひでかね》、立花親成《ちかなり》ら一万五千の軍勢に、大津城を落とすことを指示したのち、大垣城に戻ってきたのだ。

「二つの城が落ちれば、三万の後詰《ごづめ》がまいるか」

小西行長がすぐに頭の中で算盤《そろばん》を弾く。

「左様、御上《おかみ》の叡慮《えいりよ》が伝えられたようなので、田辺は近く開城致そう。大津攻めには西国一の戦《いくさ》上手と謳われる立花左近がおる。十日とかからず落ちるはず」

三成は楽観的であった。

「こいは内府《だいふ》が下知した西軍の兵の分散策。一千や二千が籠る城ならば攻略を後廻しにし、出撃させせん程度の兵を残し、こん城に集めるがよかではなかか」

三成ほど惟新は事態を軽く見てはいなかった。

「備前殿（秀家）がまいられただけでは不安でござるか」

少々揶揄《やゆ》するような口調で三成は言う。

「二城を落とす前に内府《だいふ》の数万が参じたならばいかが致す気か」

「北に上杉、東に佐竹、中ほどに真田があれば、簡単に江戸を発つことは叶《かな》いますまい」

「俺《おい》の思案は別にごあんど。内府の下知如何《いかん》に拘《かかわ》らず、天下に望みを持つ者ならば、岐阜城の陥落を聞いた途端に必ず出馬する。毛利中納言はどげんしておるか」

自身の軍役不足は棚に上げ、惟新は戦《いくさ》の首謀者である三成の対応の遅さを指摘する。

「出陣なされると仰せでござる。さしあたっては数日中に伊勢の毛利勢が着陣致す」

ちゃんと役目は果たしていると、三成は勝ち誇る。

「それはまことか？　内府め先日の恨み、晴らしてくれる」

毛利輝元出陣の報《しら》せを聞き、宇喜多秀家は勇む。家中分裂の危機を煽《あお》られ、家康に立腹していた。

「そうですな」

実際に目で見なければ信用できないものの、来ると戦の首謀者が言うので、惟新は懸念しつつも、それ以上追及することは避けた。あとは島津家の兵を待つばかりだ。

三成は家臣に命じ、関ヶ原の北西、北国街道（北国脇往還）を眼下に見下ろせる笹尾山《ささおやま》に陣城を築かせていた。

九月七日、大垣城から八十二町半（約九キロ）ほど西に位置する南宮山《なんぐうさん》に吉川廣家《きっかわひろいえ》の三千、毛利秀元の一万五千が着陣した。廣家は毛利勢の北側の南宮神社に陣を置いた。

同じ日、吉川勢から五町半ほど東の宮代に安国寺恵瓊《えけい》の一千八百、同地から五町ほど南東に長束《なつか》正家の一千五百、同地から十二町南東の栗原山に長宗我部盛親の六千六百も着陣している。

「治部少輔は関ヶ原で内府《だいふ》と雌雄《しゆう》を決するつもりでごわすか」

豊久が惟新に問う。東軍が西上できぬように、北国街道を石田勢が、中仙道を大谷勢らが陣を敷いて構えている。誰が見ても、何《いず》れはそこに兵を集めるように準備していた。南宮山からその東にかけての布陣は中仙道を北に見下せる位置にある。

「おそらくの。伊藤図書《ずしょ》（盛正）が松尾山に築いた長亭軒《ちょうていけん》城は毛利中納言を入れるための城であろう」

「そげん都合よく、いきもそうか」

「内府は城攻めが苦手と言われておるからの。双方の思惑が一致するかもしれん」

惟新の言葉に豊久は頷《うなず》いた。

「あとは大将の毛利中納言と金吾《きんご》（小早川）中納言。そいに俺《おい》んとこか……」

少しずつ味方も数を揃える中、惟新は独りごつ。語尾は弱かった。墨俣の置き去りなどもあり、三成なりに気遣いしてか、暇を見つけては島津家の陣を陣中見舞いにやってくるようになった。

この時、惟新は豊久の佐土原衆《さどわらしゅう》と一緒にいた。豊久は三成を快く思ってはいない。

「こいは治部少輔殿、こん者《もん》は赤崎丹後《たんご》と申し、国許では武辺《ぶへん》に秀《ひい》でておりもす」

惟新は筵《むしろ》を旗指物にして奮戦する赤崎丹後を三成に紹介した。

「左様でござるか。随分と働き、討ち死にするがよい」

三成なりの励ましであるが、赤崎丹後は軽く挨拶をした程度ですませた。目は、「わいになど言われんでも、俺《おい》は島津んために死ぬつもじゃ」と蔑《さげす》んでいる。

〈溝が深まらんようにせねばの〉

惟新は気にしていないが、見捨てられた者たちの心中は、見捨てられた者でなければ判らない。単純なものではないだけに、危惧していた。

惟新らが在する大垣城と赤坂に陣を布く東軍との睨《にら》み合いは続き、関ヶ原周辺に西軍の兵が増えている時、家康やほかの諸将の状況はいかに。

九月一日に江戸を出立した家康が尾張の熱田《あつた》に到着したのは十日。

信濃平定のために中仙道を進んだ秀忠は、真田昌幸の計略にかかり、上田城を攻めあぐねていた。そこへ家康の使者として大久保忠益が秀忠本陣の小諸《こもろ》に到着して、子細を告げたのは九月九日。遅れた理由は秋の大雨で利根川が増水して渡れなかったからである。

報せを受けた秀忠は即座に信濃の諸将、森忠政《ただまさ》、石川康長《やすなが》、仙石秀久《せんごくひでひさ》、日根野吉明《ひねのよしあき》を上田城に備えさせ、九月十日、三万余の兵を率いて西に向かった。急ぎたいのはやまやまながら、秋の長雨で諸方の溪水《けいすい》が漲《みなぎ》って木曾川を渡れず、秀忠は三日もの間、足留めを余儀なくされた。

十一日、家康は尾張の一宮《いちのみや》まで進むものの清洲に戻って宿所とした。家康の苦悩は秀忠勢の遅滞とともに、小早川秀秋の腰の据わらぬ対応にあった。

小早川秀秋は二度に亘《わた》って家康に使者を送っているが、家康は伏見城攻めに参陣した秀秋を俄《にわか》には信用していない。そこでわざわざ赤坂から藤堂高虎を呼んで確認させている。さらに本多忠勝、井伊直政を呼び寄せて即時決戦をするか相談したが、結論は出なかった。

九月十二日、田辺城で籠城していた長岡幽齋は、後陽成天皇《ごようぜい》の勅使《ちよくし》・権《ごん》大納言の日野輝資《てるすけ》、前権中納言《さきのごん》の中院通勝《なかのいんみちかつ》、従四位下左衛門佐《さえもんのすけ》の富小路秀直《とみのこうじひでなお》らの説得を受けて開城し丹波の亀山《かめやま》城に移った。五十日の籠城戦である。

寄手の小野木重次ら一万五千の兵は、城の収監などに手間取っていた。

惟新にとって喜ばしいことがあった。

九月十一日には山田有栄《ありなが》ら浜之衆ら三十人が着陣。

十三日の昼前には長寿院盛淳《ちょうじゅいんもりあつ》ら帖佐衆《ちょうさしゅう》七十人ほどが参陣した。

「長寿か、わいが一番に到着すると思うちょった。案に違《たが》わんかった」

惟新は門の外に走り出て、長寿院盛淳の手を取り、陣所に招き入れた。副将の宇喜多秀家が大垣城に入ったので、家臣たちは城の外に陣を構えている。

長寿院盛淳は石田勢の案内で大垣城に来た。盛淳が南宮山辺りに達した時、耳にした三成が一千の兵を派遣して出迎えてくれたという。

「さてさて大勢の中を、いかにしてお通りになったのか、まるで召鬼《しょうき》（鍾馗）のようでござる」

石田兵たちは長寿院盛淳らを褒《ほ》め称《たた》えた。

「中馬《ちゅうまん》、わいも来てくれたか」

惟新は中馬大蔵允重方《おおくらのじょうしげかた》に笑みを向けた。

「殿様《とのさあ》の大事《だいじ》に参じられんなら、腹ば切りもす」

中馬重方は胸を張る。惟新からの援軍要請が国許に届き、重臣の川上忠兄《ただえ》が出水《いずみ》の米ノ津湊《こめのつみなと》から船で上洛する。重方は畑仕事をしている時に、これを聞き、同輩の長野勘左衛門《かんざえもん》を誘い、そのまま鑓《やり》を担いで湊に駆け付けた。残念ながら一歩遅く、船は出航したばかりで、大声で叫んでも戻ってはこない。仕方なく昼夜に亘って四百里（約一千六百キロ）の陸路を走り、大垣に達した兵《つわもの》である。

「中馬《ちゅうまん》らしか。そげんな力があんなら、敵を斬るがよか」

惟新は嬉しくて仕方なかった。

ただ、これがおそらく参陣する最後の兵であることを長寿院盛淳から告げられた。大垣城に在する島津家の兵は一千五百であった。

三成は長寿院盛淳と共に島津家の仕置に当たった間柄なので、盛淳の参陣を聞いて喜び、使者を遣わして盛淳に軍配と団扇《うちわ》を贈り、労った。三成は、まだ島津家の援軍が増えることを期待しているらしい。惟新は三成が落胆するので、これ以上増えないことを口にはしなかった。

長寿院盛淳らの参陣は喜ばしい限りであるが、陣所には兵糧がなかった。そこで盛淳らは十三日と翌日の晩は夜陰に紛《まぎ》れて刈田《かりた》を行い、腹に収めたほどであった。

多少の資金があっても、戦時下にあって兵糧の調達、分配がうまくいかず、惟新も苦労させられた。早急に手を打たねばならなかった。

十三日に岐阜城に入った家康は、福島正則らの催促を受け、十四日の夜明け前に同城を発って、赤坂に向かった。

同じ十四日の朝方、川上久林《ひさしげ》が惟新の前に罷《まか》り出た。久林は忠兄《ただえ》の甥でこの年二十五歳。泗川《サチヨン》の戦いでも多数の敵を討っている勇士であった。

「物見に出てもよかごわすか」

兵糧が足りないので敵から奪いに行くのかもしれないことを惟新は理解した。

「深入りはせんよう。好きなだけ鉄砲衆を連れて行け」

惟新は許可すると、川上久林は笑みを作って陣を出た。

川上久林は二百の兵を連れ、東軍が赤坂に兵糧を運び込む荷駄《にだ》を狙うため、大垣城の北に位置する本巣郡の垣ケ木戸《がきがきど》という地に兵を配置して鴨《かも》（東軍）が来るのを待ち構えた。

まさか島津勢が略奪を企《くわだ》てているとも知らず、家康は赤坂の北に隆起する虚空蔵山《こくうぞうやま》と南禅寺山《なんぜんじやま》の間にある金地越《かなじご》えを通って赤坂を目指した。

よもやは島津勢も同じ。目の前を敵の総大将が通るとは夢にも思わぬこと。

「チェスト！」

別所下野《しもつけ》、今川某《なにがし》、曾根四郎らは茂みから躍り出て、家康の輿《こし》をめがけて斬りかかる。兵子《へこ》と呼ばれる命知らずの大隅《おおすみ》の地侍たちが鑓《やり》を手に殺到した。

「上様をお守り致せ！」

井伊直政が駆けつけ、家康の輿を固める。曾根四郎は家康の旗本を突き伏せ直政と干戈《かんか》を交えた。四郎は夢中で鑓を繰り出すが、直政は歴戦の勇士、激戦のうちに討たれてしまった。

「退《ひ》け！」

曾根四郎が討たれたので、別所下野は下知して兵を退く。

「追え！　奇襲を企てる下郎など、一人残さず討ち取れ」

井伊直政は大声で叫び、茂みの中に逃れる兵子《へこ》を追う。これこそ島津勢が得意とする釣《つ》り野伏《のぶせ》。家康の周囲が手薄になった。

「放て！」

川上久林《ひさしげ》の号令の下、轟音《ごうおん》が響き渡り、家康の輿を守る旗本がばたばたと倒れた。

「逃すな。放て！　こげん好機は二度となかぞ」

大音声《だいおんじょう》で川上久林は叫び、ありったけの筒先から火を噴かせた。鉄砲が咆哮《ほうこう》するたびに、家康の旗本は血飛沫《ちしぶき》をあげながら横倒しになり、輿を守る者がいなくなった。

「かような大事に。おのれ！　もはやこれまでか。上様お腹を召されい。某《それがし》、介錯《かいしゃく》仕《つかまつ》ります」

歯嚙《はが》みして悔しがり、井伊直政は輿の中の家康に自刃《じじん》を勧めた。

「上様をお守り致せ。茂みの中の賊どもに鉄砲を放て！」

家康の危機を知った本多忠勝が到着し、川上久林に向かって反撃の轟きを響かせた。

「退け！」

奇襲は失敗すれば、いつまでもその地に留《とど》まるわけにはいかない。本来の目的は荷駄を襲い、兵糧を奪うことだったので、川上久林は兵を退却させた。

島津勢にとっては絶好の好機を逃し、家康は最悪の状況を逃れることができた。このことは『美濃雑事記《みのざつじき》』に記されている。美濃・曾根城の守将の水野勝成《かつなり》も島津方が鉄砲足軽を出して押し込んだことを覚書の中に記している。島津家が記録から削除したのは徳川幕府を刺激することを嫌ってのことであろう。徳川家とすれば、東軍の総大将が、決戦前に自刃寸前まで追い込まれたことは絶対に知られてはならない恥部なので排除した。また、輿の中にいた人物が本当に家康かどうか、影武者を用意していたという話もある。目にした者が一人もいないことが、記述を複雑にしていた。

四

急襲しきれなかった川上久林《ひさしげ》が大垣城の陣所に戻り、惟新に子細を報告をした。

「そうか、井伊、本多が『上様』と申したか。そいは、まっこと内府《だいふ》かもしれん。内府は運のよか男じゃ。わいは惜しいこつをしたの」

残念ではあるが、惟新はそれほど悔しがりはしない。偶然の遭遇を悔いても始まらないからだ。

「とうとう内府が到着したか。毛利中納言よりも早く」

これは西軍にとっては脅威である。互いに寄せ集めの軍勢であっても明確な大将がいるといないでは大違い。大将のいない軍勢は烏合《うごう》の衆と同じだ。

「兵を分けているのか判りもはんが、内府《だいふ》の軍は三万ほどと少のうございもした」

不思議そうな顔で川上久林《ひさしげ》は言う。東軍に三万が増えたことは畏怖《いふ》すべきことであるが、徳川軍とすれば少ない。一部と見るのが妥当である。

「馬印《うまじるし》は見えたか」

「急なこつで見落としました。旗もあまり立ってはおらんかったと存じもす」

思い出すように川上久林は答えた。

「そうか。ご苦労じゃったの」

疑問は多々あるものの、まずは首謀者の三成に報せようと陣所を出た時、大垣城が響動《どよ》めいた。

「ないごてか」

即座に惟新は本丸に入ると、三成は最上階にいるというので登った。

「やはり内府でごわしたか」

目にできた軍旗は『総白』と『厭離穢土欣求浄土《おんりえどごんぐじょうど》』。『金無地開扇《きんむじかいせん》』の馬印。家康のものである。家康は正午頃、赤坂に着陣したのち、岡山の陣所に入り、一斉に旗指物を靡《なび》かせ、鬨《とき》をあげさせた。

「内府は乱波《らっぱ》か鵺《ぬえ》か」

乱波は忍者、鵺は虎鶫《とらつぐみ》の異称であるが、想像上の妖獣や正体不明の人物を差したりする。

突然、現れた家康を見て、三成は驚愕《きょうがく》している。

三成のみならず、宇喜多秀家や小西行長も焦りを覚えた表情をしていた。

〈こいが西軍の実情か。敵ん総大将を見て狼狽《ろうばい》しておっては戦《いつさ》どころではなかな〉

惟新は呆《あき》れた。仕方がないので自分が沈鬱《ちんうつ》な空気を払拭しようと思った時に、嶋左近が口を開いた。

「内府《だいふ》の着陣は好機。某《それがし》が一働き仕《つかまつ》りましょう」

決戦の前に、三成の片腕である嶋左近に万が逸のことがあれば取り返しがつかない。三成は反対するが、宇喜多秀家や小西行長が左近の後押しをするので、渋々応じた。

嶋左近は同僚の蒲生頼郷《がもうよりさと》と共に本丸を出ると、宇喜多家の重臣・明石全登《あかしてるずみ》、長船定行《おさふねさだゆき》も応じたので策を講じた。

蒲生頼郷勢二百五十と宇喜多勢二百ほどを大垣城から十町ほど北の笠木《かさき》村に、明石全登、長船定行ら六百の兵を中野《なかの》の辺りに伏せさせて、嶋左近は二百五十の配下を率いて出撃した。

嶋左近は笠木村の北隣の池尻《いけじり》を経由して杭瀬《くいせ》川を渡り、東軍の陣地近くに到着して、刈田を断行。白昼堂々の奇行に中村一榮《かずひで》は激怒して鉄砲を発射させた。

双方、鉄砲を撃ち合う中、数で勝《まさ》る中村勢は野一色頼母《のいつしきたのも》、薮内匠《やぶたくみ》らを先頭に嶋勢に襲いかかる。

多勢に押されたと見せかけて、嶋左近は兵を退却させると、中村勢は追撃してくる。中村勢は杭瀬川を渡り、中間地点を越えて大垣城から十町ほど北の木戸《きど》・一色《いっしき》辺りまで追ってきた時、笠木の茂みに潜んでいた蒲生頼郷勢が躍り出て、鉄砲で十人ほどを打ち倒す。

混乱する中村勢に蒲生頼郷勢は突撃して二十人ほどを血祭りにあげ、野一色頼母《のいっしきたのも》が深田に嵌《は》まっているところを宇喜多家臣の浅香三左衛門《あさかさんざえもん》が討ち取った。

中村勢の隣に陣を敷く有馬豊氏は、友軍の危機を知って援護に向かうと、中野の辺りに潜んでいた明石全登《あかしてるずみ》、長船定行勢の鉄砲が唸《うな》り、有馬兵は続けて骸《むくろ》になった。有馬勢の稲《いな》次右近《つぐうこん》は蒲生勢の横山監物《けんもつ》を討ち取るが、明石勢の鉄砲に仕留められた。勢いに乗る明石勢は前進して有馬勢を壊乱にした。

岡山の本陣で報せを聞いた家康は、本多忠勝と井伊直政を杭瀬川に派遣して兵を収めさせた。

西軍も、石田家臣の林半助《はんすけ》が殿《しんがり》となって兵を退《ひ》いた。

「東軍など恐るるに足りぬ」

小戦闘は西軍の勝利に終わり、陰鬱《いんうつ》とした大垣城の士気は一気に高揚した。

〈大勢には影響なかが、少しは気が晴れたか〉

味方の闘志が萎《な》えず惟新も安心した。

ほぼ同じ頃、去就を明確にしていなかった小早川秀秋が、一万五千六百の兵を率いて松尾山に着陣。同山には大垣城主の伊藤盛正が長亭軒城《ちょうていけん》を築いていた。周囲に土塁《どるい》を巡らし、南には升形虎口《ますがたこぐち》を設け、主郭虎口《しゅかくこぐち》には堀切まで構じてあるので、松尾新城とも呼ばれている。

小早川秀秋はなにを思ったのか、伊藤盛正を威嚇《いかく》して長亭軒城を奪い取った。伊藤勢は一千余なので小早川勢に対抗するべくもない。盛正は逃げるように大垣城に戻り、三成に報告した。

「漸《ようや》くか」

子細を聞いた三成は安堵したように言うが、表情は冴《さ》えない。小早川勢の着陣は西軍にとって喜ばしいことであるが、元来は毛利輝元の軍勢を入れる予定の城である。

「味方を恫喝《どうかつ》して松尾山を奪うとは、怪しい態度。内府《だいふ》に鼻薬を嗅《か》がされている噂は真実かもしれぬ」

惟新が思案することを嶋左近が指摘すると、居合わせた諸将は頷《うなず》いた。

「大垣城に呼び出して虜《とりこ》にすればいい。誰ぞ遣いを出すがよい」

宇喜多秀家の主張に、三成は同意し、惟新に向かう。

「某《それがし》の家臣では意図を見抜かれる恐れがあるので、誰かご家中の方をお出し願いたい」

「承知しもうした」

惟新は引き受け、子細を川上忠兄《ただえ》に言い含めて松尾山に向かわせた。

川上忠兄は長亭軒城に入るが、小早川秀秋は風邪だと称して出てこず、重臣の平岡頼勝《よりかつ》と稲葉正成《まさなり》が応対するばかり。

「大垣城の方々は、太閤殿下の御身内を信じられんのか」

平岡頼勝らは強く言い張り、一向に応じようとはしなかった。

「申し訳ございもはん」

帰城した川上忠兄は惟新に詫びる。

「金吾《きんご》（秀秋）殿は弱輩ゆえ、宿老《おとな》の謀《はかりごと》かもしれもはんな」

惟新が言うと、三成は方針を修正する。

「されば、こちらも同じ手で」

三成は安国寺恵瓊《えけい》、大谷吉継、長束正家《なつか》、小西行長ら五人の連署で秀秋に書状を出した。

「一、秀頼公が十五歳になられるまでは、関白職を秀秋卿《きょう》に譲渡すること。
一、上方の賄《まかな》い領は播磨国《はりまのくに》の一円を渡し、勿論《もちろん》、筑前《ちくぜん》は前々のとおりとする。
一、稲葉正成、平岡頼勝には近江において十万石を秀頼様より下されること。
一、当座の贈物として黄金三百枚ずつ稲葉、平岡に下されること」
書状を目にすると、小早川秀秋の表情は緩み、家康に与《くみ》することはないと使者に告げたという。

使者の口上を聞き、三成らはひとまず納得した面持《おもも》ちをする。

「質も誓紙もとらず、信じてよかごわすか」

惟新は小早川家の返答をまったく信じていなかった。

「なにかを信じねばならず。信じねば内府《だいふ》と戦う前に松尾山に仕寄《しよ》せることになりましょう」

三成を代弁して嶋左近が言う。三成にとっては指摘されたくないことかもしれない。

「一番苦しい時に返《かえ》り忠《ちゆう》されたら、目も当てられもはんど」

「金吾殿は太閤殿下の御身内。よもや豊臣に背《そむ》くはずがござらぬ」

苦し紛《まぎ》れに小早川家の重臣と同じようなことを三成が口にするので、惟新は呆れた。

〈ここに集まった者は、負けるために参じたんか〉

馬鹿らしくなったので、惟新はそれ以上、主張はしなかった。

家康の影が小早川家の陣に見え隠れしているのに、信じようとしない。あるいは、大垣城にいる惟新以外の諸将は、判っていながら信じたくないのかもしれない。

待ち焦《こ》がれた小早川秀秋の着陣にも拘《かかわ》らず、安心できない大垣城の面々であった。

小早川秀秋の到着を待っていたのは東軍の家康も同じ。

家康は本多忠勝、井伊直政から稲葉正成、平岡頼勝に対して起請文《きしょうもん》を送らせた。

「一、秀秋に対し、内府《だいふ》はいささかも疎略にはしないこと。
一、御両人、特別、内府に対して御忠節を示されれば、決して疎略にはしない。
一、御忠節を究《きわ》めれば、上方で両国の墨付《すみつき》を、秀秋へ取らせるよう勧める」
あくまでも家康からではなく、徳川家の重臣から小早川家の重臣に対してである。西軍と違うのは、しっかりと人質を取っていること。平岡頼勝の弟・資重《すけしげ》を黒田長政を通じて徳川家で預かり、黒田家からは大久保猪之助《いのすけ》が小早川家に預けられた。さすがに家康、自らは痛まないようにしている。ただ、翌日は軍監を派遣している。

平岡頼勝は黒田如水の姪婿《めいむこ》であり、小早川秀秋の側近の川村越前《えちぜん》は黒田家の重臣・井上九郎右衛門の弟という身近な間柄ということも関係しているかもしれない。

当初、家康は小早川勢一万五千六百の兵力を頼みにするというよりも、三成らに主力であると期待させ、西軍として働かせないことを思案していたという。戦後の恩賞を少なくするためであろう。のちに状況は変わることになるが……。

家康が赤坂の岡山に着陣すると、既に内応している吉川廣家が三浦伝右衛門《でんえもん》を黒田長政の許に遣わした。伝右衛門は長政や福島正則と共に徳川本陣に赴き、南宮山に陣する吉川・毛利勢は山を降りず、東軍に兵を向けぬこと。毛利輝元は西軍の大将に担がれているが、三成らの策謀であり、まったく関知しないこと。ただ、秀頼を守るために大坂城に留《とど》まっており、家康と戦《いくさ》をする気などは微塵《みじん》もないことを訴えさせた。廣家は毛利家の重臣・福原廣俊《ひろとし》の弟の元頼《もとより》を人質として差し出させている。

誓言を聞き、本多忠勝、井伊直政は起請文を発した。

「一、輝元に対し、内府《だいふ》はいささかも疎略に扱わぬこと。

一、御両人は特別に内府に御忠節を示したので、内府は疎略に扱わぬこと。

一、（輝元が）御忠節を究められたならば、内府は直《じか》に墨付を輝元に進ぜよう。

付、御分国のことは申すに及ばず、ただ今のごとく相違あるまじきこと」

宛先は吉川廣家と福原廣俊。署名、血判は本多忠勝と井伊直政。家康ではない。

起請文には黒田長政、福島正則の副書が添えられた。これで表向き毛利本家の所領は安堵されたので、吉川廣家は胸を撫《な》で下ろしたことであろう。

当然、西軍はこのことを知るよしもなかった。

家康は親指の爪を嚙みながら秀忠軍の到着を待っている。爪を嚙むのは困った時の癖《くせ》である。

福島正則らは家康が到着したこともあり、三成が在城する大垣城攻めを主張してやまない。家康は城攻めのように日にちを費やす愚は避けたかった。

そこへ、美濃・高須城主の徳永壽昌《ながまさ》が、家康に見せたいものがあると言ってきた。九月十二日に三成が大坂の増田《ました》長盛に宛てた長文を、徳永壽昌の家臣が奪い取ったものであった。

「東軍は赤坂に在陣して動きがなく、皆、無気味に思っている。近江（大谷吉継）と伊勢を攻略した味方（宇喜多秀家）が集結し、大垣と東軍との距離は二、三町になった。昨日、南宮山の長束《なつか》・安国寺の陣に行くと、敵を恐れて出陣の用意をしておらず、戦う気がないのか、どうにもならぬ状態だ。

我らは周囲の刈田もできず、兵糧に不安を抱えている。大津、田辺城攻めをしている味方が集結すれば一戦したいところだが、延び延びとなっているので、早く大津城を落としてくれ。

増田は内府《だいふ》と誼《よしみ》を通じているのか、なぜ、人質の妻子を成敗しないのか？　犬山に加勢した者が背信するのも、人質を鄭重《ていちょう》に扱っているからだと下々の者まで申している。敵方の妻子を三、五人も成敗すれば、背信などできるはずがない。良く考えてくれ。

小早川秀秋が敵と内通して、伊勢への出陣を止めて、各自は在所にて待つようにと相談していたと言っているようだ。人質をご成敗しないならば、人質を取っても仕方ない。

各城と連絡を取るため、伊勢、美濃の太田・駒野に城を構え、近江と美濃の境目にある松尾城や各御番所にも、毛利衆を入れておくことが尤《もっと》もである。

皆の心が揃えば、敵陣を二十日中に破ることは容易《たやす》いことであるが、このままでは、味方の中に内応者が出てしまうのは目に見えている。

長束《なつか》・安国寺は思いのほか臆病で戦う意思が見られない。貴殿に情けない当地を一目なりとも御目《おめ》にかけたい。敵も揃っていないが、それ以上に味方は纏《まと》まっていない。家康が西上しない以上、輝元の御出馬がないことは、仕方ないかもしれない。三成は理解するが、下々はこれにも不審を申したてている。今はただ、背信者が出ることを恐れている。輝元の御出馬がなければ、佐和山城下へ毛利衆五千ばかり入れ置くことが肝要である。

金銀米銭を遣うのは今なので、惜しまず遣うこと。石田家は逼迫《ひっぱく》している。宇喜多秀家の覚悟と手柄は立派なものなので、恩賞第一。島津惟新・小西行長も同じである。

人質を成敗しないならば、安芸《あき》の宮島に移すのがよい。

長束・安国寺は、伊勢に出陣した衆や大谷刑部《ぎょうぶ》や秀頼麾下《きか》の御弓・鉄砲衆までも、南宮山に引き寄せようとしているので、兵が少々無駄になるかもしれない。

丹後の田辺城が落ちそうなので、同城を攻めた兵を、こちらに廻してくれ」

増田長盛から毛利輝元に伝え、出馬を要請する内容である。

三成の書状を読んだ家康は思案した。田辺城が落ち、大津城の落城が近い。大津城が落ちれば敗北を知らぬ戦上手《いくさ》の立花親成と両城攻めに参じた合計三万余の兵が関ヶ原に達する。未だ到着しない徳川軍の主力である秀忠勢三万余とほぼ同数である。家康が恐れているのは、敵の三万ではなく、大坂の毛利輝元が、秀頼を担いで姿を見せること。万が逸、秀頼が参陣すれば、家康に従う豊臣恩顧の大名は、挙《こぞ》って秀頼の下に跪《ひざまず》き、家康に鉾先《ほこさき》を向けてくるであろう。

これを考えれば、秀忠勢三万と、田辺、大津両城攻めに参じた西軍三万余の兵を相殺し、今、赤坂周囲に在陣する兵だけで決戦に臨むほうが勝利に近づく。

家康は決断した。三成の佐和山城を打ち破って大坂に向かい、都に出れば勝利は確実。沿道の敵は撃破する。家康は、味方の東軍のみならず、西軍にも触れさせた。さらに大垣城を水攻めにするという噂も流させた。

実際、大垣城の水攻めは計画されていた。九月一日、家康が真田信幸に宛てた書にも記している。大垣城の東は揖斐《いび》川、西は杭瀬《くいせ》川で、辺りの地は低く、水攻めに適した地であった。

夜になり、雨が降ってきた。震えるような寒さである。

大垣城内では、毛利輝元の出陣がなければ、家康を得た東軍との対決は厳しいと皆が言う中、改めて小早川秀秋の背信への懸念が、持ち上がった。

「金吾殿は大垣城に来られぬのなら、我らが動いてはいかがか」

三成は突拍子もないことを口にした。

「左様なことを致せば、金吾殿を敵に追い込むだけにはならぬか」

小西行長が危惧する。

「ご安心なされ、松尾山に兵を向けるのではござらぬ。予定どおり、先に我らが築いた陣所に入り、内府《だいふ》を関ヶ原に誘い出すのでござる。陣形を見て我らが優位となれば、日和見《ひよりみ》を決め込もうとしているかもしれぬ金吾殿も内府と戦う気になりましょう」

「妙案じゃが、擂《す》り鉢《ばち》の底のような地に、百戦錬磨の内府が釣られて出てこようか」

宇喜多秀家は半信半疑であった。

「内府が赤坂周辺に在陣しておるならば、一気に勝敗を決しようと思うはず。我らが先に動けば、待ってましたとばかりに野戦で挑んでまいりましょう。飛んで火に入る夏の虫です」

三成が説明していた時、嶋左近が放っていた斥候《せっこう》が戻り、子細を報告した。

「我が配下の調べでは、敵は佐和山を抜き、その勢いで大坂に向かう。大垣は水上がりの地にて水攻めにするとのことでござる」

「やはり内府は野戦を望んでいる様子。我らを残して西に上れば背後を衝《つ》かれるのでありえない。大垣城を水に沈めるには大掛かりな普請をせねばならず、内府は水攻めを行ったことがない」

過ぐる天正十八年（一五九〇）、秀吉の強引な命令で武蔵の忍《おし》城を水攻めにして失敗した経験がある三成なので、堤を築く苦労は誰よりも知っている。

「何《いず》れにしても、我らを大垣城から誘い出すための児戯《じぎ》な策。双方の思案は一致しているではござらぬか。敵より早く動くべきでござる」

思いのほか三成は積極的であった。

「敵は野戦上手の内府《だいふ》も加わり、九万数千。対して我らは内応しているやもしれぬ金吾殿を合わせて八万余。やはり毛利中納言を待つべきではないか」

小西行長は消極的というよりも慎重であった。

「配下の調べによれば、内府の陣に井伊、本多の旗はあるものの、江戸中納言（秀忠）をはじめ、榊原（康政）、大久保（忠隣《ただちか》）、酒井（家次）、牧野（康成《やすなり》）、菅沼（忠政《ただまさ》）などど、徳川の主力と思われる者の旗を見なかったとのこと。おそらく、まだ到着しておりますまい。とすれば、内府の傍《そば》にあるは、内府を守るための旗本に過ぎず、さして怖がることもござるまい」

嶋左近の発言に、宇喜多秀家は顔を綻《ほころ》ばさせる。

「されば、内府は後詰《ごづめ》も同じ。弓・鉄砲の数もさしたることなく、長柄《ながえ》もまた然《しか》り。恐るるに足りぬ」

「一両日には大津城が落ちましょう。さすれば立花侍従（親成）殿も参陣されるはず」

ここぞとばかりに三成は消極的な小西行長を決意させるために追従した。

「城を出て戦うべし。今なれば内府《だいふ》に勝てる。好機を逃してはならん」

宇喜多秀家が強く主張すると、小西行長も頷いた。

「島津殿はずっと黙っておられたが、反対でござるか」

皆は賛成ですよとばかりに三成が告げると、諸将の目が惟新に集まった。

「移陣するのは、よかごわす。じゃっどん、南宮山周辺に在する方々は、まっこと戦《いつさ》をすっ気があっとでごわすか？　俺《おい》の家臣が南宮山で治部少輔殿の家臣に出迎えられた時、西んほうはまったく見えんかったと申しておった。南宮山から治部少輔殿の陣は見えんのではなかか」

鋭い惟新の指摘であった。南宮山から三成が陣所を築いた笹尾山は晴れていても見えず、小早川秀秋が在する松尾山からも三成の笹尾山が鮮明には映らない。射撃で硝煙《しようえん》でも舞えば、狼煙《のろし》ですら判らないのが実情だった。

「移動する最中、某《それがし》自《みずか》ら各陣を廻り、明確にする所存。よろしいか」

そこまで三成に言われれば、反対するわけにはいかない。惟新も賛同した。

大垣城には福原長堯《ながたか》、相良頼房、秋月種長、高橋元種、木村豊統《とよむね》、熊谷直盛、垣見家純らと七千五百余の兵を置き、関ヶ原に向かうことに決定した。

評議ののち、惟新は押川郷兵衛を呼んだ。

「敵ん様子を調べてまいれ。こたびは首んを取んでもよかぞ」

「承知しもした」

応じた押川郷兵衛は即座に偵察に出ていった。

移動の準備をしている最中、惟新の許に押川郷兵衛が戻った。

「敵兵は守備もせず、甲冑《かっちゅう》を枕に眠っている者《もん》もごあす。おそらく、遠路の移動で疲れちゅうもんでごわそう。今宵《こよい》、これを襲えば勝利は間違《まし》げいありもはん」

報せを聞いた惟新は、豊久を三成の許に行かせた。

「関ヶ原に移動すっこつでごわすが、敵の陣は弛緩《しかん》しておりもす。今宵、内府《だいふ》の麾下《きか》を夜討ちするが最上の策。同心して戴ければ、惟新が先鋒仕《せんぽうつかまつ》りもす」

豊久は懇願すると、三成は困惑した。

「移動すんなとは申しておりもはん。備前（宇喜多秀家）殿か、貴殿の両人のうち一人が関ヶ原に赴いて敵を誘い出し、手薄になった内府の陣を残る兵で急襲し、切り崩すように致すがよいと惟新は申しておりもす。この策、いかがか」

躙《にじ》り寄るように豊久が主張するが、三成は首を縦に振らない。既に方針は決まったという表情だ。

代わりに、嶋左近が口を開く。

「古来より夜討ちで多少の混乱は招いても、寡で多に仕掛けて勝ったためしがない。ましてや、明日の戦いは我らの勝利は間違いない。久々に内府《だいふ》の押付《おしつけ》（鎧の背上の板）を見られるでござろう」

押付を見るとは、その敵を敗走させることを意味する。

「おはんは、いつ内府の押付を見たのか」

憤りながら豊久は問う。

「故《ゆえ》あって甲州・山県三郎右兵衛尉《やまがたさぶろううひょうえのじょう》（昌景《まさかげ》）の一手にあり、内府を掛川城近くの袋井《ふくろい》畷《なわて》まで追った時、見ましたぞ」

明らかに偽《いつわ》りである。嶋左近は筒井家の譜代《ふだい》の重臣であり、山県昌景存命時は主君の筒井順慶《じゅんけい》と共に大和周辺で奔走していた。元亀元年（一五七〇）生まれの豊久は幼く、中央のことに疎《うと》いと考え嘘を言っても判らないと思ってのことに違いない。ただ、豊久も負けてはいない。

「そいは下劣な喩《たと》えで、杓子定規《しゃくしじょうぎ》と申すもの。そん頃の内府と、今の内府は同じに考えるのは大間違《まちが》い。明日の一戦で内府の押付を、おはんが見ることがあれば重畳《ちょうじょう》の至り。話にならん」

夜襲の申し出を拒絶された豊久は、吐き捨てながら三成主従の許を去った。

「あん、馬鹿奴《ざこはっ》は、この期に及んで、まだ形に憑《つ》かれちゅうおりもす」

まだ忿恚《ふんい》が収まらず、豊久は惟新の前でも声を荒げた。

「そうか。形では戦《いつさ》に勝てんこつ、戦が始まれば身に染みるじゃろう」

惟新は多くを語らなかった。言えば、虚しさを吐露してしまいそうだった。

島津家の家臣たちの間でも夜襲の話は持ち上がった。長野勘左衛門は百五十の精鋭で数万の東軍が犇《ひし》めく赤坂の陣に夜襲をかけると主張するが、寄親《よりおや》の川上忠兄《ただえ》が止めだてた。

夜襲は却下された。酉《とり》ノ下刻《げこく》（午後七時頃）過ぎ、諸将は密《ひそ》かに大垣城を出た。

出立にあたり、石田家から八十島《やそじま》助左衛門が惟新の許を訪れた。

「こたびは二備《にのそなえ》、にてお働きなされますよう」

「承知」

一言答えただけで、惟新は黙った。

〈やはり治部少輔は俺《おい》を信じておらんのだな。まあ、一千五百の兵では仕方なかか〉

惟新は失意にかられる。

島津家の家臣が記した『黒木左近兵衛申分』には「此方《こなた》、御二備に御坐候《ござそうろう》」とある。

神戸五兵衛も同じようなことを記す。

〈二備であろうが、島津の戦《いつさ》を世に示すまでじゃ〉

天下分け目の関ヶ原、惟新は薄れていく闘志を駆り立てた。

移動する軍勢の先頭は石田、島津、小西、宇喜多勢……。島津家は二番目である。一行は寒い雨の中、闇に紛れて関ヶ原に向かう。敵の目につかぬよう、松明《たいまつ》を焚《た》かせず、馬口を縛《しば》って音を消し、兵を進めさせた。

この日、京極高次は降伏し、漸《ようや》く大津城が開城した。勇将・立花親成らを含む一万五千の兵が浮くことになるが、さすがに寄手も疲労し、すぐ美濃に移動するわけにはいかなかった。

吉報も、移動を決めた三成や惟新の許には、まだ届けられてはいなかった。

第十章　敵中突破

一

慶長《けいちょう》五年（一六〇〇）九月十四日はグレゴリウス暦で十月二十日に当たる。寒い。とにかく寒い。夕刻過ぎから降り出した雨は本降りとなり、蓑《みの》を纏《まと》っていてもすぐに下の着物を濡《ぬ》らし、体温を奪っていく。しかも地は泥濘《でいねい》となって人馬の足を鈍らせているので強く感じる。

東軍に見つからぬように移動しているので松明《たいまつ》も灯《とも》さず、闇《やみ》の中を進むので行軍が遅く、寒さを増長しているのかもしれない。

闇に紛《まぎ》れて移陣する西軍に対し、九万数千の兵を擁《よう》する東軍は赤坂周辺に犇《ひし》めいているので、遠くからも、その辺《あた》りが昼のように明るく見えるのは、なんとも言えぬ皮肉である。

西軍は栗原山に陣を布《し》く、長宗我部盛親《ちょうそかべもりちか》の陣に灯る篝火《かがりび》を目標に黙々と進む。暗夜の雨中を誰一人、無駄口を叩《たた》かずに歩む姿は、まるで落ち武者の集団のようであった。

大垣城《おおがきじょう》から石田三成《みつなり》が陣所を築いた笹尾山《ささおやま》まで、白昼、中仙道を通れば二刻ほどで到着できるが、赤坂から南宮山《なんぐうさん》近くまで東軍の物見《ものみ》が探っているので使用できない。西軍は大垣城の南を迂回《うかい》しながら進まざるをえなかった。

石田勢を先頭とした一行は牧田《まきた》川沿いに西進し、吉川《きっかわ》、毛利勢が陣を布く南宮山の南を通過し、小早川《こばやかわ》勢が兵を止める松尾山との間にある牧田辺りを北上する。すぐ西には伊勢街道が走っているが、東軍の斥候《せっこう》に知られないように使わず、間道《かんどう》を進んだ。

三成は南宮山周辺に陣を布く諸将の各陣に足を運ぶために、僅《わず》かな供廻《ともまわり》と軍列から離れたので、重臣の嶋左近《しまさこん》が指揮を執《と》って笹尾山に急がせた。

暫《しばら》く進むと軍勢の足が止まった。

「見てまいりもす」

惟新《いしん》の横を歩む中馬重方《ちゅうまんしげかた》が告げ、家中の兵を縫うように前進した。

ほどなく中馬重方は戻ってきた。

「中書《ちゅうしょ》（豊久《とよひさ》）様《さあ》の家中は、もう動けんちゅうとりもす」

夕餉《ゆうげ》を取る暇《いとま》もなく移動したので、佐土原《さどわら》勢は豊久に文句をぶちまけているという。

「そうか。そげんこつなら、腹ごしらえせえと中書に申せ」

寛大に惟新は許し、馬上で笑みを作る。おそらく、夜襲を拒《こば》まれて不快感が抜けぬ豊久が家臣たちの憤懣《ふんまん》をそのまま受け入れたに違いない。考えてみれば惟新たちも同じだ。

「俺《おい》たちゃあも夕餉にすっか」

惟新は家臣たちに命じ、軍列を離脱して支度をさせた。といっても、満足な兵糧《ひょうろう》は持ち合せておらず、実質的な首謀者の三成や、前線大将の宇喜多秀家《うきたひでいえ》からの配給もない。大半の者たちは苅田《かりた》を行って空腹を満たすしかなかった。

三成にすれば、兵糧は自家で用意するのが当たり前。そのために秀吉が所領を安堵《あんど》したのであろうと、皮肉の一つも言うかもしれないが、庄内の乱で疲弊《ひへい》した島津家の兵たちは喰《く》うや喰わずの身でありながら、自腹で九州の南端から上方《かみがた》の戦《いくさ》に参陣しているのだ。惟新は家臣たちの思いを存分に叶《かな》えてやりたかった。

すぐに前後を進む石田、小西勢の遣《つか》いが惟新の許《もと》を訪れた。離反《りはん》を警戒してのことであろう。

「当家は夕餉をせずに出立《しゅったつ》したゆえ、ここで休憩を致す。心配ならば、監視を置くがよか」

突き放すように惟新は告げて、馬を下りた。これにより、島津家は最後尾を進む宇喜多勢からも遅れた。

島津兵は苅田を行って空腹を凌《しの》ぎ、その稲穂に火をつけて暖を取るほどひもじい在陣を強《し》いられた。

同じ十四日の夜半、大垣城にほど近い曾根《そね》城に在する西尾光教《みつのり》から、岡山の本陣で就寝中の家康に、西軍移動の報《しら》せが届けられた。家康は即座に移動を下知《げじ》。命令を受け、福島正則《まさのり》を先頭に、黒田長政《ながまさ》、加藤嘉明《よしあき》、藤堂高虎《とうどうたかとら》……と進み、家康四男の松平忠吉《ただよし》が統監の役目で続き、舅《しゅうと》の井伊直政《いいなおまさ》が忠吉の補佐役として付き従った。長岡忠興《ただおき》は、御小屋の外より御陣替えと見えますと報せがあり、合点《がてん》がいかぬと文句を言ったという。家康が三成の佐和山《さわやま》城を打ち破って大坂に向かうと言ったのは、翌日以降のことであると思っていた武将が東軍には多かったようで、赤坂出立は急であったことが窺《うかが》える。

少し早い朝餉《あさげ》をとった家康が岡山の陣を発ったのが丑《うし》ノ下刻《げこく》（午前三時頃）。両軍の先頭が出立した時刻の差は三刻と離れていないので、西軍の最後尾であった宇喜多勢の荷駄《にだ》隊と東軍の先頭福島勢が接触して、小競《こぜ》り合《あ》いを起こすほど双方は接近していた。

食事をとっていたこともあり、この争いに島津勢は巻き込まれなかった。

先頭の石田勢が笹尾山に着陣したのは子《ね》ノ下刻《げこく》（午前一時頃）。島津勢がその南隣の池《いけ》寺池《でらいけ》と北国《ほっこく》街道の間に到着したのは寅《とら》ノ刻（午前四時頃）であった。通説では池の東とされているが、同地よりも、かなり奥まった所に在陣したことを島津家の家臣たちは揃って書き残している。二備《にのそなえ》なので、多勢の後方は仕方がないことだった。

惟新らが東に見る関ヶ原は、美濃《みの》・不破《ふわ》郡の西端に位置し、一里少々西に進めば近江《おうみ》の国に入る。北は伊吹《いぶき》山脈、南は鈴鹿《すずか》山脈が互いに裾《すそ》野を広げ、西は今須《います》山、東は南宮山が控えた東西一里、南北半里の楕円形《だえんけい》をした盆地である。この中を東西に中仙道（東山道）が走り、中央から北西に北国街道、南東に伊勢街道が伸びる交通の要《かなめ》でもあった。

といっても、辺りは闇で、なにも見えないのが現状だった。

石田三成や大谷吉継《よしつぐ》らは予《あらかじ》め陣所を築いているが、島津家は空いている地に陣を布いたので、防衛するようなものはなにもない。即座に西の茂みで樹木を切り出して急造の柵を立て、僅《わず》かながらに掘った堀の土を低い土塁《どるい》として盛っただけの陣を構築した。

「万《まん》が逸《いつ》のことがございます。俺《おい》に殿様《とのさあ》の甲冑《かっちゅう》と陣羽織《じんばおり》を賜《たまわ》りとうございもす」

長寿院盛淳《ちょうじゅいんもりあつ》が惟新に懇願する。盛淳は身替わりになることを申し出たことになる。

「わいは、こん戦《いつさ》を負け戦じゃと思っちょっとか」

「大将が出馬せん大戦《おおいつさ》で、勝てた例《ためし》はごわはん。違《ちご》いもすか」

僧侶あがりの長寿院盛淳なので、冷静な目で見ている。盛淳の言葉を聞いて惟新は龍《りゅう》伯《はく》の顔を思い出した。

「いざという時、俺は小具足だけで戦わねばならんな」

龍伯、惟新に長きに亘《わた》って仕えてきた長寿院盛淳の忠節を賞し、惟新は笑顔で馴染《なじ》んだ甲冑と陣羽織を譲ることにした。

「我らが殿様《とのさあ》が総大将じゃったら、大勝利は間違《まし》げいなか思います」

参じている島津家臣を代表するかのように、残念そうに長寿院盛淳は言う。

「戦《いつさ》は敵ん大将の首ば取れば仕舞いじゃ。機会は必ず来る。楽しみにするがよか」

気の利《き》いた家臣たちは負けると見る中、惟新は期待を持たせるように努めた。

惟新の許《もと》には鑓《やり》の穂先を象《かたど》った『一本杉』の馬印が高々と掲げられていた。


夜明け前には東西両軍共に布陣を終えた。

関ヶ原の北西に位置する笹尾山の中腹に三成本陣の四千、山の南麓《なんろく》には蒲生頼郷《がもうよりさと》の一千、北麓には嶋左近の一千。すぐ南に豊臣家の旗本が二千。その南西、北国街道を挟んだ地に島津惟新の七百五十、その東に島津豊久の七百五十。

天満山《てんまん》の北に小西行長《ゆきなが》の四千、その南に宇喜多秀家の一万七千が五段に構えた。さらに南に大谷吉継の六百。その東に戸田重政《しげまさ》と平塚為広《ためひろ》が併せて九百。

中仙道を挟んだ南に大谷吉勝《よしかつ》と木下頼継《よりつぐ》が併せて三千五百。

その東側に赤座直保《あかざなおやす》の六百、小川祐忠《すけただ》の二千、朽木元綱《くつきもとつな》の六百、脇坂安治《わきざかやすはる》の一千が南北に並んだ。そして、松尾山に小早川秀秋の一万五千六百。

一里半ほど東の南宮山の北側に吉川廣家《きつかわひろいえ》の三千。その南に毛利秀元《ひでもと》の一万五千。山の東麓に安国寺恵瓊《あんこくじえけい》の一千八百。その南に長束正家《なつかまさいえ》の一千五百。東南の栗原山麓に長宗我部盛親の六千六百。合計で八万三千二百余人の軍勢である。

一方、東軍の布陣は次のとおり。

宇喜多勢の正面に福島正則の六千。その後方北に藤堂高虎の二千五百、南に京極高知《きょうごくたかとも》の三千。二将の背後に寺沢正成《まさなり》の二千四百。その背後に本多忠勝《ただかつ》の五百。

中仙道の北、石田陣に対して北から黒田長政の五千四百、長岡忠興の五千、加藤嘉明の三千、筒井定次《さだつぐ》の二千八百。島津勢の正面に田中吉政《よしまさ》の三千。筒井の後方に井伊直政の三千六百と松平忠吉の三千。長岡、加藤勢の後方に古田重勝《しげかつ》の一千二百、織田有楽斎《うらくさい》の四百五十、金森長近《ながちか》の一千百、生駒一正《いこまかずまさ》の一千八百。

井伊、松平勢の後方十町少々の桃配山《ももくばりやま》の本陣に徳川家康三万。同地から七町ほど東の野上《のがみ》に有馬豊氏《とようじ》の九百。五町ほど東に山内一豊《やまのうちかずとよ》の二千。同じく五町ほど東に浅野長慶《ながよし》の六千五百。吉川勢に対する形で池田照政《てるまさ》の四千五百。合計で八万八千六百五十余人の軍勢である。竹中重門《しげかど》を黒田家の先導役とし、ほかには家康の麾下《きか》として船越景直《ふなこしかげなお》ら万石以下の武将も多数参じていたので、あるいは、もっと多かったかもしれない。

中村一榮《かずひで》、堀尾忠氏《ただうじ》、蜂須賀至鎮《はちすかよししげ》、美濃衆らの一万五千余人は大垣城に備えていた。

天武《てんむ》天皇元年（六七二）に起きた壬申《じんしん》の乱の折、大海人皇子《おおあまのみこ》（のちの天武《てんむ》天皇）が野上《のがみ》の行宮《あんぐう》（かりみや）から不破《ふわ》の地に出陣して名産の桃を全兵士に配り戦いに快勝した。その奇縁により、桃配山とか桃賦野《ももくばりの》と呼ばれるようになったという。家康は、この故事に倣《なら》い、桃配山に本陣を布いたのであろう。

兵数は東軍が上廻《うわまわ》っているものの、明治時代の中期、ドイツのクレメンス・メッケル少佐は、関ヶ原合戦における両軍の布陣図を見た時、即座に西軍の勝利と断言した話はあまりにも有名である。小高い山々を制し、敵を誘い込んで包囲攻撃できるからである。

東軍が布陣した地から、惟新らが陣を敷いた地に向かい、ゆるやかな傾斜となっている。東軍は進軍するにあたり、坂を上るという一つ余計な行程を踏まねばならなかった。

両軍が布陣を終えた時、三万余の主力を率いた秀忠《ひでただ》は、信濃《しなの》の奈良井《ならい》辺りを彷徨《さまよ》っていた。

敵味方を識別する西軍の合い言葉は「大が大」、合印《あいじるし》はなし。合印とは、他と区別するための印で、戦場などで敵味方の区別をするために、兜《かぶと》や袖《そで》の一部につけた一定の標識である。

島津家の合い言葉は「ざい」。これが混乱を招くことになる。

東軍では「山が山」「犀《さい》が犀」。識別の合印は「角切《かくぎり》」であった。

昨晩から降っていた雨は卯《う》ノ刻（午前六時頃）には上がったものの、辺りは霧と靄《もや》で煙り、三間《げん》（約五・四メートル）先の人の顔すら定かにならぬ状態だった。視界は最悪と言えるほど悪く、隣陣の武将がどの位置に座しているかすら判《わか》らぬ状況である。

「中書《ちゅうしょ》には、決して打って出ず、仕掛けてきた者を討ち果たせと申せ。こん霧では、何処《いずこ》の家中が我が陣を乱すか判らん。島津の陣を荒らす者は、味方であろうと容赦《ようしゃ》するな、となし

惟新は前線で指揮する豊久に遣《つか》いを送った。一千五百の兵では、敵味方がもつれて雪崩《なだ》れ込まれるだけで蹂躙《じゅうりん》される。守るには島津家の陣を聖域にし、侵す者は何人《なんぴと》であろうとも排除するしかなかった。

「敵がいかほど、どの地におるか、探らせもすか」

新納旅庵《にいろりょあん》が惟新に問う。

「ならん。こいは俺《おい》の勘じゃが、四町とは離れておらん。物見を敵方に出せば、そいが元で戦《いっさ》の引き金を引かんとも限らん。二備《にのそなえ》は二備らしくしておるがよか。焦らんでも、敵は存分に仕寄《しよ》せてまいる」

惟新は許可しない。寡勢《かぜい》の兵しか持たぬ惟新が、両軍合わせて十数万を超える兵の戦いの契機《けいき》を作りたくはなかった。急襲ならばいざ知らず、互いに構えての戦《いくさ》は仕掛けるよりも、仕掛けられるほうが戦いやすい。先手を取れば、それだけ陣形が乱れるからである。

〈今日ほど兵が欲しか思うたこつはなか。一万、いや、五千もあれば、どげんな軍勢でん、打ち破ってやるが〉

悔いてもどうなるものではないが、霧の東から餓狼《がろう》のような多数の息吹《いぶき》を感じるだけに、惟新の闘争心も煽《あお》られる。殺人を楽しむ趣味は持っていないが、武士の本能が戦意を滾《たぎ》らせた。

半刻ほどすると風が出てきて霧が流れるようになり、少しずつ視界が開けてきた。さらに半刻ほどすると、一町ほどが見えてきた。それでもまだ北隣の石田勢、南隣の小西勢の姿は目にできない。いつになったら戦場を見渡すことができるのかと思っていた時であった。

南東のほうから喊声《かんせい》のようなものが発せられたような気がしたのちに、鉄砲の乾いた音が十数発鳴り響いたのを惟新は聞き逃さなかった。

「今のは鉄砲でごわすな」

同意するように新納《にいろ》旅庵が惟新に尋ねた途端、呼応するように鉄砲音が谺《こだま》した。

家康四男の松平忠吉と岳父の井伊直政による抜け駆けが行われ、先を越されて怒った福島正則が鉄砲を放たせた。これに宇喜多秀家が応戦したのだ。

時に辰《たつ》ノ刻（午前八時頃）のこと。世にいう関ヶ原合戦の火蓋《ひぶた》が切って落とされた。

「こん霧の中、戦《いつさ》が始まりもしたな」

敵どころか味方の所在も碌《ろく》に判らぬ状態で、よくも開戦に踏み切ったなと、半ば呆《あき》れ、半ば感心するように新納旅庵は言う。

「おそらく東軍の戦功争いであろう。敵が焦《あせ》れば焦るほど、味方は優位じゃの」

逸《はや》って攻めかかれば隙《すき》が生じるので、西軍はそこを衝《つ》けばいい。敵が激しく仕掛けてきても鉄砲の引き金を引くだけで、敵は勝手に潰《つぶ》れていく。

「下知《げじ》あるまで陣を出るなと中書《ちゅうしょ》に申せ」

改めて惟新は豊久に使者を遣わした。少数で多勢を相手の戦を乗り切るには、できるだけ兵を温存し、疲弊《ひへい》した敵に当てること。泗川《サチョン》の戦いのように、敵の甲冑の疵《きず》が判るほど引き付けて、一発の無駄玉も放つことなく鉄砲にて撃ち伏せる。島津家の必勝法である。

惟新は六十六歳という老齢ということもあり、大垣城を出てからも甲冑を着けず、小具足のまま床几《しょうぎ》に座していた。体力を温存することもあり、当分、戦機が訪れぬと思ってのこと。

開戦から半刻ほどもすると、殆《ほとん》ど霧も晴れて、関ヶ原の全貌が明らかになってきた。狭い山の谷間《たにあい》に立つ兵は、桃配山の家康本陣を除いて両軍九万数千。

石田三成勢には田中吉政、長岡忠興、加藤嘉明、金森長近、黒田長政、竹中重門勢が群がっている。

小西行長勢には猪子《いのこ》一時《かずとき》、佐久間政実《まさざね》と従弟《いとこ》の安政《やすまさ》・勝之《かつゆき》兄弟、船越景直。

宇喜多秀家には福島正則。

戸田重政、平塚為広には藤堂高虎、京極高知、寺沢正成、織田有楽齋、古田重勝。

それぞれが攻めかかり、激戦を繰り広げていた。島津勢は石田勢と小西勢に挟まれた奥まったところに陣を布いているので、わざわざ狭いところに割り込んで戦おうとする東軍の武将は稀《まれ》である。

もう一つは西軍が優位に戦っており、東軍が後退していることもある。東軍の特に北部では三成憎しで諸将が殺到しているものの、空廻りしている感じで、逆に打ち払われていた。

全体的に東軍は、戦功争いでおのおの勝手に攻めかかって統率がとれていなかった。惟新の本陣からは、見えないところも多々ある。戸田重政らの奮戦ぶりなどは目にできず、物見が絶えず惟新の本陣を出入りして報《しら》せを聞くばかりだ。

「西軍が押しておりもす」

新納《にいろ》旅庵が隣で話しかける。

「石田勢に仕寄せる諸将は皆が広がって兵を進められず、個別に撃破されておる。小西勢も似たようなもの。福島と宇喜多では宇喜多が多勢。思いのほか戦下手《いつさべた》じゃな」

率直な惟新の感想だ。

「まだ、赤座（直保）、小川（祐忠）、朽木（元綱）、脇坂（安治）は動いておらぬようにごわす」

「東軍が仕寄せんのか。多勢でもなし、戦上手《いつさじょうず》がいるとも聞かん。内応しておるのかもしれんの」

他に考えられない。戦功を欲する者ならば、弱い敵に勝つのが手っ取り早い。四将のうち、小川祐忠が七万石で、あとは微禄。東軍としては攻めやすいはずである。

実は右の四将は藤堂高虎によって戦《いくさ》の最中に裏切る約束をしており、互いに誓紙を交わしていたのだ。謀略《ぼうりやく》、渦《うず》巻《ま》く関ヶ原合戦である。

序盤の戦いで目立った活躍をしているのは、石田勢の嶋左近。兜《かぶと》の前立に朱の天衝《てんつき》を付け、溜塗桶《ためぬりおけ》の甲冑に浅葱木綿《あさぎもめん》の陣羽織を羽織っている左近は、万余の敵を引き付けて一斉射撃を行い、敵の足が止まると、自ら騎乗して敵中に衝《つ》き入り、傍若無人《ぼうじやくぶじん》に乗り廻して切り崩していた。

もう一人は宇喜多勢の明石全登《あかしてるずみ》。多勢を擁していることもあるが、巧みに麾下《きか》の兵を使って福島勢の足を止めて打撃を加えている。

宇喜多勢は五段に兵を構え、明石全登、本多政重《まさしげ》、長船定行《おさふね》、宇喜多太郎左衛門、延原《のぶはら》土佐の指揮する諸組が鑓衾《やりぶすま》を作り、遮二無二《しやにむに》突き進むので、福島勢は五町（約五百四十五メートル）も後退した。本多政重は謀将・本多正信の次男である。

二

開戦から半刻《はんとき》と四半刻《しはんとき》が過ぎても、戦闘は西軍が優位に戦っていた。

前線で怒号しながら憤《いきどお》っている武将の一人が、漆黒《しっこく》の一ノ谷《いちのたに》の兜を冠《かぶ》る黒田長政。普段は戦を知らぬ者と馬鹿にしていた三成の兵に後退させられるのは屈辱《くつじょく》そのもの。朝鮮の役で讒言《ざんげん》を受け、父の如水《じょすい》は蟄居《ちっきょ》させられた。長年の忠功も評価されずに冷遇を受け、得た石高は都から遠い豊後《ぶんご》の中津で十二万石（実質石高は十八万石）。これらは全て三成の誣告《ふこく》によるものだ。

肉を喰らっても飽き足らない石田軍の中でも、何度も嶋左近に撃退されていたので、黒田長政は菅《かん》六之助、白石正兵衛らに鉄砲衆をつけて迂回させ、北側の丸山の茂みに潜《ひそ》ませた。

時を同じくし、兵数で上廻るのに劣勢であるのを憂《うれ》えた家康が、東軍諸将に喝《かつ》を入れるために桃配山から本陣を西に移動させはじめた。これを見た嶋左近は歓喜《かんき》し、家康本陣を目指して疾駆するところに、菅六之助、白石正兵衛らが鉄砲の轟音《ごうおん》を響かせ、嶋左近に重傷を負わせた。

負傷した嶋左近は家臣たちに運ばれて退却。左近の分も、と蒲生頼郷《がもうよりさと》は奮戦するが、それまで一千の蒲生勢だけで数倍の東軍と戦っていたところに、同等以上の敵が殺到するので、これまでのようにはいかず、次第に後退を余儀《よぎ》なくされた。

巳《み》ノ刻（午前十時頃）ほどになり、報せは惟新の許に届けられた。

「左近が、内府《だいふ》の移陣に逸《はや》ったか。冷静ならば伏兵に気づかぬこともあるまいて」

天下分け目の大戦《おおいくさ》なので、昂《たかぶ》る気持も判らないわけではない。

「見舞いがてら治部少輔《じぶのしょう》の許にまいり、行《てだて》を聞いてまいれ」

惟新は長寿院盛淳《ちょうじゅいんもりあつ》と毛利覚右衛門元房《かくえもんもとふさ》を三成本陣に向かわせた。二備《にのそなえ》に命じられたからといえ、寡勢だからとはいえ、傍観《ぼうかん》するつもりはない。島津家らしい戦いをするつもりである。

ほどなく長寿院盛淳と毛利覚右衛門は帰陣した。

「左近殿を見ることは叶《かな》いもはん。殿様《とのさあ》には、そのままご待機なされますようにと、治部少輔殿は仰《おお》せでごわした」

長寿院盛淳が報告をする。

「自軍が圧《お》され出してるのに、ないごてでしょうか」

新納《にいろ》旅庵が問う。

「人に弱味を見せたくないんじゃろう。毛利中納言《ちゅうなごん》を立ててはいるが、誰がどう見ても治部少輔は、こん戦《いっさ》の首謀者じゃ。総大将が脆弱《ぜいじゃく》だと思われっと全軍の士気が下がるゆえな。当たらずとも遠からずというところじゃろうが、時には形振《なりふ》り構わんちゅうことも必要。やはり吏僚《りりょう》の域は超えられんか」

惟新は三成を不憫《ふびん》に思った。

三成の代わりに亀井茲矩《これのり》が惟新に鉄砲衆の加勢を求めてきた。茲矩は因幡《いなば》・鹿野《かの》で一万三千八百石の小大名で、同国・鳥取二十万石の宮部長熙《ながひろ》の寄騎《よりき》を務めている。茲矩は会津討伐軍に参じていたが、いつの間にか秀頼《ひでより》が派遣した旗本衆に加わっていた。

「内応しておらんでしょうか」

新納《にいろ》旅庵が危惧《きぐ》する。

「寄親《よりおや》の宮部兵部少輔《ひょうぶのしょう》（長熙）は伏見、大津攻めに参じておるし、事実ならば治部少輔が隣陣には置かんじゃろう。濱ノ市衆《はまのいちしゅう》を後詰《ごづめ》に送らせよ」

惟新の警戒感は薄く、家臣を豊久の許《もと》に向かわせた。

濱ノ市衆とは龍伯《りゅうはく》の直臣衆《じきしんしゅう》の一勢で居城とする富隈《とみのくま》のすぐ西に在していた。

下知を受けた豊久は濱ノ市衆の城井《きい》三郎兵衛、前田孫左衛門、福山の鎌田次郎九郎、前原源六のほか山田有栄《ありなが》ら百人ほどを亀井茲矩の許に派遣した。

ほどなくして家康は惟新の本陣から十町ほど西の方向に本陣を移動させた。

「内府《だいふ》が、こげん近くにまいったか。今少し前線が割れれば、一気に貫けそうじゃの」

家康のほうから接近したことに、惟新は頬《ほお》を綻《ほころ》ばせた。

「面白かこつ、いつでも下知して給《たも》んせ。じゃっどん、内府が陣を移しても、南宮山の者《もん》たちは動きもはんな」

新納旅庵の目は疑念に満ちていた。

「ここまで動かんところを見れば、内応は確実じゃの。返《かえ》り忠《ちゅう》するかどうかは判らんが、在陣しても不戦すっこつを約束したに違《ちご》いなか」

「そいで、毛利は恩賞ば得られっとでごわすか」

質問口調ではあるが、否定する調子で新納《にいろ》旅庵は問う。

「伏見攻めに参じたこつを相殺《そうさい》し、本領安堵《あんど》というとこか。約定《やくじょう》を交わしたんは吉川《きっかわ》侍従じゃろう。背後の毛利侍従（秀元）は、そげん小細工をする武士ではなかゆえの」

「それで、安国寺は黙っておりもそうか」

「騒ぎ立てても毛利が動かねば、刺し違《ちご》える覚悟のない安国寺は動けん。毛利が、そん気になっても吉川が動かせんじゃろう。安国寺は譜代《ふだい》の家臣を持たぬ辛《つら》さじゃ。周囲にいる者も毛利に倣《なら》う。吉川が毛利を動かすとすれば、東軍が総崩れになった時じゃろう。小早川もの」

安国寺恵瓊《えけい》は毛利元就《もとなり》に滅ぼされた安芸《あき》武田の一族。幼い恵瓊は命を繋《つな》ぎ、諸寺で修行したのちに毛利家の外交僧となり、秀吉に見出《みいだ》され、伊予《いよ》で六万石を与えられる独立大名に出世した。その後、武田旧臣が恵瓊の許に帰参するが、殆《ほとん》どは毛利家に仕えていたので少数だった。恵瓊のために命を捨てて戦う者が何人いるか。あるいは恵瓊も疑問に思っているかもしれない。

なんといっても安国寺恵瓊が後世までに、その先見の明を伝えられたのは天正《てんしょう》元年

（一五七三）十二月十二日に記した書状の一節にある。

「信長の代は五年三年は持つであろう。来年あたりは公家になるだろうが、のちに高転《たかころ》びに仰向《あおむ》けに転ぶように見える。その点、藤吉郎（秀吉）は、さりとては（なかなか）の者である」

信長の落星と、信長の一家臣でしかなかった秀吉の才を見極《みきわ》めたことである。

「一歩退《ひ》いた立場なれば誰でも冷静に見れるが、自《おの》が関わると視野が狭くなるのは世の常。安国寺も吉川も毛利家への発言を強くすったために争っていたこつが、ここにきて凶となったとは、思いもよらんこつであろう。皆、己《おのれ》ん姿は鏡でも、よう見えんもんかもしれん」

大事な大戦の最中、傍観する武将たちを惟新は憂《うれ》えながらも蔑《さげす》んだ。

「毛利を動かすんは、殿様《とのさあ》次第というこつでごわすな」

「俺《おい》が動く前に西軍が崩れんこつを祈るしかなか」

新納《にいろ》旅庵の言葉に、惟新は軽口を言うしかなかった。八万三千を集めた兵のうち、戦っているのは四万余で、残りは内応濃厚。しかも島津家は二備《にのそなえ》、いわゆる後詰に廻されている。希望を持てる策も手もないところが辛いところだ。

家康の前進に触発されて、抜け駆けをした家康四男の松平忠吉と井伊直政勢が前進し、島津家の陣に迫った。石田勢と小西勢の間にある窪んだ地なので、これを破れば、どちらの軍勢の側面攻撃もできると勇んでいた。

「『葵《あおい》の紋《もん》』と赤備《あかぞなえ》、あいは内府《だいふ》の息子と井伊兵部少輔（直政）にございもす」

家臣の赤崎丹後《たんご》が豊久に告げた。

「そいは仕留《しと》めがいがあるというもの。当家に兵を向けてきたこつ、あの世で後悔させてくれる。伏見の恨みを晴らす時がきた。皆、きばれ！」

家康に伏見城への入城を依頼され、従ったところ留守居《るすい》の鳥居元忠《ただもと》らに拒否された屈辱を島津家は忘れていない。この愚弄《ぐろう》された対応のお蔭《かげ》で島津家は西軍に与《くみ》せざるをえなくなった。報復するには絶好の機会であった。

豊久は柵の内側に楯《たて》と竹束《たけたば》を並べ、外側には出ずに寄手《よせて》に備えた。

〈こげんこつならば、亀井に鉄砲衆を出すんではなかったの〉

松平、井伊勢を間近に見ながら、豊久は肚裡《とり》でもらした。

両軍勢の距離が二町ほどに縮まった頃から、寄手《よせて》は鉄砲の射撃を開始する。まだ標的に狙《ねら》いを定めて放ってないので、時折、気抜けた玉が楯や竹束を叩く程度だった。

「敵の誘いに応じるこつはなか。敵ん目ん玉が見えるごつなってから思う存分見舞っちゃれ」

百の鉄砲衆を後詰に出し、六百五十に減った豊久は慎重だった。対して寄手は六千六百。豊久にとって一人の兵、一発の玉も無駄にはできなかった。

威嚇《いかく》を含めた射撃をしても、島津勢は応戦しない。あるいは、降伏するのではないか。松平、井伊勢は油断こそはしないまでも、優位な兵数を頼りに豪気な思案のまま接近してくる。

距離が一町ほどに縮まると楯や竹束を叩く玉の力が強くなるものの、豊久は家臣の反撃を制している。

「まだ早か。敵ん胸ぐら摑《つか》むまで待たねばならん」

自身の逸《はや》る気持を抑えるように命じた。

寄手は七、八間ずつ間合いを詰め、ほどなく半町に達したところで、これまでより多くの鉄砲衆が前面に並んで筒先を揃えようとした時である。

「放て！」

豊久の号令と共に、楯や竹束に身を隠していた鉄砲武者たちは躍り出て引き金を絞る。島津家は足軽ではなく、扶持《ふち》が少なくとも騎乗できる身分の武者が鉄砲を放つ。闇雲《やみくも》に敵に向かって乱射するのではなく、皆は最初から敵に狙いを定めていたので命中率が高い。しかも元服前から修練するので、腕の良さは紀伊の雑賀《さいか》、根来衆《ねごろしゅう》にもひけを取らぬという。

轟音が響いた途端、寄手の数人は血飛沫《ちしぶき》を上げて地に伏せた。突然の反撃に松平、井伊勢は驚き、動きが鈍い。そこに島津勢は容赦なく射撃を浴びせ、寄手の骸《むくろ》を増やしていった。

「鴨《かも》が葱《ねぎ》を背負ってきちょる。こげん馳走《ちそう》を逃すではなか。島津の鉄砲、存分に味わわせよ」

大音声《だいおんじょう》で豊久は麾下《きか》を激励し、鉄砲の連射を続けさせた。鎮《しず》まり返っていた島津家の陣が突然、眠っていた獅子《しし》が目を覚ましたかのように賑《にぎ》やかになった。号砲が轟《とどろ》くと共に寄手は宙を鮮血で朱に染めながら地に倒れた。再び起き上がる者は皆無だ。

「戯《たわ》け！　敵は寡勢。鉄砲の数も十分の一じゃ。なにゆえ放ち負けるか。気概を示せ！」

開戦の切っ掛けを作った松平忠吉は、次々に蹴散《けち》らされる自軍の鉄砲衆を見て、叱咤《しった》する。島津勢は石田、小西勢に挟まれた奥まったところに陣を布いているので、寄手は多勢を生かして横に広がり、寡勢の島津勢を飲み込むようなことができない。極端な言い方をすれば、細い通路を順番に進み、各個撃破されているといった様であった。

「この戦《いくさ》の勝利は我らに決まっておりますが、勝鬨《かちどき》を上げた時、鉄砲衆が壊滅していたとあらば、上様への心証がよろしくありませぬ。ここは退《ひ》き、島津は誰ぞに譲りますよう」

義父の井伊直政が娘婿《むすめむこ》の松平忠吉に助言する。

「されど、このままでは、なにもできずに退いたという汚名が残る。それはできん」

若い松平忠吉は体面にこだわり、井伊直政の制止を振り切って前進する。

「儂《わし》は内大臣・徳川家康が四男、松平下野守《しもつけのかみ》忠吉じゃ。島津家は勇士揃いと聞いたが、偽《いつわ》りらしい。柵の内側に籠《こも》って鉄砲を放つだけでは鼠《ねずみ》と同じ。武士が一人でもおるなら、儂と勝負致せ」

二十一歳になる松平忠吉は、公然と名乗りを上げて、鉄砲衆の前に出た。

「児戯《じぎ》な策に乗るではなか。我らが巧みな鉄砲を止め、これに付け入る姑息《こそく》な手じゃ。伯父御《おじご》にも打って出るなと下知されちょる。こん戦《いっさ》における薩摩《さつま》の名乗りは鉄砲じゃ」

豊久は相手にせず、改めて射撃を行わせようとした。

「俺《おい》が相手になりもそう。松浦《まつら》三郎兵衛でごわす」

六尺豊かな松浦三郎兵衛は四尺二寸の太刀《たち》を抜き、馬出し口から騎乗したまま柵を出て松平忠吉に向かって疾駆《しっく》する。

「あん、馬鹿奴《ざこはっ》。命令を無視しおって」

豊久は吐き捨てるが、当主の命令にさえ従わぬのが島津家の兵子《へこ》。不思議な光景ではなかった。

馬上の松浦三郎兵衛は松平忠吉に近づきざまに斬りつけるが、寸前で躱《かわ》された。忠吉は三寸の太刀で斬り返すが、今度は三郎兵衛が身を反《そ》らして避ける。二太刀目は互いに相打ちとなって剣戟《けんげき》が響いた。流れた三郎兵衛の太刀は忠吉の左手を斬って浅手を負わせると、忠吉の太刀は三郎兵衛の兜に当たり、右の目の上を微《かす》かに斬った。

右目に血が入り、右側の視界が悪くなった。松浦三郎兵衛が血を拭《ぬぐ》おうとしているところに松平忠吉は馬を寄せて串刺しにしようとするが、三郎兵衛はその手を摑んで組み打ちとなり、二人とも馬上から転がり落ちた。

二人は地面の上で上下体勢を入れ替えて互いに首を掻《か》き合っている。主《あるじ》が敵と落馬した姿を見た松平家臣の島沢九兵衛（加藤孫太郎とも）はすぐに駆け寄り、松平忠吉の首を取ろうとしていた松浦三郎兵衛を鑓《やり》で貫き、首を取った。

「こん、馬鹿奴《ざこはっ》が。一対一の戦いではなかか」

松浦《まつら》三郎兵衛を討たれ、同僚の佐土原衆《さどわらしゅう》が鑓をひっ担いで仇討《かたきう》ちさながらに陣を飛び出していった。

「馬鹿奴は、わいらじゃ。敵ん策に乗るでなか。戻れ！」

豊久は鉄砲武者たちを投入して白兵戦になりだしているところに割って入らせた。鉄砲武者は鑓を手にする足軽、鉄砲衆を問わずに射撃して距離を取らせる。この間に豊久は他の鉄砲放ちに引き金を絞らせ、犠牲を出しながらも撤収させた。その後は、最初の予定どおり、柵の中に籠《こも》り、寄手《よせて》に命中度の高い玉を見舞って、半町ほど後退させた。

井伊直政にしても、危うく松平忠吉を失いそうになった。珠玉の娘婿を討死《うちじに》させでもしたら、自身の腹一つではすまされない。半《なか》ば奪い返すように陣に引きずり込んでいた。

島津家の鉄砲掃射術を警戒し、松平、井伊勢は積極的に攻撃を仕掛けてはこなかった。

どちらかといえば、隣の小西勢に鉾先《ほこさき》を向けた観もあった。

僅《わず》かに空《あ》いた隙間《すきま》に五百の本多忠勝勢が入って前進を試みるが、松平、井伊勢同様に足を止められて近づくことはできなかった。

「そいで、よか。中書《ちゆうしよ》には、さすがじゃと伝えよ」

報《しら》せを受けた惟新は満足の体《てい》であった。

北隣の石田勢は嶋左近の負傷で劣勢に陥っていたが、国友村製造の大筒《おおづつ》を咆哮《ほうこう》させたところ効果は覿面《てきめん》。寄手を押し返しはじめた。玉には落下すれば破裂する炮烙玉《ほうろくだま》を使用したので、雷鳴の轟くような発射音の後は、寄手の数人が吹き飛ばされ、十余人は破片や弾丸を受け、血塗《ちまみ》れになって地に倒れた。

人の原形を劇的に変化させる最新鋭の武器を向けられ、三成憎しで凝《こ》り固まる東軍の諸将も幾分腰が引けている。後退しかかるところを石田勢は鉄砲を浴びせて寄手を仕留めていた。

同時に三成は、ここぞとばかりに狼煙《のろし》を上げた。惟新の本陣からはよく見える。

「毛利、小早川にでございもすな」

気の利《き》いた者にならば、想像するのは難《かた》くない。新納旅庵《にいろ》が確認するように言う。

「そうか。じゃっどん、南宮山の位置からは、こん狼煙は見えまい。物見《ものみ》が出てたとしても関ヶ原で、こんだけの鉄砲が放たれておれば、煙《けむ》って判らんではなかかの」

「そいは、見えん地に、いや、見んために南宮山に布陣したというこつでごわすか」

「当所《あてど》の全てではないじゃろうが、言い訳の一つにはなろう。見えても見えんと言うに決まっておる。まあ、毛利が言い訳をする相手は治部少輔。西軍が勝った時ゆえ、そいでも構わんかもしれんが、動かんとなると、言い訳する相手もおらんこつになる。毛利中納言もとんだ、馬鹿奴《ざこはっ》どもに任せたものよ。苦労知らずの限界かもしれんが」

惟新は吐き捨てた。肚裡《とり》では毛利輝元を蔑んでいる。天下人《てんかびと》を目指す家康が、関ヶ原の戦いで勝利したのちに必要になるのは恩賞。東軍に参じた諸将に与える大量の所領であった。日和見《ひよりみ》をするだけで百二十万余石が安泰だと本気で考えていることがお目出度《めでた》い。しかも輝元は直接参陣しなくとも西軍の総大将である。これを家康がそのまま許すはずがなかった。

〈島津六十二万石と佐土原も同じじか。西軍に参じた以上、負ければ没収、改易《かいえき》の憂《う》き目《め》に遭《あ》う。どげんこつをしても、守らにゃならん。万が逸の時は刺し違《ちご》うても〉

惟新は島津家を守るため、参陣している一千五百の全兵を鋒矢《ほうし》として家康本陣に突撃する覚悟は持っていた。その時期をいつにするか、だけが問題である。

ほどなく山田有栄《ありなが》ら百人が亀井茲矩《これのり》の許から戻ってきた。

「話にもなりもはん。内府《だいふ》の本陣が近づいた途端、亀井の輩《やから》は変心して陣を離脱しもした」

腹立たしげに山田有栄は惟新に報告した。

「ほう亀井がのう。あるいは、わいらを中書から離しておく策だったのかもしれぬ。気がつかんですまんかったの。中書が、わいらを待っておる。加勢してくれ」

「承知しもした」

すぐに山田有栄らは前線の豊久の許に向かった。

「内府《だいふ》が近づいただけで返り忠か。先が思いやられるの」

惟新は溜息《ためいき》を吐《つ》く。家康の威厳というよりも、手を選ばない謀略の数々。天下人になるためには、なんでもありだという嫌悪感を覚えさせられる。

〈俺《おい》の戦《いつさ》は仕合《しあい》なんか〉

戦《いくさ》は綺麗事ではない、悲惨な殺し合いであることは十分に承知している。そのための策を講じ、奇襲も「釣《つ》り野伏《のぶせ》」も行ってきたが、背信する兵を敵方に見せ掛けて布陣させるようなことを惟新は一度もしたことがない。惟新はどこか戦闘を愉《たの》しんでいたところがあるのかもしれないが、どうも価値観の相違という以上に、家康とはなにか根本が違うような気がしてならなかった。


石田陣から再三に亘《わた》って狼煙《のろし》が上げられるものの、南宮山の吉川《きつかわ》、毛利勢も、松尾山の小早川勢もまったく動こうとはしなかった。

三成と意を同じくする安国寺恵瓊《えけい》は、何度も吉川、毛利の陣に使者を送って下山を勧めるが、軍勢はぴくりともしない。仕方がないので恵瓊自ら毛利秀元の陣に足を運んで催促を強弁。

「ただ今、兵糧を遣わしている最中でござる」

毛利秀元の家臣の口羽元可《くちばみもとよし》に安国寺恵瓊《えけい》はあしらわれ、肩を落として帰陣した。これにより、秀元は「宰相殿の空弁当」と嘲《あざけ》られ、のちのちまで日和見の代名詞となってしまう。

松尾山の小早川陣では黒田家から目付《めつけ》を兼務する人質として来ていた大久保猪之助《いのすけ》が、小早川の重臣の平岡頼勝に胸ぐらを摑んで、西軍攻撃を詰め寄った。

家康の許から派遣されている軍監《ぐんかん》の奥平貞治《さだはる》も腕を摑んで西軍攻めを催促するが、当の秀秋は決断できずにいた。

北政所《きたのまんどころ》の説得で表向き西軍に参じると告げながら東軍として松尾山に着陣した小早川秀秋は、両陣営から厚遇で誘われて上機嫌だ。自身が参じる側が勝利すると言われてきているだけに、数で勝る東軍が優位。日和見を決め込みながら、優劣がついた頃、参戦していいとこ取りをしようとしていたものの、これまで西軍が優勢に戦いを進めているので、心変わりしていた。

最初から士気の低い十九歳の若者に、勝敗の行方が託されるとは、本人は夢にも思っていないに違いない。山の下では血で血を洗う激戦が繰り広げられているが、当の本人は両軍から督促《とくそく》を受けて迷っていた。

三成同様に、小早川勢の参戦を心待ちにしているのは家康も同じ。苛立《いらだ》った家康は黒田長政の許に山上郷《ごう》右《え》衛門《もん》久忠《ひさただ》を遣わし、秀秋の出撃を確認させた。

「今は戦《いくさ》の最中ぞ！　金吾《きんご》（秀秋）が味方するか否《いな》かなど、儂《わし》の知ったことではない！　されど、万が逸にも約定を違《たが》えたならば、治部が首を刎《は》ねたのち、彼奴《きやつ》も討ち取ってくれる。帰って内府《だいふ》様にそう申せ！」

斬るような剣幕で黒田長政が怒号すると、山上久忠は逃げるように帰陣した。

山上久忠の報告を受けた家康は、左手親指の爪を嚙みつつも、黒田長政に忿恚《ふんい》するどころか安堵した。西軍を攻めあぐねていることは事実であるが、長政は三成を討つ意志を曲げていない。家康が一番恐れる前線の背信はないわけだ。あとは速《すみ》やかに小早川秀秋に西軍を攻めさせるだけであった。

午《うま》ノ刻（正午頃）、家康は鉄砲頭《がしら》の布施孫兵衛《ふせまごべえ》に命じ、福島勢の物頭《ものがしら》の堀田勘《かん》右《え》衛門《もん》ともども、小早川の陣に十発ずつ鉄砲を放った。

さらに、特別顧問を務めるイギリス人のウィリアム・アダヌス（三浦按針《みうらあんじん》）から贈られた最新鋭の大筒・カルバリン砲を咆哮させた。いわゆる問い鉄砲であるが真実は大筒だった。

乾いた轟音を聞き、小早川秀秋は驚愕《きょうがく》した。家康の鉄砲衆が自陣に射撃をするとは思いもよらぬこと。しかも大筒。これが最後通牒《つうちょう》であることは乱世の武将ならば誰でも判る。家康は本気である。未だ徳川本陣の三万は無傷。秀吉をも長久手《ながくて》の局地戦で破った戦上《いくさじょ》手《うず》の家康に急造の陣を攻められてはひとたまりもない。秀秋は瞬時に内応を実行することにした。

「子細あって返《かえ》り忠《ちゅう》致す。まずは大谷刑部《ぎょうぶ》を撃ち破れ。かかれ！」

正午を少し過ぎた頃、小早川秀秋の采《さい》が振られ、一万五千六百の兵は雪崩《なだれ》のごとく下山し、大谷吉継の陣に殺到した。

小早川勢の先鋒《せんぽう》に鉄砲頭を務める松野主馬首重元《しゅめのかみしげもと》がいる。秀吉の直臣《じきしん》であった重元は豊臣姓を許される存在で、秀秋の監視役でもあった。重元は秀秋の決断に反対であるが、もはや軍勢を止められる状態ではない。

「秀頼様を見限って東軍に返り忠するとは言語道断。左様な愚行をする者とは主従の縁を切らせてもらう。かくなる上は、儂《わし》一人でも東軍に衝《つ》き入って斬り死にするだけじゃ」

松野重元は家康本陣に向かおうとした。

「これまで小早川の禄《ろく》を食《は》むそなたが、いま主《あるじ》を見限って東軍に仕寄《しよ》せるも不忠ではないか」

同僚に言われた松野重元は躊躇《ちゅうちょ》し、思案の挙げ句、日和見を決めた。但《ただ》し、遠望していては臆病風に吹かれたと愚弄《ぐろう》されるので、前線で傍観することにした。

大谷吉継は小早川秀秋の裏切りを予想していたこともあるが、十倍以上の敵を受けても負けずに、五、六町も押し返した。秀吉をして「紀之介（吉継）に百万の兵を与えて、縦横に指揮を執らせてみたい」と言わしめたことは世辞ではなかった。

この戦いで松野重元が率いていた兵を代わりに采配していた軍監の奥平貞治は討死している。

小早川勢に呼応して、赤座直保、小川祐忠、朽木《くつき》元綱、脇坂安治らも背信し、戸田重政、平塚為広勢に襲いかかった。その一部が大谷勢の横腹を直撃。

さすがに大谷吉継も四将が背信していることまでは見抜けなかった。奮闘するものの衆寡敵《しゅうかてき》せず、四半刻と持たずに飲み込まれた。壊滅を前に吉継は家臣の湯浅五助《ごすけ》に命じた。

「汝《なんじ》、介錯《かいしゃく》して、我が首、決して敵方へ渡すべからず」

湯浅五助に告げたのち、大谷吉継は腹を十文字に掻《か》き切って果てた。享年四十二。

因《ちな》みに大谷吉継はハンセン病を病《や》んでいたとされているが、文献の不確かさから特定するのは難しい。秀吉の侍医を務める曲直瀬道三《まなせどうざん》が記した『医学天正記』に吉継の病状は記載されていないので、ハンセン病と言い切るのは難しいのではないか。ただ、吉継の母・東殿《ひがし》が病の回復を願って祈禱《きとう》を依頼したことが吉田神社の神主・吉田兼和《かねかず》（兼見《かねみ》）の日記に見られるので、進行性の皮膚病にかかっていたのは事実のようである。晩年に視力を失ったというので実は目の病《やまい》かもしれない。

関ヶ原の戦いで西軍に与《くみ》し、背信した者や日和見した者が多い中で、三成に味方し、義に殉《じゅん》じた姿は身分を問わずに賞賛されたので、幕府によって病気を悪名として植え付けた可能性が高い。

悲愴かつ清涼感ある大谷吉継の死に様であるが、西軍の敗色が濃くなった。

平塚、戸田、大谷勢が壊滅すると、宇喜多勢を挟んだ小西勢も崩壊し、行長は逃亡した。

宇喜多秀家は福島勢のみならず、寺沢、加藤勢を引き受けても優勢に戦った。後半は筒井、京極、藤堂勢をも相手に孤軍奮闘、最後まで西軍を支えた。これにも限界があり、三方を囲まれると耐えられなくなり、自軍からも逃亡兵が出はじめて、踏み留《とど》まるのが困難になってきた。

「かくなる上は、かの小倅《こせがれ》めと刺し違えて憤恨を晴らすべし」

怒髪衝天《どはつしょうてん》、宇喜多秀家は小早川勢に突き入ろうとした。

「殿は諸将の進退を御下知《おげじ》なされる御身《おんみ》にて、粗忽《そこつ》な振る舞いをなさるべきではありませぬ。まずは退かれませ。大坂城には秀頼様も毛利中納言殿もおられます」

これまで宇喜多家を、関ヶ原合戦を支えてきた明石全登《あかしてるずみ》が必死に止めだてる。

「小倅が逆心を怒るのは粗忽にあらず！　輝元は予《かね》ての約定を違《たが》へ、出馬なきことさえ不審なるに、秀元、廣家も約定を変ずる上は、天下傾覆《てんかけいふく》の時節じゃ。しからば、今日討ち死にして、太閤殿下の御恩を報ずべし」

亡き秀吉からの厚遇に恩義を感じる宇喜多秀家は、自棄《やけ》になっていた。

「たとえ奉行《ぶぎょう》、年寄《としより》の輩《ともがら》が、みな関東に降参したとしても、天下の危機を御救いになり、とにもかくにも秀頼様の御行く末をお量《はか》り給《たま》えかし」

不本意ながら、宇喜多秀家は明石全登の忠言を承諾し、小西行長のあとを追うように兵を退いた。名目は退却であるが、逃走も同じである。

午《うま》ノ下刻（午後一時頃）には西軍は総崩れとなった。

三

話は半刻近く遡《さかのぼ》る。小早川秀秋が大谷勢に突撃した直後のこと。三成の下知を受けた八《や》十島《そじま》助左衛門は先鋒《せんぼう》の指揮をする豊久のところに駆け込んだ。

「治部少輔《じぶのしょう》が先陣に進み、敵軍に対して勝つための一戦を遂げるゆえ、後備《うしろぞなえ》の衆も速《すみ》やかに進み、進んで合戦致されることをお待ち致す」

馬上で朗々と八十島助左衛門は告げた。

「委細承知」

憤りをあらわに豊久は応じると、八十島助左衛門は馬首を返して帰陣した。

「あん、馬鹿奴《ざこはっ》、下馬しもはんでごわしたな」

赤崎丹後《たんご》も不快げに言う。本来、使番は他家の陣では下馬して伝えるのが礼儀であるが、八十島助左衛門は島津家の取次《とりつぎ》を務めたこともあり、顔見知りの間でもあるので、気安さがあった。急用でもあるので無礼とは思っていなかったのかもしれない。

「命じれば誰でも従うと思うちょとじゃろ。捨ておけ。俺《おい》たちゃあが下知に従うんは伯父御のみ。次に下馬せんかったら、追い返してよかぞ」

豊久は吐き捨てると、惟新の許から押川郷兵衛《おしかわごうべえ》が使者として赴いた。

「小早川中納言が返り忠をし、大谷勢に突き入りもうした」

「なに！　殿下の身内がか」

衝撃的な報《しら》せに豊久は声を荒らげた。驚くよりも豊久は呆《あき》れた。

「どげんな鼻薬を嗅《か》がされたんか判らんが、秀頼様を見捨てて内府《だいふ》に屈するとは空いた口が塞《ふさ》がらん。伯父御は、ないごてか申されておったか」

「前の敵に警戒し、決して打って出るなとのこと。新たな下知あるまで、俺《おい》は中書様《ちゅうしょさあ》の陣におりもす」

鉄砲名手の押川郷兵衛を前線に置くという惟新の配慮は、これまでにない激しい攻撃が予想されるからであろう。豊久は頷《うなず》きながら緊張し、惟新からの新たな下知を待った。

それから僅《わず》かのうちに、再び八十島助左衛門が豊久の陣を訪れた。

「なにをぐずぐずなされておる。早う出撃なされませ」

相変わらず八十島助左衛門は騎乗したまま、居丈高《いたけだか》に告げた。

「こん、馬鹿奴《ざこはっ》が！　下馬せんか！」

豊久が怒号して床几《しょうぎ》を蹴ると、赤崎丹後ら数名が抜刀して近づいた。

「島津は使番に刀を向けるのか」

「なん告《こ》くか、斬り捨てい」

顔を顰《しか》めた豊久が命じると、赤崎丹後らは今にも斬りかからんばかりに刀を振り上げた。

「かような、無礼。後悔するぞ」

捨て台詞《ぜりふ》を残した八十島助左衛門は慌てて石田本陣に戻っていった。

「よかごわすか？　次は治部少輔殿に叱責《しっせき》されもすぞ」

赤崎丹後が豊久に言う。

「構わん、捨ておけ。なにが豊臣のためじゃ。身内に返り忠されよって、なんぬかす。上方の者《もん》は、なんでも命じれば、ほかん者は聞くと思うておるようじゃが、動かんのは俺《おい》たちゃあだけではなか。総大将の出馬もさせられんくせに、偉そうなことを申すな」

これまでの恨みを晴らすかのように豊久は吐き捨てた。惟新は根に持っていないかもしれないが、豊久は墨俣《すのまた》での置き去りや、家康への夜襲拒否を不快に思い憤っていた。小早川秀秋が裏切ったとならば敗北は濃厚。できるならば、三成に一言ぐらい文句を言ってやりたいぐらいだ。

その願望は叶《かな》えられそうだった。追い返された八十島助左衛門の報告を受けると、三成は間髪を入れずに騎乗し、瞬《また》く間に豊久の陣に達した。

さすがに三成は武士の礼儀として下馬し、豊久の許に向かう。

〈暇な輩《やから》じゃ。ほかにすっことがあろう〉

三成が来たことを報《しら》されたが、豊久は無視するように東の戦場に目を向けていた。

慌てて三成が飛んできた理由は、小早川秀秋の裏切りによる混乱と動揺が全軍に波及しないうちに投入できる兵を全て投入して押さえにかかるためであろう。

「中務大輔《なかつかさたいふ》殿、中務大輔殿！」

一度声をかけても振り向かないので、三成は歩きながら二度発した。

邪魔臭《じゃまくさ》い奴だと思いながら、豊久は床几に座したまま少し顔を傾けた。これまでのように礼すらしない。八十島助左衛門の無礼には、主《あるじ》に無礼で応えるつもりだ。

普段ならば、すぐに嚙みつく三成であるが、緊急事態なので、細かなことは抜きにした。

「なにゆえ兵をお出しにならぬ。今、我らは勝とうとしておるところでござるぞ」

「そいなれば、勝てばよか」

この状況で勝てるはずがなかろう。小早川の裏切りを知らないとでも思っているのか。

児戯《じぎ》な口上が馬鹿らしくなり、豊久は口元を歪《ゆが》めた。

「なんと！　今、我らは敵の本陣に突き入るので、後に続いて戴きたい」

「突きたくば、俺《おい》たちゃあに構わず、突けばよか」

公然と豊久は突き放す。

である。

「なにゆえ、兵を出されぬのか」

「二備《にのそなえ》の俺《おい》たちゃあの前に兵を出す者《もん》がおるんではなかか？」

南宮山のほうに目を向け、豊久は言う。あえて小早川には触れなかったのは武士の情け

「今日の戦《いつさ》は、おのおの勝手に働きもす。左様《さよ》に心得て給《たも》んせ」

「それは、本陣におられる惟新殿のご意思か」

「かような戦の最中、伯父御の腹内など、おはんにゃ関係なか。俺の言葉は島津の意思。左様、心得るとがよか」

言い放つや、豊久は三成から目を逸《そ》らし、再び戦場方面を睨《にら》んだ。大将でもないお前の言葉に従わねばならない謂《いわ》れはない。一端《いっぱし》のことを言うならば、全兵動かしてからにしろ、というのが豊久の本心である。豊久の三成憎し、というよりも豊臣憎しは、秀吉の九州討伐によって死を迎えることになった父・家久の恨みに遡《さかのぼ》るのかもしれない。

「左様か、好きなようになされよ」

諦めた三成は言い残し、豊久の陣を出た。激怒しているのは後ろ姿でも判った。

憤る三成は惟新の本陣には足を運ばず、そのまま自陣に戻っていった。惟新に会えば、憤怒《ふんぬ》のまま言い争いになり、仲間割れをしそうなので、止《や》めにしたのかもしれない。

三成が去ってから四半刻もしないうちに長寿院盛淳《ちょうじゅいんもりあつ》が豊久の陣を訪れた。

「今日は味方が弱いゆえ、今日の鑓《やり》はつけず仕舞《じま》いでごあんそ」

長寿院盛淳は騎乗したまま豊久に言う。まさに今生の別れを言いに来たようである。その証拠に盛淳は惟新から拝領した色々威《いろいろおどし》具足《ぐそく》を着用し、その上に惟新が秀吉から賜《たまわ》った白くて大きな鳳凰《ほうおう》の縫い取りがある陣羽織《じんばおり》を重ねていたからだ。

「違《ちご》いなか。島津の鑓、存分につけてやりたかったのう」

豊久も言い返し、二人は笑みを向け合った。

西軍が総崩れとなったのちも、石田勢は四半刻近く持ちこたえていたが、遂に支えきれなくなり、三成は伊吹山のほうに逃亡していった。これにより、島津勢だけが敵中に取り残された形になった。


「そうか、治部少輔も去ったか。僅か十九万石少々の懐で八万余の兵を集めて内府《だいふ》に挑《いど》み、前半は互角以上に戦ったのじゃ。限界はあったが、あれもまた世に稀な逸材であろうのう」

報せを受けた惟新は三成を、そう評した。

「薩州《さつしゅう》勢五千召し列《つら》ねれば、今日の合戦に勝ったものを……薩州勢……」

惟新は三度呟《つぶや》いた。勿論《もちろん》、強がりではなく本音だ。泗川《サチヨン》の戦いでは遠巻きも含めて二十万の兵を五千の島津兵で敗走させている。五千の兵があれば東軍に勝利するのは十分に可能であるが、悲しいかな三分の一にも満たなかった。何度、思い返しても悔しくてならない。

悔恨はつのるばかりであるが、まごまごしているわけにはいかない。西軍で唯一、戦陣に留まっているのは島津勢の一千五百余。鎮《しず》まり返る島津勢を無気味に思い、様子を窺《うかが》っているかもしれないが、恩賞欲しさに万余の敵が殺到してくるのは目に見えている。打開策を見つけなければ全滅である。

西軍諸将の大半は敗残の兵を纏《まと》めて北国街道を通り、北西の伊吹山方面に逃れている。東軍諸将は間違いなく我先にと恩賞首を求めて追撃を行うであろう。島津勢が三成らに倣《なら》って後を追えば殿《しんがり》のような形になり、前は閊《つか》えて進めず、追撃の格好の的《まと》となる。

〈そげんこつはできん。島津は島津の戦いをする。じゃっどん、こん兵数では同じ装備をする餓狼《がろう》のような敵と戦うにも限界がある。皆には悪いが島津んために死んでもらわにゃならん〉

のちの島津家のために、どれほどの勇猛さを世に知らしめることができるか。たとえ、自分が討死《とうし》しても、島津兵は最後の一人になるまで徹底抗戦をすることを、新たに天下人となる家康に植え付けることができれば、国許の島津家への対応が多少なりとも緩和させられる。

〈俺《おい》が討ち死に致せば、俺が本宗家《ほんそうけ》に背《そむ》いて勝手にしたと言い訳もできよう。俺と死を共

にした者《もん》には俺《おい》の蔵入《くらいり》から恩賞を分けることだけは伝えねばの〉

既に自身の死は超越していたが、遠く島津領から独自の判断で馳せ参じた忠義者たちのことだけが気掛かりであった。それでも方針は決めたので、惟新は皆に向かう。

「俺は老武者《おいむしゃ》ゆえ、伊吹の大山を越えんのは難しか。たとえ討たれると雖《いえど》も、敵に向かって死ぬつもりじゃ」

さすがに、最初から希望を捨てるかのように、一緒に死んでくれとは言えなかった。

「そいはよか、ご英断でごわす。ここにいる者は、皆、殿様《とのさあ》と意を同じくしておりもす」

新納《にいろ》旅庵が言うと、近習の川上忠兄《ただえ》も続く。

「皆、一丸となって東軍の腰抜けどもを斬り伏せ、殿様を薩摩にお戻し致しもす」

「ぼっけ者どもめ」

周囲の家臣に惟新は笑みで命じ、前線にいる豊久を呼び寄せた。

「伯父御、打って出るいうは、まことにごわすか」

喜び勇んで豊久が本陣に入ってきた。三成との対応を見た者であれば違う人に見えるかもしれない。

「ここにも、ぼっけ者がおったか。何《いず》れに鋒先《ほこさき》を向けるか相談するところじゃ」

惟新が答えた時、見廻りをした長寿院盛淳《ちようじゆいんもりあつ》が入ってきた。

「この期に及び、談合している場合ではごわはん。すぐに発《た》たんと、十重二十重《とえはたえ》に囲まれもんど」

皆の尻を叩く長寿院盛淳は、改めて言う。

「合戦を励まれる方は、慮外《りよがい》ながら、俺《おい》に付いて給《たも》んせ」

「わいは、ここに残る気か」

豊久が訝《いぶか》しそうな表情で問う。

「そんために、殿様《とのさあ》に具足を賜ったのでごわす。誰かが尻を拭かねばならず。俺がこん本陣に残れば、その分だけ敵を引き付けられもす。還俗《げんぞく》して太守様《たいしゅさあ》にお仕えした時より、殿様には今日まで良くして戴いたご恩を返すのは今しかごわはん。殿様には感謝してごわす」

長寿院盛淳は満足そうな笑みを惟新に向けながら言う。

「わいを身替わりの死者にすっために具足をやったのではなか。わいが残るならば、俺も残る」

家臣を犠牲に生き残りたいという願望は惟新にはない。

「伯父御、そいは違《ちご》いもんど。伯父御がいたゆえ、東軍は俺たちゃあに本気で仕掛けてこんかった。そん伯父御に死なれては、薩摩は内府《だいふ》の餌食《えじき》になりもす。敵に向かうというのは、斬り死にすっこつではなく、切り開いて生き延びるこつだと俺は解釈しちょりもす。伯父御は御家《おいえ》の安危に関わる大事な御身《おんみ》でごわす。可能な限り生き延びて帰国するこつを考えて給んせ」

哀訴するように豊久は言う。

「中書様《ちゅうしょさあ》の申すとおり。島津は殿様《とのさあ》あっての島津でごわす。最後の一人になるまで殿様の楯《たて》になりもすゆえ、どうか生きて薩摩の地を踏んで給《たも》んせ」

新納《にいろ》旅庵も懇願する。その後も続々と万に一つの望みをかけた、惟新の戦場離脱を求めた。

「逃げそこねて、敵の手にかかれば、俺《おい》のみならず島津の名に瑕《きず》をつける。戦うだけ戦って、時機を見て腹を切るのが武士ではなかか」

「そいでん、生き延びるこつを思案して給んせ。泗川《サチヨン》、露梁《ノリヤン》の戦い、共に勝利したではごわはんか。追い詰められた伯父御は強い。今度は内府《だいふ》を相手に証明するだけにごわす」

あくまでも豊久は玉砕《ぎよくさい》ではなく、切り抜けることを主張する。思いのほか生きることにこだわるので惟新のほうが戸惑っていた。

「一人でも多くの道連れを誘い斬り死にすっこつは簡単でごわす。殿様を帰国させるように戦うのは難しいこつは存じもすが、俺は、そげんこつのほうが戦いがいがございもす」

川上忠兄《ただえ》も豊久に賛同する。周囲を見渡せば、皆同意したような面持《おもも》ちであった。

家臣たちは固唾《かたず》を飲んで、惟新の決断を待っていた。

「わいらが、そげんに望むならば、俺は敵を切り崩して薩摩を目指すこつにする」

言った途端に胸は透くが、すぐに途方もない重圧がのしかかってくる。

「おおーっ！」

皆は沸くが、惟新の気は重かった。

「言うは易《やす》いが、行うは難《かた》い。海のものとも山のものとも判らん緒戦とは違《ちご》い、敵は勝ちに乗じた凶漢。簡単に討てるとは思うではなか。皆、討ち死にするかもしれん、そいでもよかか」

「俺《おい》たちゃあ窮鼠《きゅうそ》、猫でも虎でも嚙み千切りもす。簡単には討たれもはん」

勇むのは「薩摩の今弁慶」と豪語する大男の木脇祐秀《きのわきすけひで》であった。

「わいは鼠《ねずみ》どころか熊よりふとか（大きい）。敵も避けて通るじゃろう」

惟新の軽口で緊張していた陣に笑いが湧いた。惟新も頰を緩めたが、すぐに戻した。

「さて、決まったからには、行動あるのみ。敵は何方《いずかた》が猛勢か」

「東よりの敵が以《もっ》てのほかの猛勢でございもす」

川上忠兄《ただえ》が答えた。

「そいなら、そん猛勢の中に懸かり入れる。早急に支度致せ」

「おおーっ！」

鬨《とき》で応じた家臣たちは、慌ただしく準備を始めた。

「俺は長寿院殿《ちょうじゅいんどん》と共に残りもす」

新納忠増《にいろただます》だ。ほかには、その婿《むこ》の新八郎忠在《ただあり》、島津久元《ひさもと》、毛利元房なども長寿院盛淳《もりあつ》と一緒に本陣を守ることを惟新に告げた。

「わいら……そうか、皆の武士をまっとうしてくれ」

惟新の身替わりに死んでいく者たちに、身を斬られるような思いで惟新は労《ねぎら》った。

「殿様《とのさあ》も、ご武運をお祈り致しもす。さあ、ご支度をなされませ」

長寿院盛淳に催促され、惟新は後ろ髪引かれる気持を強引に断ち切り、馬場へと向かった。

惟新が去ると長寿院盛淳は背後にいる玉林坊《ぎょくりんぼう》という大兵の家臣を呼んだ。

「わいは強力《ごうりき》ゆえ、殿様のお供を致せ。おそらく、かなりの山中の難所を通るはずゆえ、殿様をお背負いせよ」

「俺《おい》も殿（長寿院）と一緒に討ち死にさせて給《たも》んせ」

玉林坊は涙ながらに訴えるが、長寿院盛淳は許さない。

「馬鹿奴《ざこはっ》め、俺がこん本陣で死ぬは殿様の身替わり。他の者は一人でも多くの敵を引き付けるため。わいが、ここで死ぬるはわいのためではなかか。死ぬんならば島津のために死ね。殿様と一緒に行かぬ不忠者は、来世に亘《わた》っても縁を切っど」

「そげん無体《むたい》なこつ……殿に縁を切られたら仏の道に背きもす。そいなら、殿様を逃すために死んできもす。暫《しば》しのお別れを致しもす」

大柄の背を丸め、頭を下げた玉林坊は涙ぐみながら惟新の後を追った。

本陣に残った兵はおよそ三百。士気は高い。

「島津んため、一人でも多くの敵を討って、殿様をご帰国させるのじゃ。死に急ぐことなく気張れ！」

「おおーっ！」

長寿院盛淳の下知に、三百人の薩摩、大隅《おおすみ》の隼人《はやと》たちは、死への鬨《とき》で応じた。

四

前線の豊久は既に準備を整え、躁心しながら待っていた。敵はすぐ目の前に迫っている。

惟新の下知で、島津勢は身軽にするために、太刀《たち》の柄《つか》や鞘《さや》、薙刀《なぎなた》の柄《え》に巻き付ける細い金属の蛭巻《ひるまき》や、合印《あいじるし》に使う木の枝などの削掛《けずりかけ》を外させている。

「時分よきかな」

待ちきれなくなった豊久は騎乗すると、弓を手にした。

「まだ、ちと早うございもす。膝《ひざ》に敵が駆け上がるぐらい寄せてから射るべきでごわす」

家臣の赤崎丹後が宥《なだ》めるほど、豊久は前代未聞の敵中突破に気負っていた。

気を落ち着かせるために一度下馬して敵を見る。

「旗指物《はたさしもの》や馬印《うまじるし》が見えんが、敵は何処《いずこ》の家か」

「加藤（嘉明《よしあき》）、田中（吉政）、長岡（忠興《ただおき》）、黒田（長政）らは石田勢を追って行きもしたゆえ、おそらく、筒井（定次）、生駒《いこま》（一正）あたりだと存じもす」

赤崎丹後が答えた途端、寄手《よせて》の速度に勢いがつき、すぐ間近に迫った。

「時分よくございもす」

僅かに目を離した途端に敵が肉薄し、豊久は慌てて駿馬《しゅんめ》に飛び乗った。

「放て！」

豊久の怒号《どごう》と共に鉄砲武者たちは引き金を絞《しぼ》り、轟音《ごうおん》を響かせた。途端に半町ほどで敵は木偶《でく》人形のように、ばたばたと倒れた。鉄砲を手にする者たちは即座に玉込めを行い、再び筒先《つつさき》から火を噴《ふ》いた。

寄手は味方が撃たれようとも関係なく、屍《しかばね》を乗り越えて殺到してくる。撃ち倒しても、撃ち倒しても減らず、まるで東軍の兵は死なないのではないかと錯覚してしまうほどだ。

「間に合いもはんど」

素早い掃射《そうしゃ》と玉込めを行いながら、赤崎丹後は豊久に言う。どれほど急いでも敵は無尽蔵。津波のように押し寄せる敵を止めることができず、遂に敵味方が入り乱れた。

「チェスト！」

乱戦になれば鉄砲は使えない。鉄砲武者たちは鉄砲を腰に差し、別の者は細い紐《ひも》で首にかけ、中には捨てる者もおり、皆は抜刀し、奇声をあげて敵に向かう。

「続け！　敵を切り開くんじゃ！」

乱闘の中から、最初に鐙《あぶみ》を蹴ったのは豊久勢に付けられた山田有栄《ありなが》の衆であった。

島津勢一千五百は鋒矢《ほうし》の陣形を取り、惟新指揮の下、隊伍を整えたまま一糸乱れぬ足取りで敵に向かった、などという生易《なまやさ》しいものではない。関ヶ原合戦で思うような戦いができなかった敵が、島津勢の態勢が整うのを待ってくれるはずがない。やむにやまれぬ仕儀の上に、個々ばらばらと島津の退《の》き口《ぐち》は開始された。

「馬鹿奴《ざこはっ》、そん首貰った！」

真一文字に敵に向かい、まっ先に敵の首を刎《は》ねたのは、中馬重方《ちゅうまんしげかた》と一緒に出水《いずみ》から奔《はし》ってきた長野勘左衛門である。勘左衛門は首と共に敵の鑓《やり》や刀も奪って戻ってきた。

「今日の太刀初《たちはじ》めにごわす」

寄親《よりおや》の川上忠兄《ただえ》に首と戦利品を見せると、長野勘左衛門は再び敵中に疾駆した。地から湧き上がるように増える敵中で勘左衛門は奮戦するが、背後から鑓で突かれて絶命した。

雲霞《うんか》のごとく迫る敵中では敵味方すら判らなくなってしまう。

「ざい」

島津兵が合い言葉を言うと、東軍は「さい」と言うからややこしい。互いに聞き間違えたり、疑心暗鬼の同士討ち、味方を装っての掛け合いをしたり、と泥沼の戦いを強いられた。

「先鋒《せんぽう》の中書様《ちゅうしょさあ》に続き、二手も発ちもした」

新納旅庵《にいろ》が、床几に座している惟新に報告をした。

「そうか、そろそろ、俺《おい》も発つか」

長寿院盛淳《ちょうじゅいんもりあつ》らがいる本陣より二十間ほど東の惟新の陣も三方面が敵に囲まれている。麾下《きか》はそれらの敵に相対しており、惟新の周囲には数十人しかいなかった。

陣発ちしようとした時、木脇祐秀《きのわきすけひで》が血相を変えて跪《ひざまず》いた。

「敵にございもす」

木脇祐秀が言うや、黒駒に大総《おおぶさ》を掛け、朱漆塗仏胴具足《しゅうるしぬりほとけどうぐそく》を身に纏《まと》い、兜《かぶと》は朱色の越中《えっちゅう》頭形《ずなり》をかぶり、長刀を抱え、もう片手は手綱《たづな》を握り、惟新のすぐ近くまで乗り入れた。井伊直政である。この時の兜には象徴である金色をした天衝《てんつき》の脇立《わきだて》はなかった。

先ほどは攻めきれなかったので、本腰を入れて攻撃を仕掛けるというよりも、まったくの偶然による遭遇だったようである。本気ならば、井伊、松平家の侍大将が鉄砲衆を率いて猛攻を加えているはずである。

「なにゆえ手間取っておる？　兵庫《ひょうご》（惟新）を討て！」

惟新を見た井伊直政は大音声で背後の家臣に命じた。

敵の声を聞くや否《いな》や、川上忠兄《ただえ》の被官《ひかん》で、二十二歳の柏木源藤《かしわぎげんとう》が進み出て、惟新の下知を受けるまでもなく井伊直政に向かって鉄砲を見舞った。

轟音が谺《こだま》し、放たれた玉は鎧の右脇に当たったが、丈夫だったために貫通せずに跳ね返り、右腕を抉《えぐ》った。その勢いで井伊直政は落馬した。

赤備《あかぞなえ》の家臣たちは、まさか自家の当主が撃たれるとは思っておらず、慌てふためくばかり。

「時は今じゃ。早う切り崩して通れ！」

井伊直政を撃ち落としたのを切っ掛けに、惟新は床几から立ち上がって獅子吼《ししく》した。

「俺《おい》が敵を切り従えもす。チェスト！」

今弁慶の木脇祐秀《きのわきすけひで》が奇声を発しながら長刀を振い、まっ先に砂塵《さじん》を上げた。これに惟新をはじめ数十人の家臣が続く。背後には熊の皮で作られた一本杉の馬印が掲げられている。

木脇祐秀は前を遮る四、五人の敵を薙《な》ぎ払い、追い払いながら敵中に突破口を作り、後《ご》醍院喜兵衛《だいいんきべえ》、帖佐宗辰《ちょうさむねたつ》、神戸久五郎《かんべきゅうごろう》らが惟新の横を固めて東に進む。

「前方に見えるは、敵ばかりにごわす。いかが致しもすか」

新納旅庵《にいろ》が問う。

「敵ならば切り通るのみ。切り通ること叶《かな》わぬならば、俺は腹を切るだけじゃ」

「承知しもした」

惟新の覚悟に、新納旅庵のみならず、周囲の家臣たちも畏《かしこ》まって応じた。

先頭を疾駆する木脇祐秀が群がる敵を斬り倒し、柏木源藤や大野正三郎らが脇を駆けながら鉄砲を放ち、相良《さがら》吉右衛門、白濱七助《しらはましちのすけ》らは背後の敵を突き離して惟新らは突き進む。

主《あるじ》が撃たれたことで、井伊家の家臣たちは躍起になって惟新を追う。意気込みは十分であろうが、統率する者がいないお蔭で組織だった追撃をすることができなかった。島津家にとって幸運なことである。

井伊直政負傷の混乱に乗じて、浮き足立つ井伊勢の攻撃を躱《かわ》した惟新勢の前を阻《はば》むのは、宇喜多秀家と激戦を繰り広げた福島正則であった。

「静かに進めと刑部《ぎょうぶ》（木脇祐秀《きのわきすけひで》）に申せ」

惟新が下知すると、それまで狂気の絶叫をあげながら敵を蹴散《けち》らしていた木脇祐秀は、借りてきた猫のように静かになり、無言のまま福島勢の西側を素通りしていく。筒井勢や生駒勢は福島正則を恐れてか、島津勢への攻撃をしてこなかった。

福島勢との距離が四、五間になるまで、何事もないように近づき、三間ほどになった時、皆は一斉に抜刀した。

「えいとう、えいとう、えいとう、えいとう……」

白濱七助が音頭を取ると、一緒にいた島津兵は揃って船歌《ふなうた》を歌いはじめた。

〈こげんな時に、ないごて〉

惟新は正直、不愉快だった。命をかけた戦いの最中、不謹慎でもあるが、時には勢いというものがあるので、苦虫を嚙み潰したような顔で移動を続けた。

この奇異な光景を、福島正則は目の当たりにした。

「構うな」

福島正則は厳命する。既に勝利は決定済み。抜け駆けをされたことによって一番鑓の功名は逃したものの、見事に先陣の役は果たしている。他の西軍同様、伊吹山方面に逃げず、敵中に「死中に活」を求める強悍《きようかん》な島津勢に手を出して損害を蒙《こうむ》り、戦功に瑕《きず》がついては元も子もない、と判断した。

損得もあろうが、福島正則は武士の情け、として見過ごしたのかもしれない。詳しい事情までは知らずとも、惟新が、やむにやまれぬ事情で西軍に与《くみ》したことは、参陣した兵数でも明らかである。泗川《サチヨン》、露梁《ノリヤン》の戦いの英雄を、自らの手で討ちたくなかったのではなかろうか。

惟新らより先に駆けていた豊久らは敵と戦いながら、左右に蛇行《だこう》していたので、福島勢は味方が寡勢の残党狩りをしているのであろうと、気にもとめなかったという話も伝わっている。

闘将の俠気《きようき》のお蔭で惟新らは福島勢の北横を素通りできた。船歌を歌う声も大きくなる。

「えいとう、えいとう、えいとう、えいとう……」

「ないごてか、ならんのか」

家臣たちは大声で歌うことにより少しでも恐怖を払拭《ふっしょく》しようということであろうが、

祭にでも参じているようで危機感に欠ける。惟新は腹を立てたが、それどころではないのが実情だ。

関ヶ原の本戦で背信し、天下分け目の戦いを勝利に導いた小早川秀秋であるが、本人は家康に威《おど》されたことを恐れ、より多くの功名を得て心証をよくしようとしていた。秀秋は重臣の平岡頼勝、稲葉正成らに島津勢を討つことを命じた。二人は二千の兵を率いて向かった。

稲葉正成らは中仙道を東に進み、北国街道を北進し、島津勢の先頭を進む豊久や山田有《あり》栄《なが》と遭遇した。

多くの犠牲を払いながら筒井、生駒勢を躱《かわ》したと思った途端の衝突である。豊久は次々に敵が攻めてくることは想像していたが、これほど休む暇もないとは思わず、圧倒されるが、気落ちしてもいられない。

「敵は多勢じゃが、精鋭ではなか。落ち着く前に攪乱《かくらん》致せ。わいは東を、俺《おい》は西の敵を叩く」

豊久は山田有栄に下知し、自身は西に広がりだした平岡頼勝勢に向かう。

前進しながら鉄砲を放つのは難しいこともあり、平岡勢は馬上で太刀《たち》を抜いて迫る。豊久勢は躊躇《ちゅうちょ》せずに立ち止まり、まっすぐに進んでくる騎馬武者を外すことなく一発で仕留めていく。繰抜《くりぬき》といって、前列の掃者が鉄砲を放つと、背後で玉込めを終えた鉄砲武者が前に出て、この場合は戻るようにして構え、次に進んでくる敵を撃ち倒す。但《ただ》し、事前に火薬と玉を一緒に和紙で包んだ「早盒《はやごう》」など素早く装塡《そうてん》できる射撃具を準備しておくことが必要で、急に始めても繰抜を連続して長く行えない難点もあった。

「返《かえ》り忠《ちゅう》が者《もん》どもを、太閤殿下、大谷刑部殿《どん》の許に送っちゃれ」

馬上の豊久は怒号し、鉄砲武者に放たせ、平岡勢を血祭りにあげていく。先手を取られた平岡勢であるが、功を得ようと必死なので、後退せずに前進するのみ。味方が地に倒れて、前が開けた瞬間、その後方にいた者も血飛沫《ちしぶき》をあげて泥《どろ》に塗《まみ》れる。仲間の屍《しかばね》に躓《つまず》いて倒れ、そこを狙い撃ちにされて、骸《むくろ》になる者もいた。

平岡勢も前線にいる者を諦め、犠牲を覚悟で中ほどにいる鉄砲衆を組織して前進させ、轟音を響かせたので、豊久勢に忽《たちま》ち死傷者が出て、豊久勢は乱れた。

「敵は寡勢、恐れるに足りん。組で一人を討て！」

平岡頼勝が下知し、麾下《きか》の兵は殺到。数人で島津兵一人に当たり、防御と攻撃を分けて、着実に討ち取っていく。島津兵は一人で何人もを倒すが、多勢に無勢で圧《お》された。

そこへ惟新らの前を進む入来院《いりきいん》重時、喜入《きいれ》忠政らが平岡頼勝勢の背後に迫り、逆に挟撃する形になった。平岡勢は壊乱となり、這々《ほうほう》の体《てい》で茂みの中を西に向かって逃げていった。

「東が劣勢じゃ。わいは応援致せ。俺《おい》は伯父御をお待ち致す」

豊久は家臣の赤崎丹後に命じ、配下を連れて山田有栄《ありなが》の許に向かわせた。

援軍を受けた山田有栄《ありなが》は勢いづき、南に敵を圧しながら進んだ。


惟新は先行する豊久勢に合流するべく急いだ。豊久らに追い散らされた平岡頼勝らの小早川勢が、一旦北に逃れ、再び兵を立て直して軍を戻し、惟新の背後を襲撃した。

「焦れば為損《しそん》じる。落ち着け、引き付けて放てばよか」

惟新は最後方にまで進んで家臣たちを励ました。

「ここは危のうございもす。俺《おい》たちゃあが支えますんで、殿様《とのさあ》は前に進んで給《たも》んせ」

木脇祐秀《きのわきすけひで》が懇願すると、帖佐宗辰《ちようさむねたつ》も続く。

「長寿院《ちようじゆいん》（盛淳《もりあつ》）殿《どん》のためにも矢玉の届かんところに避《よ》けて給んせ」

この言葉には胸を打たれる。長寿院盛淳が死を覚悟の上で、惟新の身替わりとなって本陣に残った。この地でむざむざと討たれれば盛淳の決意を無にしてしまう。

「あい判った。繰抜《くりぬき》が通じんかったら、秘策を使え」

惟新も非情にならざるをえない。島津家の秘策とは「捨《す》て奸《がまり》」のこと。島津家必殺の殿《しんがり》策である。

撤退戦にあたり、通常の殿は本隊の最後尾に布陣し、敵の攻撃に備え、躱しながら本隊を逃がし、自らも状況に応じて後退する。これに対して捨て奸は、殿の兵を退却する道筋に沿って、鉄砲を持った兵を数人ずつ点々と伏せさせ、追ってくる敵軍の指揮官を狙撃する。狙撃後は鑓で敵軍に突撃し、時を稼いでいる間に本隊を撤退させる必殺の戦法である。狙撃手は事実上の置き捨てで、生還する可能性は殆《ほとん》どない。玉砕といっても過言ではない戦術だ。

〈俺《おい》が無事帰国し、島津の安泰を図った暁《あかつき》には、俺もわいらんところに逝くゆえの〉

ほんの僅かでも長く生きることを願いながら、惟新は先を急いだ。

新納《にいろ》旅庵も後方に残り、家臣たちに下知を与える。繰抜は敵に向かって進む策。豊久同様、撤退の中での使用なので、それぞれ、二、三発を撃つ程度で敵の接近を許してしまい、双方入り乱れての戦いとなる。

乱戦の中、川上忠兄《ただえ》、同久智、同久林《ひさしげ》、押川郷兵衛、久保《くぼ》之盛《ゆきもり》が兵を返して駆けつけ、敵に鑓をつけた。この五人は「小返しの五本鑓」と呼ばれた。

精鋭の五人が加わっても敵の追撃を止めることはできない。

「こいは、ほんなごて捨て奸をせにゃならんな」

新納旅庵は覚悟し、鉄砲武者たちに労いの言葉をかけて諭し、北国街道に沿って点々と茂みに伏せさせた。全兵、惟新を退かせるために死ぬ覚悟ができていればこそである。その間に旅庵らも鉄砲を放ちながら退《ひ》いていく。

捨て奸の存在を知らぬ平岡勢は夢中で追撃を行う最中に、予期せぬ射撃で、騎馬武者が落馬。おののいている間に茂みから島津兵が躍り出して、次の騎馬武者を鑓で一突き。さらに次の兜首に向かおうとしたところを数人の足軽に討たれた瞬間を平岡頼勝は目の当たりにした。

「敵は茂みに潜《ひそ》んでおる。警戒しながら進め」

平岡頼勝は命じた。当然のことながら追撃の足が鈍る。その間に島津勢は退く。

平岡勢が半町ほども進むと、再び轟音が響いて騎馬武者が血に染まる。頼勝は、鉄砲が放たれた辺《あた》りを射撃させるが、茂みから呻《うめ》き声一つ聞こえない。すぐに街道に飛び出してくるかと警戒していると、再び筒先が火を噴いて騎馬武者が射殺された。平岡勢が探っている間に島津兵は移動して茂みから飛び出して甲冑武者《かっちゅうむしゃ》に向かう。足軽の鑓に串刺しにされるが、最後の力を振り絞って鑓を投げ、喉元《のどもと》を抉《えぐ》って道連れにすると笑みを向けたまま横死した。

「此奴《こやつ》ら、なんという輩《やから》だ」

臆《おく》した平岡勢は足軽を馬に載せ、一廉《ひとかど》の武者に仕立てるが、捨《す》て奸《がまり》の島津兵は確実に兜をかぶっている徒歩《かち》となった武者を狙って射撃し、鑓で刺し違えにくるので、恐怖にかられた。

軍勢には軍役があり、騎馬武者は各組や衆の指揮官である。足軽よりも身分が高い者たちばかりを狙って討たれれば、戦国の軍は機能しなくなる。

「元来、追い討ちほど楽に敵を討てる時はない、はずではないか……」

勝手の違いに平岡頼勝は歯噛《はが》みする。僅かな戦功の上積みのために、軍を崩壊させては割に合わない。これ以上、死を恐れぬ敵を追うのは損である。頼勝は追撃を諦めざるをえなかった。


帖佐宗辰《ちようさむねたつ》は木脇祐秀《きのわきすけひで》と最後尾近くにいて平岡勢が諦めるまで追撃を防いでいた。

「殿様《とのさあ》はどこじゃ?」

周囲を見渡しながら家老格の帖佐宗辰が問う。

「判りもはん」

大柄で豪気な木脇祐秀は、惟新を見失って今にも泣き出しそうな顔をしている。

敵から身を守らなければならないので、「殿様、何処《いずこ》におわしもすか?」と大声で問えないのが辛《つら》いところである。二人は手分けして街道の中を、あちこち探し廻った。

南に前進すると、帖佐宗辰は豊久と顔を合わせた。こちらも不安そうな表情をしている。

「殿様を見られもしたか?」

帖佐宗辰が訪ねると、豊久は涙を流して首を横に振る。

「判らん。どげんこつになっておっとか」

万が逸のことは考えないようにし、二人は探していると、木脇祐秀を呼ぶか細い声が聞こえた。

「見てまいれ」

豊久の下知を受け、帖佐宗辰《ちょうさむねたつ》は声のする窪んだところに入ると、惟新と近習が数人いた。

「殿様《とのさあ》、ご無事でなにより。先を急ぎましょう」

主《あるじ》と会えて喜んだ帖佐宗辰が笑みを向けながら促すものの、惟新は腰を上げようとしなかった。

「いかがなされもしたか？　早うせぬと新手《あらて》が迫りもす」

「そんこつ、もう無理ではなかか、と思うての」

力なく惟新はもらす。

「そげんなこつはありもはん。皆で小早川（平岡）の一勢を追い払いもした」

「皆には頭が下がる。じゃっどん、多数の犠牲を払って敵を追っても、わいが申したとおり、新手が追ってくる。俺《おい》の腹一つですむんなら、そいでん、構わんと思うての」

「思い出して給《たも》んせ、殿様がおらんかったら、島津は立ち行きいきもはん」

帖佐宗辰は惟新の前に跪《ひざまず》き、唾《つば》を飛ばして熱く説く。

「逃れる見込みはないじゃろう。あれを見よ」

惟新は東を指差した。その方角からは煙が立ち上っていた。ちょうど大垣城の辺り。惟新がいる地から同城まで三里と十町ほどである。

「こいでは大垣にも籠《こも》れん。一旦、敵を振り切ったのちの、俺《おい》の希望じゃった」

惟新は吐き捨てた。大垣城には福原長堯《ながたか》、相良《さがら》頼房、秋月種長、高橋元種、木村豊統《とよむね》、熊谷直盛、垣見《かきみ》家純ら七千五百余の兵が籠っている。

大垣城に備える東軍は中村一榮《かずひで》、堀尾忠氏、蜂須賀至鎮《はちすかよししげ》、美濃衆らの一万五千余人。これを蹴《け》散《ち》らして城に入城するのは容易《たやす》いと惟新は思案していた。同城の辺りから煙が立ち上っているとすれば、誰かが内応して守備していた曲輪《くるわ》に火をかけたに違いない。とすれば陥落も時間の問題。大垣城に向かうわけにはいかなかった。

背信したのは相良頼房、秋月種長、高橋元種である。

「城はあくまでも城。しかも他人の城、島津の物《もん》ではありもはん。俺たちゃあの希望は殿《との》様《さあ》でごわす。なにとぞ強い気持をお持ちになられ、俺たちゃあを下知して給《たも》んせ。皆で殿様をお守り致しもす」

「難しきこつを申す彦左衛門（宗辰《むねたつ》）じゃ。俺も歳じゃ。疲れた」

実際に惟新が最前線に立って剣戟《けんげき》を響かせたわけではないが、異様に疲労感を覚えていた。考えてみれば、十四日の朝起きてから寝ておらず、昨晩は雨に濡《ぬ》れながらの移動である。六十六歳の老体に堪《こた》えても不思議ではない。

「伯父御は伯父御一人の体ではありもはん。こげんなところで弱音を吐かれては困りもすな」

惟新を見つけ、安堵した表情で豊久が言う。

「中書《ちゅうしょ》か、わいも老体に鞭打《むちう》つか」

「伯父御が生きて薩摩の地を踏むなら、鞭でも棒でも打ちもす。伯父御は島津の今後を担う大切な御身《おんみ》。一人になっても落ちて給んせ。殿《しんがり》は俺《おい》が務めもす。そいでは、こいが、今生の別れになっかもしれもはん。無事の帰国、信じておりもす」

深々と一礼した豊久は二十余人の家臣と共に最後尾の北へと移動していった。

「中書の好意を無にできんの。出立じゃ」

改めて惟新は皆のために生きて帰国する決意を新たにした。もはや大垣城には入れない。熾烈《しれつ》な追撃を躱すしか道は残されていなかった。

豊久が殿になったことで、一先ず捨《す》て奸《がまり》は中止し、繰抜《くりぬき》で対することになった。

第十一章　山中の撤退行

一

福島正則《まさのり》の養継嗣・正之《まさゆき》は正則の命令を無視して惟新《いしん》を追っている。従うのは福島内記《ないき》、梶田五郎右衛門らの一千。松平忠吉《ただよし》に一番鑓《いちばんやり》の功を奪われているので、それに見合う功名を得ようとしているのであろう。それが惟新の首である。

十六歳の福島正之は、このたびの竹ヶ鼻《たけがはな》城攻めが初陣《ういじん》となり、岐阜《ぎふ》城や関ヶ原の本戦でも軍功を上げた。勢いに乗っていることもあった。

福島正之も他の武将同様に、背を向けて逃げる敵を背後から斬り捨て、串刺しにして好き勝手に討ち取るつもりであったようであるが、様子が異なっている。豊久《とよひさ》らは退《ひ》くどころか元来た道を戻るように前進し、逆に福島勢が的《まと》になって北国《ほっこく》街道に屍《しかばね》を増やすばかり。そのうち、豊久勢の放った玉が馬に当たり、馬は棹立《さおだ》ちとなったのちに横転。正之も地に転がり落ちた。

すぐに近習《きんじゅ》の上月平三郎《こうづきへいざぶろう》が福島正之の前に折り敷いた。

「あん奴《わろ》は福島の小倅《こせがれ》に違《ちご》いなか。生け捕りに致せ」

馬上の豊久は下知《げじ》し、家臣たちを福島正之の許《もと》に向かわせた。その刹那《せつな》、茂みから兵が飛び出し、豊久の脇腹を鑓で抉《えぐ》った。兵は小田原浪人の笠原藤左衛門康明《かさはらとうざえもんやすあき》だった。康明は北条家に仕えていた時は越前守《えちぜんのかみ》の官途名を称し、小田原で評定衆《ひょうじょうしゅう》を務める重臣であったが、お家滅亡後、紆余曲折《うよきょくせつ》を経て小早川家に仕えたという。

笠原康明の他にも小早川勢は数十人がいた。

「こん、馬鹿奴《ざこはっ》が」

激痛で顔を歪《ゆが》ませながら、豊久はなんとか左手で穂先を引き抜くものの、出血が多く、桶をひっくり返したように血が地面に落ちた。豊久は時代遅れともいえる紺糸威腹巻《こんいとおどしはらまき》を着用していた。島津家の歴史に誇りを持っていたのであろうが、流行《はやり》の当世具足であれば、軽傷ですんだかもしれない。

深手を負い、周囲を敵に囲まれれば切腹することもできない。

「俺《おい》は島津惟新入道義弘《よしひろ》じゃ。我と思う者はかかってまいれ！」

豊久は、惟新の名を絶叫し、敵勢に向かって砂塵《さじん》をあげ、そのまま帰らぬ人となった。享年三十一。通説では戦死の場所は中仙道から十六町ほど南の烏頭坂《うとうさか》辺りとされているが、中仙道の北側であった。

九州の統一戦、文禄《ぶんろく》・慶長《けいちょう》の役、庄内の乱、さらに関ヶ原で戦い続けた武将は、惟新に島津家の将来を託して討死《うちじに》した。首級《しるし》は鐺をつけた笠原康明がとったという。

主《あるじ》に続き、中村源明《げんめい》、上原貞右衛門《しょうえもん》、冨山庄太夫《とやましょうだゆう》ら十三騎も敵勢に突撃して討死した。

豊久が死去すると、捨《す》て奸《がまり》が断行され、次々に追撃する騎馬武者たちが屍を路上に晒《さら》した。それどころか自身の具足も玉が掠《かす》るようになり、福島正之も小早川兵も追撃を諦《あきら》めざるをえなかった。


先頭で奮戦していた山田有栄《ありなが》は、後方と同様、刺し違えるように敵の騎馬武者を潰《つぶ》していくと、稲葉正成《まさなり》も漸《ようや》く諦めて兵を退《ひ》いた。結局、三、四町も敵中を切り通したことになる。当初、有栄は豊久の馬印《うまじるし》を確認しながら戦っていたが、一息吐いた時には、それどころではなくなっていた。すぐに豊久を探すが、周辺には見当たらない。

「後からお出でになるではなかですか」

家臣の荒木嘉右衛門や上田蔵助が慰めるように言う。

「あいよこれ（どうしたものか）、探すど」

山田有栄が引き返そうとすると、荒木嘉右衛門や上田蔵助のほか黒木左近兵衛が止めだてる。

「せっかく敵を追い払ったとでごわす。今は先に進むが肝要にございもす」

「中書様《ちゅうしょさあ》の馬が後方に向かったのを見た者《もん》がおる。俺《おい》は引き戻って確かめる」

家臣たちが止めるのも聞かず、山田有栄《ありなが》は後方へと馬を進めた。

途中で山田有栄は、具足を傷だらけにした赤崎丹後《あかさきたんご》と顔を合わせた。

「中書様は？」

「俺も探しておる最中でごわす」

気落ちした表情で赤崎丹後は言う。

「ものは考えようじゃ。討ち死に、手負いというこつば耳にしておらんは、健《すこ》やかな証《あかし》」

二人は気を取り成して後方へと馬を歩ませた。

一町半ほど進むと、豊久の愛馬と思《おぼ》しき駿馬《しゅんめ》が空のまま二人のほうに向かってきた。

「あん栗毛の馬は中書様の馬ではなかか」

同時に顔を見合わせた二人は、即座に空馬に近づいて熟視した。見た途端に愕然《がくぜん》とした。

鞍壺《くらつぼ》には大量の血が残っている。

「中書様は討ち死にしたに間違《まし》げいなか」

空馬に血とくれば、誰でも同じことを想像するであろう。

「お労《いたわ》しいや……」

赤崎丹後にすれば、豊久は主君。血を見た瞬間に声を震わせた。

何《いず》れにしても、豊久討死の可能性が高い。この光景を目の当たりにして南の先頭のほうに向かうのも気が引ける。豊久の遺志を受け継ごうと、二人は後方へと馬を進めた。

「あれは」

途中で二人は熊皮の一本杉が揺れているのを発見して近づくと、惟新と巡り合えた。

「殿様《とのさあ》、ご無事でなによりでごわす」

山田有栄《ありなが》は涙を浮かべて挨拶《あいさつ》をする。離れてから一刻ほどしか経っていないのに、久々に顔を合わせたような感じさえした。

「わいらもの」

万感の思いを込めて惟新も労《ねぎら》った。

「殿様はご無事でごわすが、お側《そば》が無人のようなもの。わいらがお供されるのは心強い」

木脇祐秀《きのわきすけひで》は明るい表情で言う。山田有栄は二十余人の濱ノ市《はまのいちしゅう》衆を率いての参陣なので、行動を共にすれば惟新を守りやすくなる。

「俺《おい》は中書《ちゅうしょ》の殿様を探しもす」

赤崎丹後は惟新に挨拶をして後方にと向かっていった。

「えいとう、えいとう、えいとう、えいとう……」

気を取り戻した島津勢は、再び船歌《ふなうた》を歌いながら兵を進めた。威勢のいいことは惟新としても心強いが、懸念していることがある。重臣の新納旅庵《にいろりよあん》とはぐれてしまったこと。木脇祐秀らに探させたが、見当たらない。無事であってくれればと、今は祈るのみだ。

「敵でごわす。内府《だいふ》の本陣にございもす」

山田有栄《ありなが》が、馬を横付けして告げる。

北国街道を南西に進む島津勢数十と、中仙道を西に進む家康本隊三万が交差路で衝突しそうになったのだ。俄然《がぜん》、緊迫感に満ちた。

「俺《おい》たちゃあ先に中仙道を越えられそうか」

「際どいところにございもすが、なんとか先に越せるかと存じもす」

「そうか、急がせよ。越せん時は飲み込まるっど」

命じると船歌の旋律も早くなり、足の歩調も増し、移動の速度も上がる。

「えいとう、えいとう、えいとう、えいとう……」

徳川本隊三万《まん》と衝突すれば鎧袖一触《がいしゆういつしよく》は必至。島津勢の掛け声もいっそう高まった。

〈万が逸《いつ》の時、果たして内府まで俺が鋒先《ほこさき》は届こうか。いや、長寿院《ちようじゆいん》の願いを無にしてはならん。俺は這《は》ってでも薩摩《さつま》に戻らねばならんか〉

今さらながら、困難な約束をしてしまったと惟新は後悔するが、もはや後にはひけない。

騎乗する馬を気遣《きづか》いつつも、とにかく急ぐばかりだ。

互いの距離が縮まる。三万の黒い集団は斜め横から見ると、壁が移動してくるようであった。多勢であり戦勝の大将を担いでの前進なので先を急ぐ必要はない。威風堂々の進軍なので惟新よりもかなり遅かった。

緊張の瞬間。惟新らは徳川本隊の鼻先を通過した。距離にして三町ほどか。

「止まれ」

伊勢街道に入ってから一町ほどしたところで惟新は家臣を停止させた。

「ないごてでごわすか？　少しでも離れったほうが安全ではなかですか」

山田有栄《ありなが》が問う。

「俺《おい》たちゃあここで内府《だいふ》をやりすごす。こいのほうが安全じゃ」

根拠はないが、惟新は家康に逃げたと思われたくはなかった。島津家は石田、小西、宇喜《うき》多《た》勢とは違い、あくまでも敵中突破して帰国の途《と》に就《つ》いたということを世に知らしめたかった。

ほどなく徳川本隊が悠然と移動していく。無論、惟新たちの存在には気づいているようであるが、それがどこの家中かということまで、明確に判っている者は少ないようであった。一町ほどのところに、敵か味方か判らぬ存在が動きもせずに呆然と眺めている。徳川家の者にとっては無気味な存在に映っているのかもしれない。

決して余裕があるわけではない。惟新らは万が逸に備えながら、徳川本隊を熟視した。筒先《つつさき》を向けると敵対意識を必要以上に煽《あお》るので、小脇に抱えさせている。但《ただ》し、火縄の火は消さずにいる。刃《やいば》の輝きも同じなので刀は鞘《さや》に収め、鑓《やり》は穂先《ほさき》を下にさせた。

「軍は長く延びちょりもすな。先に発《た》った者《もん》らを呼び戻せば、内府《だいふ》の首が取れるんではなかですか」

誘うように山田有栄《ありなが》が囁《ささや》く。

「わいが誘うとはの。刺し違《ちご》えて当所《あてど》が果たせるか？　失敗すれば俺《おい》は、その場で死ぬゆえ構わんが、島津の家も残らなくなる。内府が仕掛けてくれば別じゃが、俺からは手を出さん。こいは厳命じゃ」

厳しく伝えた惟新は徳川本隊の通過をじっと見据《みす》えた。さすがに声をかけたり、自身の存在を明らかにするような真似はしなかった。

〈俺は内府を狙《ねら》えるのに狙わんのじゃ。こんこつ、よく肝《きも》に刻んでおくがよか〉

徳川本隊の移動を目で追い、惟新は肚裡《とり》で言い放つ。この瞬間である必要はない、後から聞かされたことでも構わないので、家康に背筋が寒くなる思いをさせたい。武将としての意地だ。

好機にも拘《かかわ》らず、仕掛けないのは、島津家の正統性を訴えるためでもある。参陣は伏見で騙《だま》されたことへの報復ではないこと。腰の据わらぬ武士のように日和見《ひよりみ》もせず、寡勢《かぜい》でも正々堂々と戦い、最後まで戦場に留《とど》まり、臆《おく》して逃亡したのではなく、群がる敵中に兵を進めて帰国の途《と》に就いたことを主張するためである。叶《かな》えば日本中の武士が島津家を認めるはずである。

徳川勢は惟新らを不思議に思いつつも、攻撃をしてくることなく西に向かった。三万の兵が惟新らの前を通過するのに四半刻《しはんとき》ほどかかったが、無事に通過していった。

「なんとか、やり過ごせもしたな」

山田有栄《ありなが》が安堵《あんど》した表情で言う。

「寡勢ゆえ、徳川も気に懸けんかったんじゃろう。内府のお蔭《かげ》で俺《おい》たちゃあ安全じゃったんかもしれん」

「東軍ならば、誰も内府の移動を邪魔する者《もん》はおらんちゅうこつですか」

「左様《さよ》。今まで俺たちゃあ幸運じゃった。こいから、鬼の追い討ちが始まっかもしれん。行っど」

息を潜《ひそ》めるようにして徳川本隊を、見送った惟新は前進を下知《げじ》した。

これまで幸運だったのは、惟新の身替わりとなって本陣に残る長寿院盛淳《ちようじゆいんもりあつ》以外の一千二百の軍勢が一丸となって移動せず、百、二百……と、逃げ遅れた兵が先を急ぐように、思わぬ方向に進んだので、東軍を挙げての掃討《そうとう》が行われなかったこと。それは、これまでの話である。

家康が他の武将と接触し、島津本陣の長寿院盛淳が惟新の身替わりであったことが露見すれば、熾烈《しれつ》な追撃が命じられるのは、火を見るより明らかである。既に敵中《なか》の突破は半ば成功している。あとは追撃を振り切って帰国するだけである。

「早う、発《た》て！」

惟新は気合いを入れるように、家臣たちを激励した。


一方、島津の本陣に残った長寿院盛淳《ちようじゆいんもりあつ》らと三百余人は、壮烈な攻撃が開始されることを覚悟しながら敵に備えていた。柏木源藤《かしわぎげんとう》が井伊直政《いいなおまさ》を撃ち倒し、本陣に残っているのだから、降伏を勧めてきたり、甘い包囲を続けたりすることはまずない。

「俺《おい》どんたちゃあが脆弱《ぜいじやく》であれば、俺たちゃあの国の者《もん》が蔑《ないがし》ろにされる。俺たちゃあの家族が安心して暮らすためにも、敵を討って、討って、討ちまくって死《け》しんど」

惟新に成り代わり、長寿院盛淳が叫ぶと、残った島津兵は鬨《とき》で応えた。

ほどなく七百にも及ぶ寄手《よせて》が迫ってきた。井伊勢もいれば松平勢もいる。生駒《いこま》、筒井などの姿も見える。長寿院盛淳らにすれば、敵が誰であろうと構わない。覇気《はき》を示すだけだ。

「放て！」

新納忠増《にいろただます》が怒号し、自ら鉄砲を放って敵を撃ち飛ばした。忠増に続き、百を超える筒先が火を噴き、屍《しかばね》の山を築いた。島津勢はすぐに玉込めをするや、引き金を絞って激烈な咆《ほう》哮《こう》で骸《むくろ》を増やしていくが、東軍の兵は地から湧き上がるように寄せてくる。やがて、鉄砲が使えなくなってきた。

「かかれーっ！　チェスト！」

島津久元《ひさもと》は大音声《だいおんじょう》で叫び、奇声と共に抜刀して寄手に向かう。残りの三百も続く。

「一人が三人斬れば、釣りが来る。きばれ！」

毛利元房は絶叫し、体ごとぶつかるように敵の喉元《のどもと》を袈裟《けさ》がけに斬り、次の敵に向かう。

本陣に残った島津兵は、皆、死を覚悟した者たち。臆《おく》せず踏み込むので敵も躱《かわ》しづらいらしく、寄手は次々に血飛沫《ちしぶき》を上げて倒れていった。

新納忠増の娘婿《むすめむこ》の忠在《ただあり》も戦場を駆け廻って敵を仕留めていく。毛利元房は踊るように敵を斬り、井上主膳《しゅぜん》は相手を突き倒す。

これほどの抵抗を受けるとは思わなかったのか、寄手は一旦退却していった。

「敵は退《ひ》いたぞ。鬨《とき》を上げよ」

長寿院盛淳《ちょうじゅいんもりあつ》も、少々驚きながら一陣の排除に歓喜した。

喜びも束《つか》の間《ま》、すぐに二陣が殺到した。先ほどは様子見だったのか、さして防御の態勢もとらずに攻め寄せてきたが、今度は竹束《たけたば》、楯《たて》、なかには牛と呼ばれる移動式の竹束を用意して迫る。

これではいくら鉄砲掃射術が勝れている島津家の鉄砲武者も敵を仕留めるのは難しい。それどころか、夥《おびただ》しい筒先の咆哮《ほうこう》を受けて、死傷者が続出した。

「かくなる上は斬り死にするまで。チェスト！」

新納《にいろ》忠増は抜刀して敵に向かうと、寄手は鑓衾《やりぶすま》を作って組織的に攻撃を仕掛けてきた。こうなると、気合、気力、根性だけではどうにもならず、島津勢は圧《お》された。多くの兵が背後の堀に逃げ込むほどである。この惰弱《だじゃく》ぶりを見て長寿院盛淳は激昂《げっこう》した。

「薩摩まで五百里もある。たとえ逃れても遠い。逃げた者《もん》は、何《いず》れも面《つら》を見知っておっど」

長寿院盛淳の覚悟を聞き、長崎隼人《はやと》が盛淳の馬の側《そば》に戻ってきた。

「俺《おい》は少しも未練は申しもはん」

長崎隼人の言葉を聞き、満足した長寿院盛淳は周囲に問う。

「殿様《とのさあ》は、何処《いずこ》まで退かれたか」

「敵陣を押し退《の》け、お退《ひ》きなされもした。もはや遠くまで退かれておりもす」

近習の井上主膳が答えると、長寿院盛淳は笑みを作る。

「さては目出度《めでた》きこつ。あとは、俺が殿様の名代《みょうだい》となって討ち死にすっまでじゃ」

すぐに寄手の三度目の攻撃が行われた。陣は壊乱となり、もはや持ちこたえられない。

「島津兵庫頭《ひょうごのかみ》、死に狂いなり！」

長寿院盛淳は獅子吼《ししく》し、群がる敵中に突撃し、数本の鑓に串刺しにされて討死した。

断末魔の中で長寿院盛淳は惟新の具足に身を包んで死ぬことに満足し、惟新が颯爽《さっそう》と敵を蹴散らす光景を思い浮かべながら黄泉《よみ》に旅立った。享年五十三である。

惟新の名代を見事に果たした長寿院盛淳を目にした島津家臣たちは、一斉に敵に向かって斬り入った。目の前の寄手を倒しても、周囲には何十倍もの敵がいる。絶望的な状況であるがそれでも全員が討死したわけではなく、新納《にいろ》忠増・忠在親子、島津久元、井上主膳……ら数十名は帰国している。過酷な帰路になったことは言うまでもない。

西に進んだ家康は石田三成《みつなり》の本陣があった地から三町ほど南東の地に陣を敷いた。以降、その地は陣馬野《じんばの》と呼ばれる。同地で家康は、諸将からの挨拶を受けると共に、井伊直政が島津勢に負傷させられたことと、鼻先を掠《かす》めた一勢が惟新であることを聞かされた。

「逃すな。討ち取ってまいれ」

家康は抜け駆けで一番鑓の栄誉を奪い取った四男の松平忠吉に命じた。岳父の井伊直政が動けないので、万が逸のことも考慮し、本多忠勝《ただかつ》に補佐することも下知した。

松平忠吉の一千五百に続き、本多忠勝勢の五百は惟新を追って北国街道を南東に向かった。

伊勢街道を一路南下する島津勢。一千二百余の兵で陣を発ったが、この段階で中仙道を越えられたのは八十ほど。他は全て討たれたわけではないが、まだ関ヶ原の地で東軍と戦っている者もいる。これを収容できないことが、惟新としては辛《つら》いところであるが、今は一刻も早く戦場《いくさば》から離れるために、地を駆けるばかりだ。惟新は軍勢の中ほどを家臣に守られて進んだ。

同一人物でも、逃げる時よりも追い掛ける時のほうが速いという。松平勢は烏頭坂《うとうさか》の手前で追い付いてきた。驚くべき速さである。家康の厳命ならびに、先に排除された恨みを晴らし、義父・井伊直政の仇《かたき》を討とうと躍起になっているからかもしれない。

島津勢の殿《しんがり》は帖佐宗辰《ちょうさむねたつ》、後醍院喜兵衛《ごだいいんきへえ》、木脇祐秀《きのわきすけひで》らが務めた。

「また、家康の倅《せがれ》とは、追い討ちの大将でも下知《げじ》されたのかもしれもはんな」

後醍院喜兵衛が言うと帖佐宗辰は首を縦に振る。

「相手が誰でも関係はなかが、内府《だいふ》は厄介《やっかい》な者《もん》を追手にしおったの」

「倅の命と引き換えに、島津を潰す魂胆ちゅうこつは、考えすぎではなかですか」

飛躍しすぎだと後醍院喜兵衛は首を傾《かし》げる。

「のちの島津んこつは殿様《とのさあ》に任せればよか。俺《おい》たちゃあの役目は殿様を無事にご帰国させるこつ。殿様に鉾先を向ける者《もん》は神仏であろうと討ち取るだけでごわす」

澱《よど》むことなく、木脇祐秀《きのわきすけひで》は胸を張って言いのけた。

「違《ちご》いなか。おっ、来《く》っど」

二人は頷《うなず》き、松平勢に備えた。既に捨《す》て奸《がまり》は配置している。殿《しんがり》の帖佐宗辰らが破られた時は自動的に機能するようになっていた。

伊勢街道には五人の鉄砲武者が横一列に並ぶ幅しかないので、これを三列並べた。松平勢は尻を叩《たた》かれているせいか、臆せずに砂塵《さじん》をあげて騎馬武者が接近してくる。両軍の距離が一町を切ったところで島津勢の筒先が火を噴《ふ》き、先頭の二人を倒す。続いて二列目が斜め前に繰り出して引き金を絞《しぼ》る。その間に撃ち終わった者は玉込めを行う島津流の射撃術だ。

島津勢とは違い、松平勢の鉄砲放ちは足軽なので徒《かち》の移動。追いついたのは騎馬武者ばかり。鉄砲衆が到着する前に全兵を撃ち倒そうと、島津勢は夢中で轟音《ごうおん》を響かせて屍の数を増やしていく。這々《ほうほう》の体《てい》で逃げるばかりが退却ではないと絶叫するかのような轟《とどろ》きが谺《こだま》した。

十数の骸《むくろ》が散乱し、死んだ馬が横倒しとなり、松平勢も騎馬武者だけで押し切れぬと悟り、一旦、進撃を止めて鉄砲衆が追いつくのを待った。

「全兵、撃ち取れ」

敵が進んで来ないならば、逆に戻るように帖佐宗辰《ちようさむねたつ》は指示を出して島津勢は鉄砲を放つ。普通は退くことを覚悟しているが、この気持を捨てているので恐怖はない。他家とは異なる殿《しんがり》である。

島津勢は前進しながら松平勢を圧し、仕留めていると、遂に二百をも超える鉄砲衆が到着した。島津勢は準備している間に何人かの鉄砲足軽を射殺していたが、用意が整うと状況は一変。耳を劈《つんざ》くような筒音は消えず、夥《おびただ》しい鉄砲玉が飛んでくる。

あっという間に三人が血煙を上げて倒れ、二人、三人と続けて射殺された。鉄砲ですら打ち捨てて退却の途《と》に就いた者がいるぐらいなので、竹束や楯など嵩張《かさば》るような物は陣に置いてきている。周囲に身を守るようなものはなかった。

「敵を撃て！　そんなら、玉は飛んで来ん」

帖佐宗辰《ちょうさむねたつ》は怒号する。理屈は的を射ているが、衆寡敵《しゅうかてき》せずとはこのこと。互いに引き金を絞るたびに島津勢の鉄砲武者は数を減らした。

「刑部《ぎょうぶ》、わいは戻って殿様《とのさあ》をお守り致せ。ここで死ぬんなら、殿様の楯となって死ね」

殿《しんがり》の崩壊を実感して帖佐宗辰は命じる。

「判り申した」

素直に木脇祐秀《きのわきすけひで》は応じた。褌《ふんどし》から髪一本まで全てが惟新を逃がすための道具になる。それが今の島津兵の共通認識であった。祐秀は疾駆する。

「宗辰殿も退《ひ》いて給《たも》んせ。こんのち、兵糧《ひょうろう》の交渉、舟の用意など老中《おとなじゅう》でなくばできんこつが山ほどごあんど」

後醍院喜兵衛が勧めると、帖佐宗辰は文句も言わずに頷《うなず》き、退却にかかる。

「あとは、俺《おい》が、食い止めるだけじゃ」

鉄砲武者に命じ、後醍院喜兵衛も自ら鉄砲を放つが、敵味方が五発も射撃し合うと、遂に後醍院喜兵衛一人になった。

「チェスト！」

喜兵衛は太刀《たち》を抜いて奇声を上げ、敵に向かって地を蹴った途端、轟音を浴びて地に倒れた。玉は兜《かぶと》を抉《えぐ》り、地面に鮮血が広がった。

「敵の殿《しんがり》は崩れた。一気に追いつき、惟新入道が首を上げるんじゃ！」

鉄砲衆の後方にいた松平忠吉は下知し、騎馬武者を先行させた。その刹那《せつな》、茂みから鉄砲が放たれ、武者は血を噴いて落馬。松平勢が驚いて足を止めている間に茂みの兵は躍り出て、鑓で別の騎馬武者を串刺しにした。捨《す》て奸《がまり》である。この者を松平勢の鉄砲衆が撃ち倒した。

「おのれ、茂みの中に敵がおる。気をつけよ」

松平忠吉は西の茂みに注意を払わせながらゆっくりと進みはじめた時である。東側斜面の上で筒先が火を噴くと、忠吉の左肩で血飛沫《ちしぶき》が上がり、忠吉は馬からもんどり打って倒れた。

「敵じゃ、斜面の上におる」

松平家の家老の小笠原吉次《よしつぐ》が叫ぶと、鉄砲衆が連続射撃を行う。その時には、既に捨《す》て奸《がまり》の兵は移動していた。さすがに斜面の上なので、すぐに道まで下りてくることはできず、次に備えていた。

「早う、惟新を追え」

負傷した松平忠吉は近習《きんじゅ》の石川吉信《よしのぶ》、稲垣忠政《ただまさ》に支えられながら命じる。

「畏《おそ》れながら、これ以上の追い討ちは無意味にございます。ご覧のとおり、敵は我らの騎馬武者と刺し違える覚悟です。敵の足軽と一廉《ひとかど》の武者を相殺するのはあまりにも損。こたびの勝利で上様は天下人《てんかびと》になられ、殿様はこれを支えられます。騎馬武者は殿《しんがり》を支える譜《ふ》代《だい》にござる」

小笠原吉次は島津家も足軽が鉄砲衆であると思っているようであった。

「されど……」

「深入りして一番鑓の功を穢《けが》してはなりません」

血気に逸《はや》る松平忠吉を小笠原吉次が諭《さと》した時、再び雨が降り出した。

「止《や》めろという天の御告げにございます。天道に背《そむ》けば、治部少輔《じぶのしょう》と同じにございます」

降雨の中で三成の名を聞き、渋々松平忠吉は頷《うなず》き、烏頭坂で兵を反転させた。

頭を撃たれた後醍院喜兵衛であるが、まだ生きていた。ふらつく中で兜を脱ぐと確かに穴が空《あ》いているが、中で左側に逸《そ》れたらしい。大量の血は耳を裂いたものであった。

暫《しば》し留まっていると、松平勢に代わって本多忠勝が現れた。甲冑《かっちゅう》に瑕《きず》一つつけたことがない勇将であるが、秀忠《ひでただ》から下賜《かし》された三国黒《みくにぐろ》という黒駒を撃たれ、前進できず、家臣の梶金平の馬に乗り換えて兵を返さざるをえなかった。忠勝をしても島津家の捨《す》て奸《がまり》を破ることはできなかった。

雨が止んで関ヶ原合戦が開始され、降雨によって一先《ひとま》ずの追撃が終わった。一時代を洗い流すためのものだったのかもしれないが、まだ島津家の退《の》き口《ぐち》は、ほんの序の口であった。

二

未《ひつじ》ノ下刻《げこく》（午後三時頃）、家康は陣馬野《じんばの》にて東軍諸将の挨拶を受け、首実検を行っていた。同じ頃、惟新らは気紛《きまぐ》れな山間《やまあい》の雨を受けながら伊勢街道を南に進んでいた。

南宮《なんぐう》山の南に達した時、撤退途中にあった長宗我部盛親《ちょうそかべもりちか》、長束正家《なつかまさいえ》の軍勢に前方を塞《ふさ》がれる形で遭遇した。

「助かりもしたな。両軍合わせれば八千余。特に長束殿は水口《みなくち》城主ゆえ、この辺《あた》りの地には明るい。一緒に退くが良かごわす」

山田有栄《ありなが》は安堵《あんど》した表情で言うが、伊勢貞成《さだなり》の顔は険しいままである。

「ちっと待っ、両家は関ヶ原で戦わんかったど。小早川、赤座、小川、朽木《くつき》、脇坂《わきざか》を見い。信じてよかか？　戦った者《もん》の首ば狙《ねろ》うちょったらどげんすっとか？」

伊勢貞成が主張すると、皆は忘れていたという面持《おもも》ちをする。

「俺《おい》が確かめてまいりもす。万が逸、敵ならば駆《か》け入って斬り死に致しもす。そん時は険しくても鈴鹿《すずか》ん山中に入り、切り抜けて給《たも》んせ」

決死の覚悟を決め、伊勢貞成は長束正家《なつか》の軍勢に近づいた。貞成は長束家の家老の家《いえ》所帯刀《どころたてわき》に会うことができた。帯刀は関東討伐の忍城《おし》攻めで武功を上げ、伏見城攻撃において正家の代わりに陣代として長束勢を率いた武闘派の家老である。

家所帯刀と会った伊勢貞成は、後方の島津勢に対し、「采《さい》」を振った。味方であるという合図だ。

長束勢も本戦で戦えず、不満足の撤退で、まずは無事に帰城することを第一に考えている。家康を弾劾《だんがい》する「内府《だいふ》ちかひの条々」を諸将に配った手前、秀頼《ひでより》に背《そむ》き、西軍を裏切るような真似は思いもよらない。

「……ということにございもす」

帰陣した伊勢貞成は報告をする。貞成は長束家の家臣を一人連れてきた。

「某《それがし》は長束家の家臣・伴藤三郎《ばんとうざぶろう》と申します。我が主《あるじ》は、この地に近き水口の領主ゆえ、周囲に詳しゅうござる。島津殿は地理不案内であろうゆえ、某は道案内するよう下知されてまいりました」

伴藤三郎は惟新に告げる。

「こいは願ってもなきこつ。助かりもんした」

山田有栄《ありなが》は嬉《うれ》しそうに労《ねぎら》った。惟新としても喜ばしいことであるが、下心が見えた。

〈味方は少しでも多いほうがいいというこつか〉

まさか惟新の首を東軍に差し出したりしないであろうが、純粋な善意だけでもないことは判る。

長束、長宗我部勢の他には安国寺勢も退却の途《と》に就《つ》いている。吉川《きっかわ》、毛利勢はそのまま南宮山に陣を敷いたままだという。詳細な事情までは把握していないが、吉川廣家《ひろいえ》が内応していたならば、島津家を含む四家は毛利勢からの追撃も警戒しなければならないと考えるのが普通である。

すぐに長束家と長宗我部家からの使者が到着し、島津家は寡勢なので多勢に紛《まぎ》れて退《ひ》く中で、主従はぐれることにもなり兼ねないので先に進まれよ、と勧められた。

「このの ち現れるかもしれぬ落ち武者狩りの露払《つゆはら》いであり、様子見の先兵にするつもりかもしらんな」

帖佐宗辰《ちょうさむねたつ》の指摘は尤《もっと》もなことであるが、それでも追撃に備えながら最後尾を歩むよりも、先頭を進むほうが惟新の性《しょう》に合っている。申し出は有り難《あがた》く受け入れた。

ほどなく惟新らは腰を上げた。

「こん先、何処《いずこ》を目指されもすか」

横に馬を並べる帖佐宗辰が問う。

「なんにしても、上洛して龍山《りゅうざん》（近衛前久《このえさきひさ》）様《さあ》にお会いし、全てをお話し致す。そいから大坂に向かう。内府《だいふ》よりも先に入らねばならん」

惟新は固い決意を告げる。島津家の主家である前関白《さきのかんぱく》の近衛龍山のお墨付《すみつき》があれば、少しは疑いも晴れるであろう。

難攻不落の大坂城が、そう簡単に落ちるはずはないが、人質になっている亀寿《かぢ》や宰相《さいしょう》が心配である。

「大坂に入って、東軍を相手に一戦でごわすか」

まだ、戦い足りないのか、山田有栄《ありなが》は闘志をあらわに問う。

「秀頼様《さあ》がおるゆえ、戦《いっさ》にはなるまい。毛利中納言《ちゅうなごん》に戦う気があったら、自《おの》が出馬すっか、本軍を出しておるじゃろ。いくら中納言が馬鹿奴《ざこはっ》でも、東軍の戦勝を喜んではおるまい。おそらくは狼狽《うろた》えて城門を閉ざし、睨《にら》み合《あ》いののちに和睦《わぼく》じゃ。中納言が大坂城を退く時は本領が安堵されたのち。島津んためにも、和睦の前に俺《おい》たちゃあ大坂に入らねばならん」

惟新は断言する。乱世において一枚の誓紙など矢玉の楯《たて》にならぬ懐紙《かいし》と変わらないが、まずは形を作ることが大事。どさくさに紛《まぎ》れて和睦を結ぶべきと考える。敗北した武将は逆賊に仕立て上げられるのが常。好むと好まざるとに拘《かかわ》らず、西軍に与《くみ》した以上、島津家も罪に問われる。伏見での行き違いを正すためにも、急がねばならなかった。

「こんまま帰国すっとではなかですか」

木脇祐秀《きのわきすけひで》が問う。

「御上《おかみ》（亀寿《かぢ》）様《さあ》を残して帰国すっこつはできん。船の用意をすっためにも大坂に行かねばならん」

改めて今後の方針を明確にした惟新は馬の足を速めた。

退却する軍勢の先頭に立った島津勢は、伊勢街道を南下する。進みながら茂みの中に人の気配を感じるようになった。

「東軍の物見《ものみ》、斥候《せっこう》の類《たぐ》いに違《ちご》いなか」

帖佐宗辰《ちょうさむねたつ》が周囲を見渡しながら告げる。

「東軍ならば、大垣を落とした輩《やから》か、伊勢の者にごあんそな」

敵に阻《はば》まれることがなければ、大垣城から南下して伊勢街道に入るのは容易《たやす》い。また、美濃《みの》の三大河、木曾川、長良《なが ら》川、揖斐《いび》川の河口に築かれている伊勢の長島城は福島正則の弟・正頼《まさより》（高晴《たかはる》）の居城。既に西軍による包囲は解かれているので、様子見の兵を出していても不思議ではない。

「油断するな」

惟新は家臣たちを引き締めながら先を急いだ。

中仙道から道なりに三里ほど伊勢街道を南に進むと、養老《ようろう》の滝《たき》から流れる滝谷《たきたに》（川）に達した。

「この先、敵も、落ち武者狩りの群れもおりもすゆえ、目立たんほうがよいと存じもすが」

伊勢貞成が進言する。

「尤《もっと》もなこつ。どこん家か判らんように致せ」

頷《うなず》いた惟新は命じ、馬印である熊皮の一本杉の柄《え》を切り折り、旗指物《はたさしもの》を巻き、合印《あいじるし》を外し、刀の鞘《さや》や蛭巻《ひるまき》を川の水で洗い、改めて前進を試みると、東軍と思《おぼ》しき軍勢と出会《でくわ》した。島津勢は茂みに身を潜《ひそ》めて様子を見ると数百は下らなかった。

「我ら数十の兵で、あの多勢の中を通り抜けるのは困難。後方の味方に応援を頼むのがよかごわす」

敵を見つけた伊勢貞成が惟新に助言する。

「この期《ご》に及び方便はないゆえ、ただ突き崩して通るのみ。そいでん、わいらが無理じゃと申すならば、腹を切るしかなか」

「そいでこそ殿様《とのさあ》じゃ。俺《おい》が先陣を切りもすゆえご安心して給《たも》んせ」

惟新の決心に木脇祐秀《きのわきすけひで》が応え、他の家臣たちも勇んだ。

茂みから出た島津勢は木脇祐秀を先頭にして、再び船歌を歌い出した。万が逸のことを考えて、惟新は下馬して他の家臣に紛れ、徒《かち》で進んだ。

「えいとい、えいとう、えいとう、えいとう……」

いきなり威勢のいい声を張りあげて、勇ましく進んでくる軍勢を見て、道を封鎖していた東軍は慌てた。島津勢が近づくと、道を開けるように両側の茂みに飛び込んだ。油断していたこともあろう、敵か味方か判らず、やたらに攻撃できなかったこともあるに違いない。島津勢は一兵も損なうことなく通過できた。示した闘志と、どこの家か判らなくしたことが功を奏したようであった。

滝谷から道なりに一里少々南に進むと津屋《つや》に達する。

追撃を受けなくなった安堵感もあり、強悍《きょうかん》な島津勢でも空腹と疲労で倒れそうであった。当然、荷駄《にだ》などは率いておらず、兵糧を持ち合わせてはいない。

刻限は申《さる》ノ刻（午後四時頃）で、天候は雨が降ったり止んだりで、非常に寒い。辺りは夜と言っても過言ではないほど暗くなっていた。

東の津屋川沿いに集落があった。誰もが思いつくことは同じだ。

「わいは都に数年暮らしていたゆえ、そう不審には思われまい。食い物を調達してまいれ」

多少は薩摩言葉を抑えて話ができるだろうと判断し、惟新は帖佐宗辰《ちょうさむねたつ》に命じた。

「畏《かしこ》まりもした」

応じた帖佐宗辰は配下を率いて集落に向かった。村人に五十人分の賄《まかな》いを頼むと、まだ関ヶ原の結果が伝えられていないのか、思いのほか快く受けてもらえた。

「忝《かたじけ》ない。必ず褒美《ほうび》はとらすぞ」

喜んだ帖佐宗辰《ちょうさむねたつ》は約束し、賄いができる間、周辺を見廻りしていた。

昨晩、刈田《かりた》で僅《わず》かながらの粥《かゆ》を口にして以来、久々に食い物にありつける。空腹から解放されることを期待しながら警戒に当たっていると、外れの小さな家から、何人かが集まって、「宵《よい》の間か暁《あかつき》か」と話している声が聞こえた。

「宵？　よう聞こえん。わいは耳がいいゆえ、こっそり聞いてまいれ」

帖佐宗辰は供の大町与市《おおまちよいち》を家に接近させて会話を聴き取らせた。

「さては俺《おい》たちゃあを騙《だま》し討《う》ちにして東軍に差し出す所存か」

戻った大町与市は血相を変えて帖佐宗辰に報告をした。

「こうしてはおれん。殿様《とのさあ》の身に万が逸のことあらば一大事」

危険を察知した帖佐宗辰は、少しでも早く村から遠く離れさせるために、すぐさま惟新の許に大堂三吉《おおどうさんきち》を遣いとして送り状況を報せた。三吉は再び帖佐宗辰の許に戻っている。

あとは村人に対してのことになる。無言のまま逃亡すれば即座に追い討ちをかけられかねない。この頃の農民は江戸時代のように、鋤《すき》、鍬《くわ》や竹鑓《たけやり》を持っただけの一揆とは異なり、鑓や太刀《たち》のみならず、具足や鉄砲も隠し持っている。そうでもしなければ、盗賊の類いから村を守ることはできないからだ。戦《いくさ》があれば落ち武者狩りをして身ぐるみを剝《は》いで武具を売り、首を差し出して恩賞を得たりもする。非常に逞《たくま》しい者たちであった。また、秀吉が行った刀狩りは氷山の一角でしかなく、集められた刀は脇差《わきざし》ばかりだったという。

帖佐宗辰《ちょうさむねたつ》は賄いを頼んでいる亭主の許《もと》に足を運んだ。

「後続の仲間が遅れているゆえ、呼びに行ってまいる」

告げるや否《いな》や、帖佐宗辰は外に出て亭主の家を離れだすと、畑の側に惟新一向が通過した目印となる折れた竿が立てられてあった。先に折った馬印の竿である。

「よかこつ、殿様《とのさあ》はもう通られたか。早う退《ひ》け」

安堵した帖佐宗辰は、配下に声をかけて村を離れた。一町ほど村からの道を馬で走って本道に出ると、惟新らの姿が遠くに見えたので、追いに追う。

帖佐宗辰に察知された村人たちは豹変《ひょうへん》し、武器を片手に飛び出してきた。

「漏《も》らさず、討て！」

村人たちは絶対に逃すまいと、帖佐宗辰を数人で囲んだ。

「おのれ、強欲な百姓どもめ」

包囲された帖佐宗辰は後悔した。怪しまれぬようにと、腰に下げる太刀《たち》しか武器は持っていない。対して村人たちは鑓や弓を持っている。宗辰は農民を相手にしても劣勢に立たされるとは思いもよらぬことであるが、躊躇《ちゅうちょ》している暇《いとま》はない。

「チェスト！」

帖佐宗辰は弓を持つ百姓を奇声と共に袈裟《けさ》がけに斬り捨て、敵の鑓を薙《な》ぎ払《はら》って囲みを解くと、一気に砂塵《さじん》をあげた。

供をした藤崎藤兵衛《ふじさきとうべえ》、大町与市、大堂三吉、野元源次郎《のもとげんじろう》、中間《ちゅうげん》の荒助らは後から帖佐《ちょうさ》宗辰《むねたつ》を追い掛けてくるが、そのうちに速度が落ち、村人に追い付かれて撲殺《ぼくさつ》された。空腹と疲労で皆、体に力が入らなかったからに他ならない。

「許せ。俺《おい》は殿様《とのさあ》をお守りせねばならん」

戻って供を助けようとした帖佐宗辰であるが、今は一人でも多く惟新の側《そば》にいるべきと、苦渋の決断をして供たちを置き去りにした。宗辰は十人の供を連れて参陣したが、三人は戦場で討死し、二人ははぐれて行方不明、右の五人は農民に殺害されて一人になってしまった。宗辰は這々《ほうほう》の体《てい》で惟新に追いつくはめになった。

「申し訳ございませぬ」

供を失った悲しみを堪《こら》え、帖佐宗辰は詫《わ》びた。

「仕方なか。一日や二日、喰《く》わんでも死にはせん。じゃっどん、藤兵衛らは不憫《ふびん》であったの。予想できたのに、空腹で頭が廻らんかった。こいからは気をつけんとな」

惟新は労《ねぎら》い、気を引き締めながら先を急いだ。

津屋から半里ほど南に進むと駒野《こまの》の少し手前の徳田《とくだ》に達する。

「申し上げもす。こん先には伊勢の者《もん》と思われる敵がおりもす」

物見に出していた江口作兵衛が戻り、報告をした。

「確かすぐ東の駒野、高須《たかす》城は東軍に落とされておったの」

惟新は思い出したように言う。駒野、高須両城は福島正則らが竹ヶ鼻城を攻める前に、徳永壽昌《ながまさ》に命じて攻略させた城である。

「長島や大垣の後詰《ごづめ》が加わらぬという保証はありもはん。避けるべきでごわす」

家老だけに帖佐宗辰《ちようさむねたつ》は慎重である。

「尤もじゃ。難儀でも山道を通るが安全じゃろ」

惟新は決断し、進み易《やす》い伊勢街道を避け、南西に進路を取って山道に踏み入った。といっても道なき道を進んだわけではなく、人一人が通れるほどの幅はある。のちに南濃北勢線《なんのうほくせいせん》と呼ばれる道である。空腹を堪えながら、獣道《けものみち》のような道を進んだ。

一刻半ほど休まずに歩むと駒野峠に達する。越えなくてはならぬ峠である。見れば皆の体力も限界に近づいている。少しでも負担を軽くしたほうがいいと惟新は思案する。

「こん重か具足を着ておっては、峠越えに支障をきたす。皆、脱ぐがよか」

騎乗にある惟新よりも家臣たちは疲弊していないのか、あるいは、こののちの落ち武者狩りに備えてか、命じても誰も応じる者はいなかった。

今の危機を逃れなければ、先はないと惟新は考えている。

「ぼっけ者《もん》め、今、気力、体力に満ちた追手が迫り、動きの鈍い身で逃れられんのか。具足を捨てよ」

自身が示せば、皆も従うであろう。叱咤《しった》した惟新は具足を脱ぎ捨てた。

「主君の具足を原野《はらの》に捨てるのは忍びありもはん。畏《おそ》れ多き次第に存じもすが、俺《おい》に拝領して給《たも》んせ。こいを着て生死存亡を共に致しとうごわす」

道具衆の横山休内《よこやまきゅうない》が願い出るので、惟新は許した。

惟新にとって具足は単なる道具の一つで、関ヶ原の本戦同様、必要ならば着用するし、不必要ならば袖《そで》を通さない。妙な執着心もなく、形にもとらわれない。どんないい甲冑《かっちゅう》を着用しても鉄砲の玉を弾《はじ》くことができないならば、無用の長物とさえ、このたびの戦いで思うようになった。

柔軟な思案の惟新に対し、家臣たちにとっては具足は高価な物で、合戦には鎧や弓同様に絶対的に必要なものであるという概念があるのかもしれない。

諭《さと》しても聞かないので、惟新はそれ以上、命じたりはしなかった。自身は花色の木綿《もめん》の合羽《かっぱ》を着け、同色の手拭いで髪を包み、馬の鞍《くら》を馬術巧《たく》みな矢野主膳《しゅぜん》の物と交換して峠越えを行った。

飲まず喰わずでの山登りは想像を絶していた。困難などという生易《なまやさ》しいものではない。膝《ひざ》が曲がらなくなった棒のような足を地面から引き抜くようにして踏み出していく。自身がなにをしているのか、途中で判らなくなってしまうほどだった。それでもなんとか駒野峠を越えると、今度は美濃と伊勢との国境《くにざかい》になる二之瀬《にのせ》越えをしなければならない。

惟新らは国境辺りで夜を明かした。昨晩は夜通し歩き、その上での戦闘、退却である。空腹でも体は憔悴《しょうすい》しきっており、倒れるように睡魔に引きずり込まれた。

翌十六日の早暁《そうぎょう》、泥のような眠りから、寒気で身を震わせながら覚めた。焚《た》き火《び》が消えてしまったようである。これほど不快な目覚めは朝鮮の陣以来か。改めて負《ま》け戦《いくさ》から退却したことは現実であったと、再認識させられた。

朝餉《あさげ》などはあるはずもない。惟新たちは鉛《なまり》のように重くなった体に鞭《むち》を打って出立《しゅったつ》する。このまま過酷な撤退に付き合わせては申し訳ないので、伴藤三郎に礼を告げて長束正家《なつか》の許に帰陣させた。同地からは自分たちだけで進むしかない。

惟新らは二之瀬越えから進路を南の伊勢に向けた。のちに巡見《じゅんけん》街道と呼ばれる道は、駒野峠同様に人が一人通るのがやっとの山道であった。

山を下ると小さな村があった。皆の口に唾《つば》が湧くものの、昨晩の苦い経験が脳裏を過《よぎ》る。

「山一つ越えもしたゆえ、昨日のようなこつはないかと存じもす。こんまま、なにも喰わずば、都に辿《たど》り着くこつもできもはん。万が逸の時は始末致しもす」

覚悟を示した帖佐宗辰《ちょうさむねたつ》は、他の島津家臣を率いて村中に向かった。

「我らは相模《さがみ》の者にて、昨日の戦《いくさ》で敗れた石田方の残党を追っておる。この辺りは初めてゆえ道に迷い、夕べは野営したせいで飯を喰っておらぬ。望みどおりに金子《きんす》は出すゆえ、五十人ほどの粥《かゆ》を用意してくれぬか」

「相模といえば、徳川様のご家中か。お易《やす》い御用でございます」

家の亭主は快く引き受けた。帖佐宗辰《ちようさむねたつ》は安堵しながらも昨晩のことを思い出して警戒し、周囲に目を配りながら惟新らを呼び寄せた。

「まことに申し訳ございませぬが、万が逸のことがあれば、殿様《とのさあ》は、こん中にいて給《たも》んせ」

帖佐宗辰が懇願するので、惟新は粥ができる間、菜籠《なかご》積みの中に隠れるはめになった。

「気にすっこつはなか。わいの忠節は存じておる」

家臣の気遣いに惟新は感謝した。

粥ができても惟新は座敷には上がらず、土間の隅《すみ》に座し、主《あるじ》の供廻《ともまわり》のようにして粥を啜《すす》った。一日半ぶりの食事である。温かい粥は胃に染み込むように浸透していった。まるで赤子《あかご》が母親の乳を飲むかのように、惟新たちは椀に盛られた粥を貪《むさぼ》った。

この時、帖佐宗辰は、主君である惟新を下人のように扱ったことに罪の意識を感じ、心の中で「天も免《ゆる》し給《たま》え」と懺悔《ざんげ》したという。それでも、惟新が大名であることが露見せぬよう、数人いる従者と同じような物腰、言動に改めねばならなかった。

腹を満たした惟新ら主従は精気を取り戻して出立し、南下を続けた。無論、その日も野宿である。

人である以上、必ず食事をしなければ生きていけない。兵糧を持たぬ敗軍の兵である惟新らは、常にこの現実からは逃れることはできなかった。

翌十七日も調達に勤《いそ》しまなければならない。

「毎度、彦左衛門（帖佐宗辰《ちょうさむねたつ》）ばかりでは、辛《つら》かろう。こたびは弥九郎（山田有栄《ありなが》）が致せ」

精神的な負担を分散させるため、惟新は命じた。

「承知しもした」

下知された山田有栄は配下を通りがかりの村に向かわせると、その村人は、類が及ぶことを恐れ、食事の用意は断ったものの、食料と台所の提供には応じ、家族ともども納屋《なや》に身を隠した。万が逸の時は、威《おど》された被害者であることを主張するためであった。

理由はなんであれ、惟新らは食い物にありつければ構わない。惟新らは即座にその家に入り、納屋から玄米を運び、粥を作って皆で食した。

代金を払う時になって、惟新が持つ「御遣銀《おつかいぎん》」がないことが判った。

「すまんの。何《いず》れかで落としてしまったようじゃ。なんぞ、俺《おい》が持つ物を与えよ」

惟新は詫《わ》びて所持するものを与えようとした。

「そいは、畏《おそ》れ多きこつ。こたびは、俺が命じられたこつにごわす」

山田有栄は惟新の行動を押さえ、自分の太刀《たち》の鞘《さや》が金作りなので、これを抜いて亭主に渡した。

抜き身になった刃には紙こよりを巻き、なめしの引籠《ひきかご》を差し入れて鞘の代用とした。一応、焼き米も作ったので、なんとか次の食事を気にしなくていいことは、勿怪《もっけ》の幸いである。

この当時、見知らぬ地で街道を通らず、山道を移動することは、目を閉じて歩むも同じこと。しかも地元の百姓にも悟られぬように進むことは、至難を極めた。

「このままでは都に達する前に追手や落ち武者狩りに討ち取られかねもはん。嫌でも道案内を立てねば辿《たど》り着くこともできんと存じもす」

帖佐宗辰《ちょうさむねたつ》が言うので惟新は許した。

思案どおりに事を進めようとするが、言うは易《やす》し、するは難《かた》しの喩《たと》えどおり、兵糧の提供は許してもそうそう道案内に応じる村人はいなかった。

諦めながら山中の道を進んでいる時、大小の刀のほかに鉈《なた》を持ち、髪と髭《ひげ》が白くなった四十男と遭遇した。半士半農の杣人《そまびと》のようであった。帖佐宗辰らは、その男に尋《たず》ねた。

「この土地の者か？　辺りに詳しいか」

「隣村ぐらいまでは」

男の顔に警戒の色がありありと出ていた。

「されば、道案内を致せ。褒美《ほうび》はとらそう」

「妻子を先に遣わしているゆえ、先を急ぐ。悪いが断る」

相当、嫌なのであろう、あからさまな言い訳であった。

「捕らえよ」

返答を聞いた帖佐宗辰《ちようさむねたつ》は男を押さえ、大小と鉈を取り上げた。男を逃したら、村に応援を呼びに行くかも知れず、惟新の身に危険が迫る。強引でも危うきを避けねばならなかった。

「道案内致さねば、そちの命を奪う。致せば過分の褒美を与える。いかがするか？」

「判ったゆえ、斬るな」

生死の選択を迫られれば、特別な理由でもない限り誰でも応じるであろう。男は渋々了承をして道案内に立った。男の名は文右衛門《ぶんえもん》といった。

文右衛門は北伊勢のみならず、摂津《せつつ》、和泉《いずみ》、河内《かわち》にも何度か足を運んだことがある者だったので、惟新らにとっては有り難い限り。ただ、喜んでいられないこともある。道案内とはいえ、惟新の正体を明らかにすることはできない。

そこで惟新は、庶民が道中で着る古い木綿の道服《どうふく》を身に纏《まと》い、上から帯を結んだ。その上に破れ、凹《くぼ》んだ形《なり》の菅笠《すげがさ》をかぶり、下男に見えるように変装し、言葉遣いも相応にした。食事時も地べたに座り、麁飯《あらめし》を食し、移動中も騎乗せず、徒《かち》にする念の入れようであった。安全を得るための弊害は必ずつきものであった。

三

腹を満たし、道案内を得た惟新ら一行は周囲に目を配りながら南下を続け、なんとか伊勢の亀山《かめやま》に達した。亀山城主は西軍に与《くみ》した岡本良勝《よしかつ》であるが、十六日、伊勢長島の福島正頼らに攻められて開城。良勝は自刃《じじん》した。良勝の息子の重義《しげよし》は長束《なつか》正家の水口城に退いている。

亀山城の南に位置する伊勢安芸《あき》郡の上野《うえの》城は東軍に付いた分部《わけべ》光嘉《みつあき》の城である。

「これ以上南に行くのは危《あ》っなか。俺《おい》たちゃあも鈴鹿峠を越えて水口を目指すべきでごわす」

文右衛門を遠ざけたところで、山田有栄《ありなが》は惟新に進言した。

「よか。西に向かえ」

下人姿の惟新は山田有栄に頭を下げながら許可した。一行は東海道に沿うように獣道《けものみち》を通り、亀山から関を通過して鈴鹿峠を越えた。国は近江となる。国境《くにざかい》から一里半ほど西に進んだ土山《つちやま》に達した時、先行して物見《ものみ》をしていた端山才八《はやまさいはち》らが、こわばった顔で戻った。

「こん先は、落ち武者狩りの輩《やから》が五、六百もおり、とても通過できもはん」

「あと少しで水口だというに。甲賀者《こうがもん》め！」

帖佐宗辰《ちょうさむねたつ》は悔しげに吐《は》き捨てる。すぐ西を流れる野洲《やす》川を渡れば水口領。土山から直線でも三里ほどしか離れていなかった。近江の南東部は甲賀郡で、南の隣国・伊賀同様に異能な技を身につけた地侍が多く、忠義心に薄い彼らは諸大名に雇われた。家康もかなりの甲賀者を配下にし、主に諜報活動に使った。甲賀者は暗殺、破壊活動も得意としている。

「そいに、内府《だいふ》が上洛したというこつも話しちょりもした」

「なんと、内府が！」

報せを聞き、思わず惟新は声を荒らげた。先に都を制圧されれば近衛龍山への報告もできず、天下に背《そむ》いていないという墨付《すみつき》を得ることが難しくなる。

実際には、家康はこの十七日は近江の平田《ひらた》山に上り、小早川秀秋らによる三成の佐和山《さわやま》城攻撃を遠望していた。入京してはいないが、下京《しもぎょう》には禁制を敷いている。都に東軍の手が伸びていたことは事実であるが、詳細まで、退却最中の惟新らは知るよしもなかった。今は危険を避けるのみである。

〈都は諦め、大坂に行くしかなかの〉

惟新は即座に思案を切り替えた。

「十倍の甲賀者を相手にすっのは分が悪か。一旦戻ればよか」

戸惑っている暇《いとま》はない。惟新は即決して一行を反転させた。国境の鈴鹿峠まで戻ったところで陽が落ちたので、少し東に下った地で夜を明かすことにした。

十八日、夜明け前に出立《しゅったつ》した惟新らは関地蔵《せきのじぞう》まで東海道を戻ると、同地から大和《やまと》街道の脇を縫うようにして伊賀の上野を目指した。

上野城主は東軍に参じ、敵中突破の最中に島津勢に攻撃を仕掛けてきた筒井定次である。定次は伊賀、伊勢、山城の国で合わせて二十万石を得ているが、他の城も守らなければならないので、関ヶ原には本領である伊賀の兵のみの参陣であった。お蔭で同国は僅《わず》かな留《る》守居《すい》がいるばかり。

「そいなら、領内を通過する旨《むね》を伝え、大和街道を通ればよか」

山道を縫って通るよりも街道を進むほうが圧倒的に早い。惟新は早さを優先した。

惟新は上野城に使者を立て、城下を通過することを伝えさせた。おそらく上野城に在する留守居兵のほうが惟新たちよりも多いに違いないが、武名に恐れたのか、あるいは陽動であると思案したのか、すぐに追手《おって》をかけてはこなかった。惟新らにとっては有り難い限りだ。

無事に城下を通過して安堵していると、上野の外れの細く険しい坂道に弓、鉄砲を持ち、鑓《やり》や熊手《くまで》を所持した四、五百人が待ち伏せていた。先行した端山《はやま》才八が戻り、報《しら》せた。

「たいがい（おそらく）筒井の留守居が触れて掻《か》き集《あつ》めた領民じゃろ。留守居の意地か」

惟新は歯嚙《はが》みすると、帖佐宗辰《ちょうさむねたつ》が進言する。

「俺《おい》たちゃあが敵を食い止めもんで、殿様《とのさあ》は道を変えて給《たも》んせ」

「ならん。あん奴《わろ》らに地の利がある。逃げてもすぐに追って来る。ここは打ち砕いて敵に俺たちゃあの恐ろしさを植えつけねばななか。全兵、鋒矢《ほうし》となって突き破れ！」

文右衛門に正体を隠していた惟新であるが、もはや悠長なことをしている余裕はない。惟新が大音声で命じると、数十人の島津勢は鬨《とき》で応じて落ち武者狩りの伊賀者に突き進んだ。鉄砲武者は馬上から鉄砲を放ち、その後は抜刀して敵に向かう。

「チェスト！」

奇声と共に頴娃弥市郎《えいやいちろう》、桂忠詮《かつらただのり》らが斬り捨て、次の敵を求めた。忠詮は忠昉《ただあき》から改名していた。

「一人も討ち漏らすな！」

惟新が背後から怒号すると、いっそう前線で戦う者の士気は上がった。

留守居からは逃げる敵を追撃してはと甘言《かんげん》で誘われて油断していたのか、突撃してくる島津勢に伊賀の者たちは面喰《めんく》らっている。さらに薩摩隼人《さつまはやと》たちは斬り死の覚悟。鬼気迫る勢いに押され、算を乱して逃れだした。

「追え！」

惟新は獅子吼《ししく》するが、五人を斬り、二人を生け捕りにしたところで追撃を止《や》めさせた。

即座に五人の首を刎《は》ね、生け捕りを連れて上野城に引き戻る。戦々兢々《せんせんきょうきょう》としている留守居の者に対し、惟新は大手門に首を懸け、生け捕りを柵《さく》に括《くく》りつけた。

「こいで俺《おい》たちゃあを追ってはこんじゃろ」

留守居と領民に恐怖を植えつけた惟新は城下を発《た》った。落ち武者狩りの集団が仲間の仇討《かたきう》ちをしないとも限らないので、先ほどと同じ大和街道を通るわけにはいかない。上野から北に山道を進み、甲賀郡に入ることにした。

「追い討ちをかけて来んか」

帖佐宗辰《ちようさむねたつ》が背後を振り返りながら、他の者に問う。恐怖を覚えたとはいえ、数百の落ち武者狩りが本気になればひとたまりもない。

「伊賀と甲賀は永年、犬猿の仲であると聞いちょっ。万が逸、追ってきたら、そん時は屍《しかばね》の山を築いちゃれ。まあ、武士でもなか、あん奴《わろ》らが、自が命と恩賞を引き換えにはせんじゃろ」

楽観視はしていないが、大丈夫であろうと惟新は見ていた。留守居が本気で惟新らを討つ気ならば領民と挟撃しているはずである。警戒していたが追撃されることはなく、惟新ら一行は桜峠を越えて近江甲賀郡の信楽郷《しがらきごう》に足を踏み入れた。

信楽郷は甲賀の忍群《にんぐん》・多羅尾衆《たらおしゆう》の郷《さと》である。多羅尾家は甲賀五十三家の一家で、小川城を居としている。当主の光太《みつもと》は一千五百石で家康に仕えている。本能寺の変が勃発した時、光太は父の光俊《みつとし》ともども家康を居城に泊め、伊賀越えを護衛した功による。

惟新らが隠れるように窪んだ切り通しを通っている時、堤の上から法師武者《ほうしむしゃ》が弓で惟新を射倒そうとした。

「危《あ》っなか！」

主君の側から離れぬ木脇祐秀《きのわきすけひで》が叫んだので、惟新は幸いにも矢を躱《かわ》した。

「こん、馬鹿奴《ざこはっ》が！」

木脇祐秀は怒号を発して走り、法師武者を打ち倒し、弓を奪い取って捕獲した。

「坊主の分際で、人の命を狙うとは、とんでもなか悪人じゃ。誰が命じたんじゃ？」

侮蔑した木脇祐秀が法師武者を締め上げると、これを見た郷民たちが参集した。

「なにゆえ祈願坊主《きがんぼうず》を絡《から》め取るのか」

惟新らを攻撃するわけでもなく、言い寄るので惟新たちは逆に困った。往生した惟新らは傍《かたわ》らの家に入って相談した上で法師武者は解放したが、家は信楽衆数百人に包囲されたままだった。

「仕方なか。俺《おい》の首を差し上げるゆえ、皆は、こん首を差し出して、こん場を収めよ。誰も殿様《とのさあ》の顔ば知らんゆえ、俺の頭を剃《そ》れば判らんじゃろ」

本田親商《ちかあき》が申し出ると、髷《まげ》を落とし、残った髪を剃刀《かみそり》で剃りだした。

「早まるこつはなか。そのうち刑部《ぎょうぶ》が囲みを切り抜ける道を作るじゃろう。その後が大事」

惟新は木脇祐秀《きのわきすけひで》に周囲を探らせていた。

「文右衛門、わいは、信楽の抜け方を知っちょっか」

「申し訳ありません。この地は他とは異なっているので、入ったことがありません」

惟新の問いに文右衛門は詫びるばかりだ。

「そうか。そいなら、別の行《てだて》を考えねばならんな」

考えを切り替えた時、木脇祐秀が絶叫しながら包囲を切り開いた。

「今じゃ。家を出る。皆、遅れるでない」

惟新の下知に従い、山田有栄《ありなが》、頴娃《えい》弥市郎、桂忠詮《ただのり》らは抜刀してまっ先に家を飛び出して包囲する者たちを威嚇《いかく》し、退き口《のくぐち》を確保した。信楽衆はまだ惟新らへの攻撃を命じられていないのか、斬りかかってこず、遠巻きにしているだけだった。

この隙《すき》に惟新らは包囲を突破し、南西に向かった。捨て奸《すがまり》さながらに後方に備えさせたこともあり、追撃されることはなかった。

信楽から西に進めば入京できるが、東軍が押さえているとのことなので、諦めるしかない。惟新らは北大和と山城《やましろ》の南部の間を通ることにした。

大和の奈良、山城の木津《きづ》へ抜ける道は入り組んでいて、初めて訪れる者が簡単に通り抜けられるものではなかった。しかも夜である。惟新は道案内を探すように家臣に命じた。

下知を受けた後醍院喜兵衛、相良《さがら》吉右衛門、白濱七助《しらはましちのすけ》は外れの家の戸を叩いた。

「我らは通りがかりで難渋している。褒美《ほうび》は出すゆえ湯を所望致す」

「こんな夜中に、なにを言う。無理だ。できん。他に行ってくれ」

家の亭主は戸を閉めたまま求めを拒《こば》んだ。仕方なく三人は戸を蹴破った。

「湯を所望じゃ」

脅し口調で求めると、渋々亭主が湯を沸かした。後醍院喜兵衛は白湯《さゆ》を惟新に運ばせた。

「ついでじゃ、過分に銀子《ぎんす》を与えるゆえ、和泉《いずみ》までの道案内を致せ」

後醍院喜兵衛が強く要求するが、亭主は首を横に振る。

「いかほどの銀子をもらおうとも、道案内はできぬゆえ、早く帰ってくれ」

迷惑そうに断った亭主は、蹴り外された戸を直しにかかった。

「馬鹿奴《ざこはっ》め！　人がおとなしくしておれば、つけあがりよって」

後がない三人には懇切丁寧に説いている余裕はない。即座に亭主を縛《しば》り上げた。

「これはなにごとか。湯は沸かしたではないか」

「煩《うるさ》い。騒げば首を刎《は》ねる。道案内を致せ」

首に刀を宛てがった後醍院喜兵衛は亭主を強引に連れ出そうとした。そこへ、騒ぎを聞き付けた女房が起きてきた。あるいは起きていて、奥で震えていたところ、亭主が連れ去られるのを見ていられなくなったのかもしれない。

「なんたる狼藉《ろうぜき》か。人殺し！」

金切り声で女房は絶叫し、半狂乱で騒ぎたてた。亭主を連れて行かれないように取り縋《すが》る。

「この野盗どもめ、五助を離せ」

女房の声を聞き、隣人が刀や鑓を手に駆け付け、もはや収拾がつかなくなった。抛《ほう》っておけばさらに人数は増えることは必至だ。

「わいが騒ぐからじゃ。退《ど》いていよ」

相良吉右衛門が、亭主を押し立てて家の外に出ようとした時に、縋《すが》りつく女房を引き離すと、倒れた女房は土間の端にある瓶《かめ》に後頭部をぶつけた。気絶したのか動かなくなった。

「悪党らが於《お》さとを斬ったぞ。叩き殺せ！」

暗くて家の中の様子がよく見えなかったのであろうが、そんなことは関係ない。村人にとって、夜陰の闖入者《ちんにゅうしゃ》は野盗も同じ。その悪党が乱暴を働いた。見過ごせば、皆殺しになることもあるので、排除しなければ生き残れない。信楽の地は歴史の中で何度も侵《おか》されてきた。許すことはできない。獅子吼《ししく》と同時に数人が斬りかかった。

「こん、馬鹿奴《ざこはっ》め！」

後醍院喜兵衛ら三人は、瞬《また》く間に数人を斬り捨て、引《ひ》き摺《ず》るように亭主を連れ出した。

「……でございもす。早う逃れて給《たも》んせ」

相良吉右衛門が惟新に報告をした時、背後から鉄砲を撃ちかけてきた。

「仕方なか。発て。背後に備えよ」

急を要しているので、惟新は号令をかけた。島津勢は応戦しながら信楽を南に下った。この程度ですんだのは、多羅尾《たらお》衆の大半が家康の本隊を警備する役についていたからである。

惟新は体力が衰えて騎乗できず、この時は駕籠《かご》に乗っていた。

（こげんこつまでして……まこと大坂に着けるじゃろうか）

乱世では罪もない人が命を失うことは珍しくはない。理由はどうあれ、島津家に鉾先を向けてきたから悪いとは、なかなか割り切れるものでもなかった。

追撃もなんとか躱《かわ》し終え、暫《しば》しして惟新らは休息をとった。一息吐くと空腹を実感するものである。食料はない。仕方なく一行は軍馬を食せねばならなくなった。

山中で乗っていた馬を仕留め、焼き上がった馬肉を駕籠を担ぐ家臣が惟新に差し出した。

「そん、馬肉を殿様《とのさあ》にあげてはならんど。そん肉は俺《おい》たちゃあの食い物じゃ。殿様は俺たちゃあに担がれておるだけじゃから、気遣いすっこつはなか。俺の腹が減ってくたびれたらどげんすっか。誰が駕籠を担《かつ》ぐっとか？　そいゆえ殿様にあげんのは勿体無《もったいな》か」

無遠慮に主張したのは、中馬大蔵允重方《ちゅうまんおおくらのじょうしげかた》である。

「わいが喰え」

これも忠義、一理ある。惟新は苦笑しながら、中馬重方に馬肉を譲った。

〈ほかん皆は討ち死にしたんじゃろうか。一人でも多く無事であってくれればよかが〉
中馬重方が馬肉を食する姿を見ながら、惟新ははぐれた家臣たちを心配する。本陣を発った者が約一千二百。惟新と一緒にいる数十人以外が全て討死したとは思えないが、敗軍の兵が安全であるはずがない。今は、安否《あんぴ》を願うばかりだ。

　惟新らが数十人で駒野峠から伊賀方面を進む島津勢とは他に、はぐれた島津兵たちがいた。新納《にいろ》旅庵のほか喜入《きいれ》忠政、入来院《いりきいん》重時、本田助丞《すけのじよう》元親《もとちか》、同勝吉、押川郷兵衛、同喜左衛門、五代舎人《ごだいとねり》ら……である。

　新納旅庵らが惟新と離れ離れになったのは、まだ北国街道を南に進んでいる頃で、中仙道には達していなかった。旅庵らは家康本隊の移動を北側の茂みで眺め、頃合を見計らって同道を越え、惟新らを追って北国街道を南下した。この頃は六百余人であった。

　途中で小早川、福島、井伊、松平勢と遭遇し、熾烈《しれつ》な戦いを繰り広げ、多くの犠牲を出しながら、なんとか切り抜けると、牧田《まきた》辺りで長宗我部勢の最後尾と出会《でくわ》した。

「島津様らは伊勢路を目指して落ち延びたとのことにござる」

「忝《かたじけ》なか」

　存命であることを知った新納《にいろ》旅庵らは歓喜し、牧田から牧田川を遡《さかのぼ》るように、のちに伊勢西街道と呼ばれる道を南に進んだ。惟新らが通った伊勢街道は安国寺、長束《なつか》、長宗我部勢で渋滞し、さらに東軍の追撃を受ける可能性が高いからだ。少々険しいものの、伊勢西街道を通れば伊勢の桑名《くわな》で合流できる。旅庵らは喜び勇んだ。

順調に進んでいた新納《にいろ》旅庵らであるが、惟新らが駒野峠を越えたことこそは判らぬものの、そのせいで、北伊勢の領民が蜂起《ほうき》し、本格的な落ち武者狩りが始まり、伊勢西街道の美濃との国境近くで待ち構えていることを摑《つか》んだ。

「落ち武者狩りなどは百姓の片手間の働き、恐るるには足りん。一気に蹴散らすまでじゃ」

入来院《いりきいん》重時は強気に言うが新納旅庵は首を捻《ひね》る。

「通り抜けることはできるかもしれんが、さらに人数を減らすことになっては殿様《とのさあ》への奉公が叶《かな》わぬ。殿様のこつ、伊勢路から東海道を通って都に入られるはず。年寄筆頭の内府《だいふ》と敵味方に分かれたとなれば、仲立ちできるのは近衛公しかおらん」

老臣の新納旅庵が説くと、皆は納得した。

新納旅庵らは伊勢の国境を前にして牧田川の上流を目指し、下山《しもやま》から西に進路を取り、川沿いの細い道を進んだ。二里近くは道らしきものがあったものの、近江を前にした一里は、道なき山中を突っ切り、五僧峠《ごそうとうげ》を越えて近江に入り、保月《ほうづき》に達した時に道案内を得た。精気を取り戻した旅庵らは多賀《たが》を経由して佐和山の少々西に位置する高宮《たかみや》に到着したのは九月十七日。

この五僧峠越えは惟新が通過したというのが通説となっており、島津越えとも呼ばれている。確かに島津家の者が通りはしたが、家臣の新納《にいろ》旅庵らであった。

高宮の半町ほど西に河瀬茂賀山《かわせもがやま》城がある。城主は小林新六郎正祐《しんろくろうまさすけ》で織田秀信《ひでのぶ》に仕えていたが、岐阜城陥落ののちに帰城して成りゆきを見守っていた。

十四日に大津城が開城されたこともあり、戦《いくさ》の行方はどうなるか判らない。小林正祐は配下を周囲に放って様子を窺《うかが》っていたところ、保月で新納旅庵らが正祐の家臣と遭遇し、河瀬茂賀山城への案内を受けた。旅庵ら三百余人は同城で宿泊させてもらうことができた。

小林正祐は島津家と誼《よしみ》を通じていなかったので、新納旅庵らが誰であるかよく判らなかった。そこで旅庵は偽名を使い、正祐への感謝の証として感状を記した。

「このたび、山路の御案内、保月村にて御働き、高宮河原にて寄宿、兵糧を召し下さったことは神妙の至りなり。当座の印に持参の渡筒、鉄砲を送る。治国になった上は、申し出られるよう。相応の礼をするものなり。

九月十五日夕　　　　　薩摩　忠平《ただひら》（花押）

小林新六郎殿」

妙な感状であることは言うまでもない。日付も違えば、忠平は惟新が元服した時に名乗った名である。新納旅庵とすれば島津家に類が及ばないことと、平和が齎《もたら》されたのちに、小林正祐が申し出た時には約束を果たすための、苦肉の策として記した書状であった。

翌十八日の早暁、新納旅庵らは河瀬茂賀山城を発った。ここで旅庵は二手に分かれた。

「万が逸のことを踏まえ、俺《おい》たちゃあ都に行く。わいらは南に下り、殿様《とのさあ》らに加わるよう」

既に東軍の一部が都に入っていることは聞いている。それでも新納《にいろ》旅庵らが都に行かねばならぬ理由は近衛屋敷に入るためである。なんらかの理由で惟新らが上洛《じょうらく》できていなかった場合、旅庵らが主家である近衛家に子細を報告しなければならない。勅諚《ちょくじょう》（天皇の仰せ）をも聞くことができる五摂《ごせっ》家《け》筆頭の近衛家は、島津家にとっては最後の拠《よ》り所《どころ》である。

新納旅庵ら数十人は身を潜《ひそ》めながら都を目指し、他の二百数十名は　惟新らと合流するために南へと足先を向けた。

敗走する兵が、そうそう上洛するとは思っていなかったのか、まだ佐和山城が陥落していなかったこともあり、警戒は不十分。新納旅庵は十八日のうちに入京した。さすがに洛《らく》中《ちゅう》の警備は厳しいので洛北の鞍馬《くらま》山《やま》に建つ鞍馬寺に潜んだ。

家康は都の警備の一人に山口直友を当てていた。庄内の乱で取次《とりつぎ》をした徳川家の家臣である。二百五十五万余石はだてではない。おそらく配下には他家も及ばぬほどの忍びを抱えているのであろう。半日も経たずに直友の知るところとなり、五百人の徳川家臣が鞍馬寺を囲んだ。

「寺にも、御家《おいえ》にも迷惑をかけるわけにはいかん。俺が腹を斬る間、わいらは逃れよ」

新納《にいろ》旅庵は本田元親と窮極《きゆうきよく》の選択をし、末期《まつご》の水を所望するために寺の二階に上がった時、寄手《よせて》の大将が顔馴染みの山口駿河守直友であることを知った。

従者が階段を駆け上がり、新納旅庵に改めて山口直友であることを告げた。

「山口殿《どん》なら、判ってくれっかもしれん。皺腹《しわばら》切るのは先延ばしじゃ」

微《かす》かな望みを繋《つな》ぎ、新納旅庵は階段を下り、山口直友の前に平伏《へいふく》した。

「島津家はやむにやまれぬ仕儀で戦場に立ったに過ぎず、決して内府様《だいふさあ》や秀頼様《さあ》に敵対するつもりはさらさらごわはん。そん証《あかし》に、まずは俺が腹切りもす」

長々と子細《しさい》を告げたのち、新納旅庵は脇差《わきざし》を抜いて逆さに持ち替えた。

「待たれよ。今、貴殿に死なれては、上様（家康）に告げる者がいなくなる。まずは、刃《やいば》を収め、我らに従われよ。上様は島津殿を憎んではおらぬ。決して悪いようには致さぬ」

山口直友の説得で、新納旅庵は脇差を収め、身を委《ゆだ》ねることにした。

新納旅庵のほか本田元親、同主水佐《もんどのすけ》、長谷場織部佐《おりべのすけ》、川上久智《ひさとも》、同久林《ひさしげ》、同忠兄《ただえ》、町田久慶《ひさよし》、伊集院《いじゆういん》弥六左衛門、白濱三四郎、喜入《きいれ》忠政、新納新八郎ら数十人も大人しく従った。

山口直友は新納旅庵らを捕獲という形にはしたが、捕虜や罪人のような扱いはせず、丁重に扱った。

大和の国に屹立《きつりつ》する三輪山《みわやま》（標高四百六十七・一メートル）の寺を宿所とし、人質であることに変わりはないが、旅庵らへの対応一つで、九州最南端で精強を誇る島津家六十二万石を、開戦せずに降伏させようという思案に違いない。

お蔭で新納《にいろ》旅庵らの生命は、ひとまず生き長らえた。

新納旅庵と分かれた五代舎人《とねり》ら二百数十人のうち、入来院《いりきいん》重時はさらに別行動をとった。重時は三十余人の配下を連れていたこともあり、強気だった。河瀬茂賀山城を発ったのち、近江の日野《ひの》から甲賀郡に入った九月二十三日、水口周辺で東軍の兵と遭遇し、主従三十三人は悉く《ことごと》枕《まくら》を並べて斬り死にした。

新納旅庵とはぐれた者に押川郷兵衛がいる。伏見城攻めで物見《ものみ》をし、合渡《ごうど》の戦いののち、物見のついでで敵を討ち、三成から大判一枚を与えられた鉄砲名人である。

はぐれた押川郷兵衛は伊吹山を彷徨《さまよ》っている最中に、東軍によって生け捕りにされた。この時、郷兵衛は三成から貰った大判を咄嗟《とっさ》に土中に埋めて縄についた。

押川郷兵衛が都で成敗されそうになった時、運よく山口直友の目に留まった。郷兵衛は衣服や大小を与えられ、引き取られて命を繋いだ。その夜、密《ひそ》かに恩ある直友の宿所を抜け出し、伊吹山に戻って大判を掘り出したのちに都に向かった。

途中の道端にあるお堂で寝ていた時、盗賊に襲われ、押川郷兵衛は鯉口《こいくち》を抜く音で目を覚ました。郷兵衛は盗賊を打ち倒したのちに、上京《かみぎょう》の近衛屋敷に転がり込み、当主である信尹《のぶただ》に助けを求め、庇護《ひご》を受けた。

押川郷兵衛の報告により、近衛信尹も島津家仲介に乗り出すことになる。

よもや惟新も近衛家に最初に入る島津家の家臣が押川郷兵衛になるとは夢にも思わなかったに違いない。あまりの強運の持ち主なので、のちに惟新は郷兵衛の「郷《ごう》」の字を「強《ごう》」に改めさせた。

四

信楽《しがらき》を逃げるように発った惟新らは、山城の国の東南部から大和を経由して河内《かわち》の飯盛《いいもり》山の麓《ふもと》に入ったのは九月十九日。ここで惟新は信楽で強引に捕縛した五助を解放した。

「女房のこつは、すまんこつをした」

惟新は脇差を渡して詫《わ》びた。

「かようなものをもらっても女房は生き返らん。儂《わし》は一生、島津家を恨んでやる」

捨て台詞《ぜりふ》を残し、涙ぐみながら五助は帰路に就《つ》いた。

伊勢の文右衛門にも刀を渡して労い、帰国させた。

「畏《おそ》れながら、某《それがし》に暇《いとま》を与えて戴《いただ》きたく存じます」

申し出たのは元石田家臣の入江忠兵衛《いりえちゆうべえ》である。忠兵衛は島津家の蔵入地《くらいりち》の経営や都で蔵米の売買を指導した者で、惟新が才覚ある忠兵衛を三成に頼んで家臣にしていた。大坂が近くなり、惟新を守る役目を果たしたので、旧主である三成の身が心配になったのであろう。

「そうか。わいには、よう働いてもらった。礼を申す。治部少輔殿《じぶのしょうどん》が無事であることを祈っておる」

惟新は入江忠兵衛にも刀を与え、三成の許に向かわせた。窪田甚平《じんべえ》も忠兵衛に倣《なら》った。

「殿様《とのさあ》と治部少輔殿の立場は違《ちご》いもす。死にに行くようなもんにごわすな」

入江忠兵衛の背を見ながら帖佐宗辰《ちょうさむねたつ》は言う。

「そいも武門の道。かくありたいもんではなかか」

惟新の言葉に家臣たちは頷《うなず》いた。

「わいは大坂の様子、とりわけ御上《おかみ》（亀寿《かじゅ》）様《さあ》のことを探ってまいれ。報《しら》せる先は……」

惟新は端山《はやま》才八に子細を命じて大坂に潜入させた。

その日、惟新らは河内の飯盛山の麓で宿泊した。二里半ほど行けば大坂である。

「明日には大坂に入りもすか」

帖佐宗辰が惟新に問う。

「入りたいのは山々じゃが、様子が判《わか》らんでは軽はずみには動けん。ここまで来て一網打尽《いちもうだじん》にされては、戦った皆に申し訳が立たんゆえの。まずは、何《いず》れかに身を隠し、御上様《おかみさあ》のご無事を確認するこつが先」

惟新は自身の命以上に、亀寿《かぢ》の安全を大事にした。

大坂城には立花親成《ちかなり》のほかに南宮山に陣を布いていた毛利秀元が戻り、総大将の輝元に大坂での決戦を勧めているが、本領を安堵されたと思っている輝元に戦う意思はなく、強硬な二人の主張をのらりくらりと躱《かわ》しているところ。まだ東軍は本格的に兵を入れてはいなかった。

前日、三成の居城である佐和山城が落ち、家康は近江の大津に着陣したところであった。

翌二十日の早朝、惟新は飯盛山を発った。

「さあ、もう少しじゃ。行っど」

改めて惟新は発破を掛け、のちに東高野街道《ひがしこうやかいどう》と呼ばれる道を南に進んだ。一里半ほども移動すると奈良街道が東西を走る。これを西に向かえば大坂に達するものの、惟新は突っ切って南を目指した。一里少々歩むと八尾《やお》街道に出会《でくわ》すので、惟新らはこれを西に一里半少々進み、平野《ひらの》で休息を取った。ここで惟新は改めて家臣たちを前にした。

「こののち、俺《おい》は日を見て大坂に入ることになろうが、今ん人数では多すぎる。そいゆえ、わいらには暇《いとま》を与えるゆえ、身勝手に致せ」

「ないごて、そげんこつば、仰せになられもすか。俺たちゃあが、ただ今、お暇を給い、お側《そば》を離れたら、二度とお目にかかれんかもしれません。今ここでお暇を出されるならば、俺はここで腹を斬りもす」

木脇祐秀《きのわきすけひで》が唾を飛ばして訴えると、他の家臣たちも続く。皆、不退転の決意である。

「大坂には鹿児島の御上様も宰相《さいしょう》もおるゆえ、そっちに奉公すればよか。おそらく三日もせんうちに、俺の素性も知れようゆえ、万が逸の時は今の分別を致せ。こいは島津のためじゃ」

惟新流の気遣いである。惟新が捕らえられた時、惟新と一緒におらず、龍伯《りゅうはく》か忠恒《ただつね》の家臣として仕え、大坂に奉公していたとすれば命が助けられるかもしれないからだ。

突き放すように言っても、敵中を突破し、地獄の山間部をくぐり抜けてきた面々は簡単に従うものではなかった。構わず惟新は平野を発ち、西に進んで住吉《すみよし》に到着した。

住吉は住吉神社の門前町で築地《ついじ》という土塁と堀に囲まれている自治都市であった。惟新は築地を越えて、空き寺に入った。この寺はお堂といっても過言ではないほど狭く、多人数が入ることはできない。そこで木脇祐秀、伊勢貞成、桂忠詮《ただのり》、本田親商《ちかあき》、白濱七助、矢野主膳《しゅぜん》、横山休内《きゅうない》、大重平六のみを側に置くことにし、残りの者たちは大坂に向かうことになった。

惟新と共に住吉に赴くことができた者は、『惟新公関原御合戦記《いしんこうせきがはらごかっせんき》』によれば、あとから遅れて加わった者も含めると七十六人。一千二百余の兵からすれば、およそ六パーセント少々。いかに敵中を突破することが困難であったことが窺《うかが》えるというものである。因《ちな》みに『旧記雑録《きゅうきざつろく》』の「戦場御供之人数」では六十七人の名があげられている。

「よもや、こいが今生の別れではありもすまいな」

帖佐宗辰《ちょうさむねたつ》は涙を流して惟新に訴える。

「当たり前じゃ。わいら皆と帰国すっど。そいまで軽はずみな真似はすんではなかぞ。大坂の島津屋敷に入ったら、船を用意するように留守居に申せ。こいは厳命じゃ」

「畏《かしこ》まりもした。暫《しば》しお別れ致しもすが、すぐに殿様《とのさあ》の許に馳せ参じもす。そいまで、御無事で」

山田有栄《ありなが》も声を震わせながら告げる。皆は涙の暇乞《いとまご》いをしたのちに住吉を発った。

ほどなく大坂を探っていた端山《はやま》才八が戻った。

「御上様《おかみさあ》も宰相様《さいしょうさあ》も御無事で、恙無《つつがな》く健《すこ》やかにございもす」

満面の笑みを向け、端山才八が報告した。

「そうか！　御上様も宰相も無事か！」

疲労困憊《ひろうこんぱい》した体が嘘のように、惟新は身を乗り出して歓喜した。

「よし、俺《おい》は大坂に行っど」

「畏《おそ》れながら、大坂城には黒田（長政）、藤堂（高虎）が入っておりもす。大坂に行くにしてもお忍びでないと難しいかと存じもす」

主君を行かせたくないと、端山才八はこわばった顔で告げた。

「そうか。そいなら、入城の策を練らんとな。わいは、田辺屋《たなべや》に行って子細を告げよ」

惟新が端山《はやま》才八に命じると、伊勢貞成が異見を口にする。

「商人《あきんど》を信じてよかとですか？　内府《だいふ》に売られかねんかもしれもはんが」

「しゃっち（確かに）、今勢いに乗る内府に媚《こ》びを売る木っ端《こっぱ》商人もおるが、本物の商人は違《ちご》う。内府とて、いつ転ぶか判らんゆえ、対抗する者にも札《ふだ》を張るもんじゃ。例えば鉄砲で儲《もう》けようとすれば、一方に売るより、敵対する者にも売れば一石二鳥。商人とはそげんなもんじゃ。万が逸の時は、田辺屋を斬って腹を切る。商人は貪欲《どんよく》ゆえ安堵せえ」

家臣の不安を取り除くように惟新は告げた。

雨の中、端山才八は惟新の下知を受け、惟新が懇意にしている田辺屋に向かった。

半刻もせぬうちに、田辺屋道与《どうよ》が寺を訪れた。

「関ヶ原で討ち死になされたと承《うけたまわ》っておりましたが、不思議千万なことで、再びお目にかかることができ、大慶この上ありませぬ。まずは手前の屋敷にお移りなさいますよう」

道与は惟新のために、悟られぬようにと女駕籠《おんなかご》を用意して出迎えた。

「忝《かたじけ》なか。世話になる」

有り難く惟新は好意を受け、大雨の中、女駕籠に乗り、木脇祐秀《きのわきすけひで》らと共に道与の屋敷に入った。

道与は警戒し、裏の書院に惟新を住ませることにした。惟新らも、まずは一安心である。

惟新はすぐさま道与に相談した。

「大坂に行くにも、帰国するにも船がいる」

「島津様の意向は判りましたが、あいにく手前は大船を持っておりません。ただ、手前は大船を持つ堺の塩屋《しおや》と兄弟同前の間柄にございますゆえ、塩屋を紹介致します。ご安心ください、塩屋は決して島津様を危うき目に遭《あ》わすことはございませぬ」

道与が懇切丁寧に勧めるので、惟新は応じて堺に行くことにした。移動するにあたり駕《か》籠《ご》舁《か》きがいなかったので、白濱七助と矢野主膳が担《かつ》ぎ、道与が案内をして無事、堺に到着した。

堺はその名前どおり摂津と和泉《いずみ》の境目にある。碁盤のように区画整理された町を大きな水堀で囲み、塀を高くし、櫓《やぐら》を置いて守っている自由港であり、会合衆《えごうしゅう》と呼ばれる三十六人の有力商人が合議に基づいて運営している自治都市であった。

秀吉が商人たちを大坂に召還したことで、一時の勢いは失われたものの、まだまだ日本有数の国際港であり、経済的な基盤は失われていなかった。

「油断はできもはんな」

白濱七助が駕籠の中の惟新に告げる。既に堺の町は東軍の支配下にあり、白昼堂々と落ち武者狩りが行われ、連日、五人、十人が捕らえられて斬首《ざんしゅ》される状況であった。

惟新らはこっそりと裏門から塩屋孫《まご》右衛《え》門《もん》の屋敷に入った。塩屋は島津家に出入りする商人の一人ではあるが、惟新自身としては面識がなかった。

「万が一のことがあってはなりませぬゆえ、俺《おい》が殿様《とのさあ》を名乗らせて戴きもす。畏れ多き次第にはございもすが、安全が確実になるまで、殿様は俺の名をお名乗り給《たも》んせ」

伊勢貞成が進言するので、惟新は応じ、貞成を名乗ることにした。

惟新と伊勢貞成は主従を交代して塩屋孫右衛門に顔を合わせたが、どことなくぎこちなさがあったのか、目端《めはし》の利《き》く孫右衛門はすぐに貞成を名乗る者が惟新であると察した。

疑われていることを知り、孫右衛門は三歳ほどの童《わらべ》を連れてきて惟新の膝《ひざ》の上に乗せた。

「これは手前の秘蔵の孫にございます。手前に少しでも疑わしき面が見られたならば、お好きになさいますよう。少しもご懸念《けねん》には及びませぬ」

孫を人質に差し出した孫右衛門は、笑みを向けて告げたので、惟新も胸襟《きょうきん》を開いた。

第十二章　生き残りを賭けた戦い

一

九月二十一日、惟新《いしん》らは相談の上で、密《ひそ》かに道具衆の横山休内《きゅうない》を大坂に遣《つか》わした。休内は島津屋敷の留守居《るすい》の案内を受けて大坂城に入り、亀寿付《かぢ》きの有川貞春《さだはる》、広瀬吉左衛門《きちざえもん》に、惟新から駒野《こまの》峠越えで賜《たまわ》った具足《ぐそく》を見せ、健康な状態で堺に潜伏していることを伝えた。

報《しら》せを受けた亀寿は感激し、横山休内を引見し、盃《さかずき》を与えたほど喜んだ。

「畏《おそ》れながら申し上げもす。実は……」

密命を受けた横山休内は大坂脱出の子細を亀寿に告げた。同時に有川貞春や留守居筆頭である平田増宗《ますむね》とも、段取りを細部に至るまで摺《す》り合《あ》わせた。

惟新の正室である宰相《さいしょう》には桂忠詮《かつらただのり》が、惟新の安否《あんぴ》を伝えると、宰相は号泣《ごうきゅう》して随喜した。

二日前の十九日に立花親成《ちかなり》の使者が島津屋敷を訪れ、柳川《やながわ》に帰国するので、亀寿一行を国許《くにもと》に送り届けようという申し入れがあった。亀寿らは期待し、有川貞春らに詳しい打ち合わせをするように命じた時に、惟新の健在を知ったので、立花家の世話になることはなくなった。

かくして亀寿の大坂脱出計画の準備にかかった。下知《げじ》に従い、横山休内は桐紋付の箱を担《かつ》いで木津川口《きづがわぐち》に泊めてある島津家の御座船《ござぶね》に届けたのちに堺に戻り、惟新に報告した。

「そうか、御上様《おかみさあ》は応じなされたか」

報せを受けた惟新も歓喜した。もう一つの喜びは、大坂城内から箱を持ち出しても咎《とが》められなかったこと。これにより、荷物は小分けすれば持ち出しは可能だということが判《わか》った。

「平田殿《どん》からの返答では、毛利様は籠城《ろうじよう》して内府《だいふ》と戦うつもりはなかとのこつにごわす」

「中納言《ちゆうなごん》は戦わんか、やっぱい……」

惟新は溜息《ためいき》を吐《つ》いて落胆した。万《まん》が逸《いつ》、毛利輝元《てるもと》が大坂城で家康と一戦を試みるならば、惟新は威風堂々入城して関ヶ原の借りを返すつもりであったが、総大将に戦意がなければ、もはや戦《いくさ》は終了。西軍は本当に敗北したことを実感させられた。

〈なにもしないで百二十万余石が、まこと安堵《あんど》されるのかのう〉

惟新には甘い考えのように思えてならないが、あくまでも他家のこと。今は自家の心配をすることが第一である。

〈じゃっどん、万が逸、毛利が滅びたとすれば、内府《だいふ》は九州の隈本《くまもと》まで邪魔されずに進める。そん時、島津は亡き太閤の時のごっで（ごとく）、日本の大半を敵に戦わねばならんか。内府がいつ太閤の域に達するかが鍵か。そんためにも、一日も早く国に戻らんとならんな〉

改めて惟新は帰国の意志を強くした。

堺のほうでも計画は順調に進んでいる。孫右衛門《まごえもん》は惟新のために荷方八端帆《にかたはったんぽ》の船を手配した。

「荷物船ではございますが、今すぐに用意できる船にございます」

「よかこつ、あいがたき限りじゃ」

多少の不安はあるものの、今の惟新にすれば贅沢《ぜいたく》を言っていられる状況ではなかった。

二十一日の夜、予定どおり、島津家の御座船は住吉浦《すみよしうら》を目指して木津川口を発《た》った。船頭を務めるのは東太郎左衛門《ひがしたろうざえもん》で、途中までは円滑に進んでいたが、深夜のせいか水夫《かこ》たちが居眠りをし、住吉を通り過ぎて堺浦に船をつけてしまった。同地は孫右衛門屋敷のすぐ近くであった。

不審に思った大重平六《おおしげへいろく》が確認しに出向き、水夫たちにどこの家中の船か尋ねた。

「島津家の船じゃ」

返答を聞き、喜び勇んだ大重平六は即座に戻り、惟新に報せた。

「お目出度《めでた》き仕合わせ。天は俺《おい》たちゃあの味方じゃ」

惟新は欣喜雀躍《きんきじゃくやく》、嬉《うれ》しい誤算を天運に重ね、家臣たちの士気を高めるようにも努めた。

まだ辺《あた》りは暗い翌二十二日の寅《とら》ノ刻《こく》（午前四時頃）、惟新は港で孫右衛門を前にした。

「世話になったの。帰国の暁《あかつき》には、必ずこん礼はするゆえの」

「楽しみにしております。さあ、早《はよ》うまいられますよう」

孫右衛門に勧められ、惟新は御座船に乗り込んで大坂を目指した。

惟新は堺まで「紫」という名の青毛の愛馬を連れていた。山間《やまあい》で中馬重方《ちゅうまんしげかた》が食したのは別の馬である。さすがに飢《う》えても、皆は惟新の馬にまでは手をつけられなかった。帰国するにあたり、愛馬を乗せられる余裕はなかったので、惟新は堺の住吉大明神に奉納することにした。


大坂城内では、毛利輝元が同城から退《ど》く、退かぬという交渉を黒田長政《ながまさ》らとしていながら、万が逸に備えて籠城《ろうじょう》準備もしていたので、人質が手形なしで勝手に城を抜け出すのは困難だった。

横山休内から惟新の指示を受けた平田増宗は、休内が堺に向かったのちに、相談の上ですぐに行動に移した。関ヶ原で討死《とうし》した佐土原《さどわら》城主・豊久《とよひさ》の姉が手形なしで大坂城を忍び出たことを知ったため、これに倣《なら》って脱出させる計画だ。

一応、城門の警備の状況を確認するために、亀寿《かめじゅ》の侍女を大名の娘のように変装させ、侍女二人と近習《きんじゅ》の男三人を付けて城門を通過させた。この侍女は龍伯《りゅうはく》の家臣・北条時弘《ときひろ》の娘である。

「どちらの家中か」

警備の侍に詰問《きつもん》されたが、一行は答えずに通過を試みた。さすがに怪しまれて一行は止められ、侍女二人は門外に追い出され、北条時弘の娘と男三人は城内に追い返された。警備は厳しくなっていることが窺《うかが》えた。

手形なしで通ることが無理だと判ったので、平田増宗らは次の作戦に出た。真言宗の僧侶で豊臣家の菩提寺《ぼだいじ》である方広寺《ほうこうじ》の学侶を務める仙秀坊《せんしゅうぼう》（専秀坊とも）を交渉人に選んだ。島津家とも昵懇《じっこん》の仙秀坊は、奉行所《ぶぎょうしょ》に赴いて訴えた。

「島津兵庫入道《ひょうごにゅうどう》（惟新）殿は、秀頼《ひでより》様に奉公して討ち死になされたゆえ、その質《しち》（宰《さい》相《しょう》）は国許に下向《げこう》させて戴《いただ》きたい。少将《しょうしょう》（忠恒《ただつね》）殿の質（亀寿《かめじゅ》）はこちらに残して置かれます」

仙秀坊は訴えた。島津家以外、大坂城内では惟新が討死したと思われていた。忠恒は国許に健在なので、亀寿の許可を願い出ても許されないことは明らかなので、宰相一人に絞《しぼ》った交渉だ。

　奉行所では返答に困っているのであろう。なんの音沙汰《おとさた》もなかった。そこで仙秀坊は食事もとらずに一日中、城に詰めて返答を待っていると、宰相への下向許可が下りた。

　大名の妻子ならびに武士への監視は厳しいが、侍女には甘いことが明らかになっているので、手形は一通しかないが十分であった。

　即座に下向の用意をし、輿《こし》に宰相が乗り、亀寿《かじ》は侍女の形《なり》で従った。亀寿の身替わりは太田忠彦《ただひこ》の娘・於松《おまつ》が務めることになった。

　於松だけを城に残すわけにはいかないので、平田増宗が居残りを求めたが、申し出る者がいない。

「俺《おい》が残いもんで、お心易《こころやす》く退かれませ」

　山田有栄《ありなが》が申し出ると、相良長泰《さがらながやす》、吉田清存《きよあり》、新納教久《にいろのりひさ》、上原尚張《なおはる》らも同意した。この他、最終的には数十人が残ることになった。

　用意は整った。二十二日の昼前に、亀寿一行は堂々と城門を潜《くぐ》って城外に脱出した。この時、亀寿は『御重物《ごじゅうもつ》』といわれる島津家の系図を、宰相は名物の平野肩衝《ひらのかたつき》の茶入《ちゃいれ》を持ち出していた。

　亀寿らには日向《ひゅうが》・高鍋《たかなべ》城主の秋月種長《たねなが》夫人も同伴していた。所領は豊久の佐土原と隣接している。種長は西軍の敗北が明確になると、東軍に寝返っている。さすがに亀寿どころか、惟新ですら、秋月種長が籠《こも》った大垣《おおがき》城中の詳細までは知るよしもない。日向に船で着岸したのちのことまで思案していたとも思えない。亀寿か宰相《かず》が夫人と仲良しだったのかもしれない。

亀寿らも船に乗って漸《ようや》く岸を離れた。

惟新らは先に出航して大坂の木津川口に着き、合図があるのを待っていた。ちょうど午《うま》ノ刻（正午頃）、平田増宗が小舟で近づいた。

「兵庫様《ひょうごさぁ》にはご健勝にてなにより。恐悦《きょうえつ》の極みに存じもす。ご安心して給《たも》んせ、ご両人《りょうにん》様《さぁ》は無事に番所を通過しちょりもす」

挨拶《あいさつ》ののちに平田増宗は報告した。惟新を殿様《とのさぁ》と呼ばぬところは、龍伯の家臣であるためである。増宗は山田有栄《ありなが》らが留守居として大坂に留まったことも報せた。

「そうか、重畳至極《ちょうじょうしごく》。ようやった」

惟新は団結した皆の力に感謝していた。

約束どおり、摂津《せっつ》の西宮沖に向かうと、両夫人を乗せた船も来た。

両夫人の船には伏見城攻めで負傷し、切腹しようとしたところを惟新に止められた神戸《かんべ》久五郎《きゅうごろう》も乗船していた。堺のほうから甲板《かかわ》を赤幕で覆った六端帆《ろくたんぽ》が近づいてきた。射た矢のような早船だったので、負傷の身にも拘らず、神戸久五郎は鉄砲に火薬と玉を詰め、火縄に火を点《とも》して敵に備えていると、船上に木脇祐秀《きのわきすけひで》や矢野主膳《しゅぜん》がいるので安堵《あんど》して火を消したという。

早船は惟新の御座船であった。

御座船から、移動や連絡に使う小早《こはや》が出され、神戸久五郎は御座船に移るように命じられた。下知《げじ》に従い、久五郎は乗り移って惟新と対面した。

「こいは夢《ゆめ》か現《うつつ》か、まっこつ殿様《とのさあ》でございもすか」

神戸久五郎は惟新にすがりついて号泣すると、周囲の者たちも感極まって啜《すす》り泣いた。

惟新は浅黄《あさぎ》の手拭いで髪を包んでいた。

「夢ではなか。よう堪《こら》えたの。皆で国に帰るんじゃ」

しわくしゃな笑みを作り、惟新は労《ねぎら》った。

今度は惟新が小早に乗り、亀寿たちの船に乗り込んだ。

「御上様《おかみさあ》には久しくご尊顔《そんがん》を拝し、無上の喜びに存じもす」

惟新は亀寿の前に跪《ひざまず》いて歓喜の挨拶をした。

「兵庫殿もご無事でなにより。心からお喜び致します」

亀寿も感涙に噎《むせ》びながら労う。

「わいも健《すこ》やかそうでなによりじゃ。ちと、肥えたかの」

正室の宰相に向き直り、満面の笑みを向けた。

「お前様《まんさあ》も、ほんに皺《しわ》が増えて」

宰相は笑みにならない笑みを惟新に向ける。

「よかった、よかった、皆無事で」

惟新は人目も憚《はばか》らずに宰相を抱き寄せ、快哉《かいさい》を叫んだ。まるで戦《いくさ》に勝利したかのような喜びである。

〈全てを合わせた関ヶ原の合戦では俺《おい》は敗れた。じゃっどん、寡勢《かぜい》で敵中を突破した戦《いっさ》では勝利した。こいで一勝一敗。こいからが、島津の生き残りを賭けた最後の戦じゃの〉

宰相らと喜悦を実感しつつも惟新は新たな戦いに、気持を新たにした。

その後、惟新は自身の御座船に移った。これを先頭に亀寿と宰相が乗船する船、鹿児島と帖佐《ちょうさ》の台所船が一艘《そう》ずつ、合計四艘の船におよそ百人ずつが乗り込んでいる。敵中突破をした七十六人と、留守居の男女三百三十余人が海原を進み、島津の領国を目指した。

西宮を出航した惟新らは多少の不安を抱えながらも船を前に進めた。陸地では未《ひつじ》ノ刻(午後二時頃)に地震があったというが、波飛沫《なみしぶき》を掻《か》き分けて海面を滑る惟新らには判らない。そうそう追手《おって》がかかるとは思われないが、今はとにかく国許に向かうだけである。

艪《ろ》を漕《こ》ぎだしてから一刻と経たぬうちに、惟新の船は大小五十余艘も集《つど》う船団と遭遇した。一瞬、警戒したものの、すぐに白地黒に『杏葉紋《ぎょうようもん》』の軍旗が掲げられているのを発見した。

「あいは立花（親成《ちかなり》）様《さあ》の船にごわすな」

伊勢貞成が惟新に言う。

「おう、確かに、立花殿《どん》じゃ。息災でなにより」

立花船の者に見えないかもしれないが、惟新は笑みを向けた。立花親成は九州での戦いでは好敵手であり、朝鮮の陣では共に地獄を駆けずり廻《まわ》った同輩である。

大津城を開城させた立花親成は関ヶ原の戦いに間に合わず、悔し涙を飲んで大坂城に戻り、総大将の毛利輝元に徹底抗戦を主張して迫り、却下されたことも惟新は聞いている。どんな状況でも覇気《はき》を失わぬ親成に、惟新は好感を持っている。

立花親成も帰国するにあたり、豊臣家の者と揉《も》めた。親成は母の宗雲院《そううんいん》を人質に出していたので、母を伴って領国に帰ろうとしたら木津川口近くにある犬子嶋《いぬこじま》の関所で止められた。

「豊臣家のために戦った者に、なんたる無礼か！　番人どもを踏み殺して通れ！」

立花親成が怒号すると、立花家臣は闘志をあらわに抜刀《ばっとう》。闘将と多数の兵に威嚇《いかく》された番人が阻止《そし》できるはずもなく逃亡したので、親成は胸を張って帰途《きと》に就《つ》いた。

惟新らはすぐに気づいて友好を示そうとしたものの、立花親成勢には警戒された。

戦国時代に島津家が掲げた軍旗は黒地に白の筆で『十文字』。丸の中に『十文字』は江戸時代になってからのもの。ちょうど帰路の最中に通過する伊予《いよ》の松前《まさき》で十万石を得ている加藤嘉明《よしあき》も『十文字』なので、敵船かと備えた。

緊迫する中で船が近づき、島津家の船であることが確認できると、立花家の者たちは好意を示し、手で合図をしてきたので島津家も応えた。相互に挨拶を交わす小早《こはや》を出したりはしないものの、海路を共にすることにした。船数が多ければ、東軍の船と遭遇しても露梁《リャン》の戦いの時同様、協力して駆逐できるからだ。

立花親成は率いてきた四千の兵全員を乗船させていた。惟新は立花船に従うようにして瀬戸内海の狭い行路を一緒に進んだ。

共に出帆させてから五日目の九月二十六日、船は周防《すおう》の日向泊《ひゅうがどまり》に停泊した。この夜、立花親成が惟新の船を訪問した。

二十六日は逆さ三日月が明け方出るので夜は暗い。甲板の上には行灯《あんどん》が幾つか用意されており、これに囲まれた中に座すと、柔らかな明かりに包まれて、なかなか風流なものだった。

「互いに死に遅れましたな」

惟新の顔を見るや、立花親成は今にも泣き出しそうな笑みを浮かべた。

「ほんなごて（本当に）、ほんなごて」

二度繰り返すと、日本はおろか明《みん》・朝鮮の兵に恐れられた闘将が、滂沱《ぼうだ》の涙をこぼした。

豊臣家への忠義、武将としての自尊心、世の中の矛盾や屈辱など、あらゆるものが螺旋《らせん》を描き、立花親成の激情を揺さぶったのであろう。

これを見た惟新も釣られ、とめどなく涙が滴《したた》り落ちた。

「かような思いをするために、島津殿と地獄から戻ったわけではなかったに！　せめて治《じ》部少輔《ぶのしょう》が一日、関ヶ原への移動を遅らせてくれたなら、我らは内府《だいふ》の首を刎《は》ねていたでしょう」

悔しさの極み、といった表情で立花親成は声を絞《しぼ》り出した。

「戦《いっさ》の首謀者が戦をよう知らぬ吏僚《りりょう》だったのは残念なこつ。治部少輔が貴殿を大津攻めの大将に任じた時に、関ヶ原の戦いの負けは決まったのかもしれぬ。百歩譲っても、城は他の者に包囲させ、さっさと撤収して先陣を任せれば、貴殿が申したとおり、今頃、俺《おい》たちゃあ内府の首を見ながら盃《さかずき》を傾け合っていたかもしれもはんな」

今は違う酒だと、惟新は立花親成と悲しい酒を酌《く》み交《か》わした。

「戦《いくさ》だけではないのではないですか。選ばれた総大将には闘志がなく、吉川《きっかわ》と安国寺は仲《な》違《たが》いするくせに保身に努めて権力争いに勤《いそ》しむ始末。参陣した者は皆、他人任せ。太閤殿下の身内は返《かえ》り忠《ちゅう》。これでは勝てるわけはありませんな。貴家は最初から、そのつもりでしたか」

寡勢だったのは、負け戦と知ってあえて呼び寄せなかったのかとでも言いたげな立花親成だ。

「内府《だいふ》と治部少輔の争いに巻き込まれたくなかったのは事実。じゃっどん、国許が兵を送れなかったのは内乱で領内が疲弊《ひへい》していたゆえ。上洛《じょうらく》した者《もん》たちは、身銭《みぜに》を切って、こん老人のために死にに来たぼっけ者《もん》ばかり。馬鹿奴《ざこはっ》過ぎて涙が出もす」

惟新の言葉には感謝の意思がこめられていた。

「一千五百の兵が死ぬために集まりましたか。さすが島津殿の威光じゃ。羨《うらや》ましい限り。毛利が動かずとも、本腰を入れた貴家と我が立花が参じておれば……」

立花親成は無念この上ないようだった。

「……これから内府の天下になりますか」

「たいがい（おそらく）。こたびの戦《いっさ》同様に、政《まつりごと》で対抗できる者はおりもはんじゃろう」

謀《はかりごと》なしで勝利を重ねてきた二人。趣《おもむ》き深い言葉に立花親成は何度も頷《うなず》いた。

「そう考えると、治部少輔は内府にとって都合がよかった男になりますか」

「内府も危《あや》うき時はあった。紙一重ではなかかの。都合がよかったのは、日本が一番悪か時に太閤殿下が亡くなられたこつ。殿下への不満を一身に受けたのが治部少輔。忠義篤《あつ》く忠実だったゆえの不幸じゃろう。治部少輔は不憫《ふびん》な男だったのかもしれもはんな」

納得できるところが多分にあるようで、立花親成は首を縦に振りながら惟新の言葉を飲み込んだ。

「小禄《しょうろく》が大禄に挑んだことは無謀だったと思いますか」

「こたびは貴殿が挑むつもりにごわすか」

「この船に乗っていれば、お尋ねのとおりになることは十分に考えられますな」

立花親成は惟新に笑みを向けながら言う。

「そん時は、同じ大禄を敵に廻すこつになるかもしれもはんな。じゃっどん、軽はずみな真似はせんがよか。殿下への忠義は、こたびの参陣でお互いに果たした。こいからは、自家が立つようにせねばなりもはん。みぞか（可愛い）家臣たちのためにも」

「左様でござるの」

しみじみと立花親成は応えた。

「先の問いでごわすが、治部少輔は、よくやったのではごわはんか。金吾中納言《きんごちゅうなごん》（小早川秀秋）が返り忠をするまで、西軍は圧《お》してごわした。大坂の毛利をはじめ、こたび動かなかった面々と背信した者どもは治部少輔を信じきれなかった。惜しむべくは、やはり小禄であったこと。殿下への不満を一身に背負い、どれほど憎まれようとも、七、八十万石も得ていれば、結果は逆さになっていたに違《ちご》いなか。あるいは内府《だいふ》も挑まなかったかもしれぬ」

「金吾中納言の所領を得られる予定だったとか」

「有力な大名になるより、殿下の側《そば》で権勢を振るうことを選ばざるをえなかった。内府打倒の画策をしている最中、治部少輔は臍《ほぞ》を嚙《か》んだに違《ちご》いなか。なんとか生き延びて再起を果たしてくれればよかが」

三成には世話になった。心配は惟新の本心である。過ぐる九月二十一日、近江伊香郡《おうみいか》の古橋村《ふるはし》の山中で三成は田中吉政によって捕らえられたことを惟新は知るよしもなかった。逆さ三日月が顔を出すまで、二人は飽きずに盃を傾け合った。


翌二十七日に出航した両家の船は、瀬戸内海をさらに西に進み、伊予灘《いよなだ》で別れた。立花親成の船は関門海峡を通り、玄界灘《げんかいなだ》から柳川を目指した。

惟新らの船は日向《ひゅうが》の細島《ほそしま》に向かうために、まずは西に進み、周防の上関《かみのせき》で順風を待っていた。

「万が逸のことあらば、取り返しのつかぬことになりもんで」

惟新は亀寿《かめ》を自分の御座船《ござぶね》に移した。自身の正室である宰相《さいしょう》はそのままである。なにがあっても、宰相を差し置き、亀寿の命だけは守ろうという意志の表れである。

夕刻になって風が吹いてきたので、惟新は出航した。

惟新が乗る御座船には提灯《ちょうちん》を煌々《こうこう》と灯し、これを先頭に供《とも》船が続く。ほどなく暗くなり、上関から十七、八里ほど豊後《ぶんご》沖を南西に円滑に進んでいると、後続の船が見えなくなった。

「後ろの船が遅れておりもす。待たれもすか」

伊勢貞成が惟新に問う。

「各船には船頭がいる。案じることはなかろう。先に進め」

惟新の御座船には亀寿が乗っている。間違っても危険に晒《さら》してはならない。冷酷と言われようとも、前進を命じた。

後ろの三艘《そう》は明かりが見えたので、惟新の御座船だと思って近づいてみると、あろうことか黒田家の船だった。秀吉に天下を取らせたと言っても過言ではない黒田如水《じょすい》は、隠居の身でもあるので、関ヶ原合戦が行われた時、国許の豊前《ぶぜん》にいた。西軍が挙兵したことを知ると、貯《たくわ》えていた銭《ぜに》を撒《ま》いて兵を集め、隈本の加藤清正と組んで、九州に在する西軍の居城を片っ端から攻めていた。殆《ほとん》どが上方《かみがた》に兵を送っているので国許は留守居ばかり。如水らは田楽刺《でんがくざ》しのように西軍の城を攻略し、この時は豊後にある垣見一直《かきみかずなお》の富来《とみく》城を包囲している最中であった。当然、海も警戒し、国東《くにさき》半島周囲の海域にも船を浮かべていた。

黒田家の船奉行を務める松木吉右衛門は、黒田如水から西軍の船を捕獲するように命じられていた。

辺《あた》りが明るくなると、宰相《さいしょう》が乗った船以降の三艘は、惟新の御座船ではなく陸地に近づいていることに気づいた。船頭は急いで舵《かじ》を東の沖へと切ることを命じたが、あいにく朝方で風は穏やかな凪《なぎ》となり、大船でもあるので帆を張っても、なかなか進まない。水夫《かこ》は必死に艪《ろ》を漕いだ。

黒田方で最初に発見したのは、浪人していて新たに雇われた能島《のしま》の海賊衆であった。

主《あるじ》格の庄林七兵衛《しょうばやししちべえ》は警告のために鉄砲を放った。さらに、竿《さお》に傘を結いつけた目印を掲げ、降伏を勧める。

島津船はこれを無視し、後方の二艘は宰相が乗る船を逃すために残り、戦う道を選んだ。

「畳を海水に浸《ひた》し、垣立《かきだつ》に並べて楯《たて》と致せ」

船将の伊集院久朝《いじゅういんひさとも》は命じ、さらに外側の矢面《やおもて》に夜具をかけて強度を増すように努め、黒田方の船に備えた。

他には伊集院忠次《ただつぐ》。有川貞春《さだはる》、比志島国家《ひしじまくにいえ》なども、配下に下知した。

大船で足の遅い島津方の船に対し、黒田方は足の速い小早や関船十二艘で迫った。海賊衆の戦いは、軍船には火矢を放ち、炮烙玉《ほうろくだま》を投げて炎上させて沈め、荷船や女子が乗る船には鉤縄《かぎなわ》をかけて乗り移り、兵を斬殺《ざんさつ》して略奪《りゃくだつ》するのが常道である。

「放て！」

伊集院久朝は怒号し、近づく敵船に楼の上から矢玉を浴びせ、近づいた船に長柄《ながえ》を十七、八本揃えて突き出した。能島衆は島津勢が頑強な抵抗をするとは思っていなかったのか、多くの死傷者を出して大船から離れていった。

「なんたる屈辱。我ら能島衆は、かような時のために召し抱えられておるのに、この敵を討ち漏らすことがあれば面目を失う。余人は知らず、この七兵衛は、これより薩摩《さつま》の船に乗り入れ、討ち死に覚悟で戦う。仕損じたならば、生きては戻らん」

庄林七兵衛は飛沫《しぶき》をかぶりながら絶叫するや、脇差《わきざし》を抜いて金打《きんちょう》した。金打は約束を違《たが》えぬために刀を打ち鳴らして誓いを立てること。七兵衛の決意に石川勝吉も呼応して島津船に攻め寄せた。

能島衆は先ほど同様、乗り移る攻撃を仕掛けながら、包囲する船が味方の損害を覚悟しつつ鉄砲で楼の上に立つ島津家の弓・鉄砲衆を撃ち倒すと、勢いが弱まった。

「楼から下りよ」

伊集院久朝は命じ、楯の隙間《すきま》から能島衆を撃つように命じた。

島津勢の奮戦に痺《しび》れをきらし、庄林七兵衛は風上に廻って、菅《すげ》や茅《かや》の編み物に火を付けて、島津方の船に投げ入れる放火作戦を開始した。

「投げ返せ」

自ら伊集院久朝は放火物を摑んで抛《ほう》り投げていたが、数が多くて対応しきれない。特に女性が乗る船には同乗する兵が少なく、火は燃え上がった。

「もはやこいまでか」

矢玉によって深手を受け、手には火傷《やけど》を負う伊集院久朝や有川貞春は、敵の手にかかるのを拒《こば》み、甲板で腹を切って果てた。

炎上する船の楼上に黒い鎧《よろい》を着用した十九歳の伊集院半五郎忠次が仁王立《におうだ》ちになり、能島衆に向かって矢を放つ。立ち上る黒煙に包まれ、息絶える瞬間まで忠次は弓を射ながら煙の中に消えた。

九月二十八日の卯ノ下刻《うのげこく》（午前七時頃）から開始された海戦は申ノ刻《さる》（午後四時頃）まで続けられ、島津方の敗北に終わった。これを守江《もりえ》の海戦という。

島津方は女性七、八人と水夫《かこ》十三人が捕虜となる以外、二百人近くが討死した。

黒田方の犠牲は討死三十八人、戦傷死六人、負傷五十四人であった。


九月二十九日の辰《たつ》ノ刻（午前八時頃）、後方で海戦が行われているとは知らぬ惟新は、七難八苦を乗り越えて遂に日向の細島に上陸を果たした。

「漸《ようや》く辿《たど》り着いたか」

まさに感無量である。兵力不足の屈辱の言上《ごんじょう》から、飢《う》えた身で落ち武者狩りから逃れる様が走馬灯のように蘇《よみがえ》る。目頭《めがしら》が熱くなるのは、ごく自然のことであった。

家臣たちも涙を浮かべ、互いに肩を叩き合って細島への着岸を喜び合った。

「そいにしても、遅うございもすな」

帖佐宗辰《ちょうさむねたつ》が沖合を眺めながら言う。細島は島津領ではないので、まだ安心はできない。早く一番近い島津領の佐土原《さどわら》領に入りたいところである。佐土原は細島からおよそ十三里ほど南に位置していた。

午後になり、宰相《さいしょう》や秋月夫人が乗っていた船が到着した。

「……でごわす。宰相様をお連れしもしたので、黒田の海賊ども、撫《な》で斬りにすっこつを許して給《たも》んせ」

頴娃弥市郎《えいやいちろう》が悔しげに報告したのちに訴える。

「よう、宰相を届けてくれたが、こん地は細島、まだ島津の領国ではなか。東軍に与《くみ》した飫肥《おび》の伊東（祐兵《すけたか》）の地は近い。兵を割くことはできん。まあ、黒田は東軍。嫌でも、そんうち戦場で相まみえよう。そいまで英気を養っておけ」

惟新は労いながらも、家臣たちの気を引き締めた。

警戒しながら細島に一泊した惟新らは、翌九月三十日の朝方、同地を出立《しゅったつ》した。陸路を移動する人数は男女合わせて二百ほど。間違っても戦闘に巻き込まれたくない数である。

豊後街道を南に進み、細島から九里ほどの地に秋月種長の高鍋城がある。北の小丸川と南の宮田川に挟まれた城山（標高七十三・六メートル）に築かれた平山城《ひらやまじろ》である。惟新らは夕刻前に到着した。

居城の留守居も秋月種長が東軍に寝返ったことを知らないので、惟新らが城に立ち寄ったことを喜んだ。しかも夫人を同伴していたことで、秋月家の家臣たちは歓喜した。

「長門守《ながとのかみ》（秋月種長）殿も、じき戻られよう」

惟新らも秋月種長の安否や裏切りについての情報は摑めていなかったことが、互いに幸いしたのかもしれない。惟新らは歓迎されて高鍋城に一泊した。

二

翌十月一日、惟新ら一行は秋月家の家臣に見送られて高鍋城を発《た》った。

「お気をつけなされ。伊東の重臣、稲津祐信《いなづすけのぶ》が挙兵したという噂があります」

出立にあたり、秋月家の留守居が惟新に言伝《ことづて》した。稲津祐信は高鍋から五里半ほど南の清武《きよたけ》の地頭で、惟新らが向かう佐土原の南に位置している。

大事な亀寿《かぢ》を襲わせてはならない。惟新は助言を有《あ》り難《がた》く聞き、亀寿と宰相には別行動を取らせることにした。二人を含む一行は佐土原には向かわせず、途中で諸縣《もろかた》郡の八代《やつしろ》に行くように伝えた。同地は島津領の東端で城が築かれていた。

惟新らはそのまま豊後《ぶんご》街道を南に進む。途中で、牛馬に荷物を積んで逃げる百姓に何度も出会《でくわ》した。戦《いくさ》になることを恐れてのことであろう。稲津祐信の挙兵は真実のようであった。

〈何事もなければよかが〉

兵の大半以上を亀寿らに付けてはいるが、心配は消えなかった。惟新らは正午頃、三里ほど南の佐土原城に達した。城は惣構《そうがまえ》で、豊久の弟・源七郎忠仍《げんしちろうただなお》に出迎えられた。

「武庫《むこ》様《さぁ》には御機嫌麗しゅうございもす。無事のご帰還、ただただお喜び申し上げもす」

兄の豊久に会えると思っているのであろう、忠仍《ただなお》は慇懃《いんぎん》に挨拶をする。

「重畳至極《ちょうじょうしごく》。役目大儀《たいぎ》じゃ」

心苦しさを覚えながら、鷹揚《おうよう》に惟新は応えた。

「我が兄・中書《ちゅうしょ》が見当たりませぬが、ご一緒ではありませぬか？」

列を眺め、忠仍は問う。一緒に帰国した豊久の家臣は僅《わず》かだった。

「城の中で話そう」

罪の意識を覚えつつ惟新は告げ、忠仍の案内で城に招かれた。佐土原は一ツ瀬《ひとつせ》川の南岸となる田島の山に築かれた山城である。佐土原は飛び地の分家とはいえ島津領なので、ひとまず安心するものの、高鍋城に入った時のような心易《こころやす》さはなく、惟新の気は重かった。

留守居の家臣をはじめ、豊久の母や夫人を集め、まずは豊久の姉を送り届けた。一瞬、家臣たちは喜ぶものの、姉の表情が硬いので、すぐに座は水を打ったように静かになった。

「中務大輔《なかつかさたいふ》豊久は勇猛果敢な武将じゃ。老いた俺《おい》を逃すために身替わりとなって殿《しんがり》を務めた。武士の鑑《かがみ》じゃった……」

沈黙の中、声を震わせながら惟新は、それだけ言うのが精一杯だった。

「あぁっ……そげな……こげん、老婆《ろうば》を残して若い中書が先に逝《い》ったか……父（家久《いえひさ》）に続いて、子も宗本家《そうほんけ》んために……」

すぐに察した豊久の母は嘆《なげ》き、慟哭《どうこく》をはじめると、周囲も釣られて啜《すす》り泣く。

「中書様は……」

木脇祐秀や帖佐宗辰、伊勢貞成など、皆、最後に豊久と別れた時のあらましを豊久の母に伝えた。

「そげな勇ましか話は、こん老婆には関わりなきこと。たとえ、目や腕を失おうとも、生きてさえあればよかのに……。なんで富隈《とみのくま》の太守様《たいしゅさあ》は、分家にだけ兵を出させ、宗本家は高みの見物をしておったか。お恨み致しますぞ」

母の心情は痛いほど判るので、惟新としても返す言葉がなかった。

「心痛、察し申す。今の俺《おい》にできるこつは、ただ冥福《めいふく》を祈るだけじゃ」

慰《なぐさ》めるように言う惟新の言葉は、真実である。共に悲嘆に噎《むせ》び合うばかりだった。暫《しばら》く悲涙に暮れていたいところであるが、乱世は悲しみに浸《ひた》っている余裕を与えてくれない。

龍伯の命令で老臣の樺山紹釼《かばやましょうけん》が数十人の兵を連れて迎えに来た。

「伊東方の軍勢が宮崎城を落としたようにごわす。今日中に国境《くにざかい》を越えませんと、一揆衆《いっきしゅう》に道を塞《ふさ》がれるかもしれもはん。こん城に留《とど》まって防ぎもすので、ご加勢を遣わして給《たも》んせ。伊東は旧領の回復を企《くわだ》てておりもす」

樺山紹釼が惟新に報告をした。紹釼は豊久の母の兄に当たる。

伊東祐兵《すけたか》の父・義祐《よしすけ》は、嘗《かつ》て日向《ひゅうが》を制したことがあり、島津軍とは二十年にも亘《わた》って争いを続け、天正五年（一五七七）の木崎原《きざきばる》の戦いで惟新に敗れて領国を失い、豊後の大友宗麟《そうりん》を頼った。秀吉の九州討伐ののち、祐兵は飫肥《おび》を与えられていた。

宮崎城は大垣城で秋月種長らとともに東軍に内応した高橋元種の飛び地の城で、佐土原城から三里半ほど南に位置している。伊東勢が本気で腰を上げれば、二刻半ほどで到着できる。

伊東勢は三千の兵を掻《か》き集め、この十月一日に宮崎城を攻略していた。ただ、高橋元種は東軍に通じていたので、落ち着いたのちに、同城は返還される。

惟新は改めて亀寿《かず》を八代方面に向かわせておいてよかったと思う。

〈じゃっどん。万が逸、伊東勢が八代に向かったとあらば……〉

目も当てられない。敵の一番弱味を握るのが乱世の常道。惟新が亀寿を伴って日向に上陸し、移動の最中にあることを、伊東軍が摑《つか》んでいたとしても不思議ではない。伊東勢には黒田如水の目付《めつけ》として宮川伴左衛門尉《ばんざえもんのじょう》が加わっていたというので、戦上手《いくさじょうず》の如水の指揮下に入っていた可能性が高い。危機感が急騰《きゅうとう》した。

「ご母堂、聞いてのとおり。御上様《おかみさあ》を富隈にお届けしなければならんゆえ、俺《おい》は城を発《た》つ。必ず兵は送るゆえ、紹釼の下知に従って給《たも》んせ」

悲痛のどん底にいる豊久の母に対し、惟新は誠心誠意の言葉をかけた。

「中書を打ち捨ててお下りになっただけではなく、またこの佐土原もお見捨てになるのか」

このまま発てば、惟新は同城に二刻半ほどしか立ち寄らなかったことになる。惟新は豊久の髪や遺品も持って帰国できなかったこともあり、老婆の不満を一身に受けた。

「武庫様《むこさあ》になんを言いよっとか」

妹を窘《たしな》めた樺山紹《しょうけん》釼は惟新に詫《わ》びる。

「こん妹は中書に後《おく》れをとって。今では命も惜しくないと考えて自棄《やけ》になっておりもす。そげんな気持も判らんではありもはんが、この城で終焉《しゅうえん》を迎えられるならば名誉なこつにごわす」

「いや、ご母堂の申すとおり。じゃっどん。佐土原を見捨てはせぬ。そいでなくば太守様《たいしゅさあ》も、わいを遣わしたりはせん。すぐに兵を送るゆえ決して打って出ず、城を固く守るように」

樺山紹釼に言い含めた惟新は佐土原城を出立した。

八代城は佐土原城から二里半ほど南西に位置した山城である。惟新は夕刻前に入城した。惟新ならびに亀寿《かぢ》、宰相《さいしょう》は共に顔を見合わせて安堵した。

翌十月二日早朝、八代城を発った惟新ら一行は薩摩（日向）街道を南西に向かい、都《みやこの》城《じょう》の大窪《おおくぼ》村に宿泊。翌三日、龍伯が待つ富隈《とみのくま》に帰還した。この時、男女合わせて百八十余人が一緒にいたが、惟新の直臣《じきしん》は僅《わず》か三十九人だった。

よほど嬉《うれ》しかったのであろう、龍伯は惟新というよりも亀寿《かぢ》を迎えるために富隈城を出ると、一里ほど東の検校《けんぎょう》川辺りまで出向いたほどである。およそ一年半ぶりの対面であった。

下馬した惟新は龍伯の前に跪《ひざまず》いた。兄弟とはいえ、あくまでも関係は主従である。

「久方ぶりにお会いさせて戴きもす。太守様《たいしゅさぁ》にはお変わりなく、恐悦至極《きょうえつしごく》に存じもす」

万感の思いが込み上がる中で惟新は挨拶をした。

「重畳至極《ちょうじょうしごく》。吾《あが》もの」

寛闊《かんかつ》な様子で龍伯は言う。この年六十八歳になる。惟新は二歳年下である。

「俺《おい》の不徳ゆえに、こげな仕儀《しぎ》となり、お詫《わ》びのしようもありもはん。申し訳なかこつにございもす」

深い感慨に揺さぶられる惟新は、落涙《らくるい》しながら地面に額《ひたい》を擦《こす》りつけた。

「もうよか、頭を上げよ。吾は今般、大敵の囲みを破って、身を全《まっと》うするのみならず、大坂におった質の子女を悉《ことごと》く携えて帰国したこつは庸将《ようしょう》の及ぶところにあらず」

龍伯は下馬すると、惟新の手を取り、その勇武智謀を讃《たた》えた。

「太守様……」

寛大な処置に惟新は感激し、いっそう声を震わせた。これまでの苦労が一瞬にして綺麗に洗い流されるようであった。

その後、龍伯は最愛の娘である亀寿《かぢ》と感動の対面を果たし、互いに感涙をこぼし合った。ささやかな幸福感に包まれながら、惟新と龍伯は馬を並べ、富隈城へと向かった。

富隈城に入ると、惟新は主殿の中央に通された。周囲は龍伯の家臣たちが並ぶ。まるで罪人を糾弾《きゅうだん》するような雰囲気である。ほどなく龍伯が上座の一段高いところに腰を下ろした。

先ほど出迎えた龍伯は兄としての龍伯。城に入った龍伯は島津家の真の当主としての顔で惟新に対していた。厳しい表情をしている。惟新は改まって平伏した。

「俺《おい》は内府《だいふ》と昵懇《じっこん》の間じゃ。内府は逆賊（伊集院幸侃《こうかん》）討伐にも理解を示した。吾《あが》も内府から誓紙を受けたはず。にも拘《かかわ》らず、再三に亘《わた》って当家に仇《あだ》をなした治部少輔に与《くみ》したこつはないごてか。こいは一口両舌《いっこうりょうぜつ》の誡《いまし》めであり、武士《もののふ》たる者の恥ではなかか。しかも敗軍の一将となり、公儀から敵視されるこつになった」

憤《いきどお》りをあらわに龍伯は厳しく言う。

「申し開きのしようもありもはん。どげんな罰もお受け致しもす」

この場での釈明は無用。龍伯の心中は少なからず判る。島津家六十二万石を預かる当主として、家臣の手前、どんな理由があれ、お家を傾ける原因を作った者を糾弾しなければならない。

「ただ一つだけ、懇望致《こんぼういた》しもす。佐土原に兵をお送り戴きますよう」

「吾《あが》に言われるまでもなか。すぐに送る。後は俺《おい》に任せ、吾は暫《しばら》く桜島に蟄居《ちっきょ》しておれ」

激しい口調で龍伯は命じた。

前日の十月二日、龍伯は西軍に与《くみ》した肥後の八代城代を務める小西行重《ゆきしげ》からの援軍要請を受け、重臣の島津忠長《ただなが》・忠倍《ただます》親子、本田親正、伊勢貞昌、宮原秋扇《しゅうせん》、吉利忠張《よしとしただはる》らを派遣した。

島津忠長らは軍船数十隻を肥後の佐敷浦《さじきうら》に乗り入れて隈本《くまもと》の加藤清正の水軍と洋上で戦った。海での勝敗はつかずに双方退《ひ》いているが、忠長らは同国の水俣《みなまた》に上陸し、同地に城を築いて加藤軍に備えている。

それだけの行動力があるならば関ヶ原に援軍が欲しかった惟新であるが、遠い畿内《きない》の戦《いくさ》と国境《くにざかい》を侵《おか》されるかもしれない状況とでは、違うことはよく認識している。

〈家臣の俺が退《ひ》かねば島津が割れる。忠恒んためにも……〉

何度も兵の増強を頼んだのに黙殺された挙《あ》げ句《く》、人質を取られた惟新とすれば、西軍に与するしかなかった。敵中突破を行い、亀寿《かぢ》を帰国させることが、どれほど困難だったことか。龍伯が本気で援軍を送ってくれたら、戦もお家の状況も変わっていたのだと、愚痴《ぐち》の一つも言いたい惟新であるが、伏見城に入城できず、徳川家と敵対したことで、島津家を存亡の危機に立たせることになったのは事実。惟新は甘んじて蟄居命令を受け入れるしかなかった。

帰国までを含む島津の退《の》き口《ぐち》と言われる歴史に刻《きざ》む快挙を成し遂げた惟新であるが、家中での評価は思いのほか低いものであった。

〈しやっち（確かに）、幸運が重なったかもしれん〉

惟新は関ヶ原からのことを思い出す。

関ヶ原の地において惟新の武勇に東軍諸将が畏怖《いふ》し、直接の戦闘を望まなかったこと。近くに首謀者の石田三成の陣があり、そちらに注目が集まったお蔭《かげ》で、西軍の敗北が確実になるまで殆《ほとん》ど島津勢には損害がなかったこと。家康が合戦全体の勝利に主眼を置いたことで、目の前を寡勢の島津勢が横切っても、本隊を停止させて攻撃させなかったこと。

寡勢とはいえ、島津勢は帖佐衆《ちょうさしゅう》や出水衆《いずみしゅう》が中心となった、惟新の親衛隊ともいうべき集団と、豊久や山田有栄《ありなが》など直臣《じきしん》でなくとも惟新に心服している者たちばかりだったので、命を惜しまず、惟新を逃れさせることのみを目的にしたこと。

当時はまだ大坂城に西軍の総大将・毛利輝元が無傷の毛利軍三万を有し、関ヶ原での戦闘が終結した後も、徳川家の重臣たちは大坂城から退去させるための対応に追われていたこと。敗走した兵とはいえ、長宗我部《ちょうそかべ》盛親、長束《なつか》正家など損害を出していない兵力が温存されていたこと。長宗我部、長束軍は無傷で居城に戻っていた。輝元が大坂城を退くまでは容赦ない残党狩りを行えなかったことである。

〈まあ、暫くはゆっくりし、戦塵《せんじん》を落とすもよか〉

ひとまず惟新は宰相を連れて帖佐《ちょうさ》城に戻った。三年八ヶ月ぶりの帰城である。城主が留守にしていたこともあり、異国、上方、関ヶ原に赴いたことで出費が嵩《かさ》み、城の普請《ふしん》は途中のまま。それでも居城に入ったことで安堵感に包まれた。もう一つ、嬉しいことがあった。

「父上、無事のご帰還、心からお喜び申しあげもす」

わざわざ鹿児島から足を運び、帖佐城で出迎えたのは忠恒であった。

喜びたいのはやまやまながら、惟新は浮かれてはいなかった。

「こん、馬鹿《ざこ》奴《はっ》！　御上様《おかみさあ》が富隈《とみのくま》にご帰城なされたのに、吾《あが》はないごて出迎えんとか！」

「畏《おそ》れながら、俺《おい》は鹿児島を守るこつ、太守様《たいしゅさあ》に命じられておりもした」

不服げに忠恒は答えるが、惟新にすれば思案が甘い。

「吾は本宗家の嫡子《ちゃくし》ではなく、あくまでも御上様の婿《むこ》じゃ。婿の吾が出迎えに行かねば、心が離れたと思われても不思議ではなか。そげんこつならば、離縁されるこつもあっど」

なんのために、惟新が苦労に苦労を重ねて亀寿《かめ》を帰国させたのかが、お前には判らないのかと怒鳴りたいところであるが、さすがに皆の前なので控えた。

「明日の朝一番で、島津家の正室を迎えにまいれ」

諭《さと》すように惟新は告げた。

その後、酒宴が催《もよお》された。帖佐城は上下の隔《へだ》たりなく酒が振る舞われ、生きて帰ったことを謳歌《おうか》するかのように酔い、踊って沸いた。

今後のことを考えると不安感はつのるが、この日だけはと惟新も皆と歌い、酒を呷《あお》った。

翌四日の早朝、惟新は出立前に忠恒と二人になった。

「太守様《たいしゅさあ》は、吾《あが》を跡継ぎにはしとうないかもしれん。御上様《おかみさあ》を蔑《ないがし》ろにしてはならん」

「ないごてですか」

「そいは、俺《おい》の息子じゃからじゃ。こたびのこつでも、俺の武名は上がるかもしれん」

「太守様は、父上に嫉妬《しっと》しちょるこつでごわすか」

忠恒の質問には答えず、惟新は別のことを口にする。

「もはや日新斎様《じっしんさいさあ》（島津忠良《ただよし》）の血を継ぐ跡継ぎ候補は吾しかおらん。他の者《もん》に継がせてはならん。慎重にの」

嚙み砕くように告げ、惟新は忠恒を富隈に向かわせた。

忠恒はその日のうちに亀寿《かじ》を受け取り、鹿児島に帰城した。これを聞いて惟新は安堵した。

九日、惟新は忠恒に比志島《ひしじま》国貞、伊勢貞昌、桂忠詮《ただのり》、喜入久正《きいれひさまさ》とよく相談することを助言した。

一度は隠居した龍伯が、再び当主として君臨しようとすることへの対策のためである。

元は龍伯の直臣《じきしん》であった比志島国貞らであるが、ここ何年か忠恒に仕えるようになってから、こののちの自身たちの地位、立場を考えるようになり、忠恒への忠節が強まっていた。龍伯よりも忠恒のほうが扱い易《やす》いという思案もあろう。

〈忠恒が当主になるまでは、それでよか〉

惟新は、取り敢えず納得していた。

帖佐に帰城してから惟新がまず先に行ったのは、関ヶ原以来、供をして敵中突破を果たし、地獄の山中をくぐり抜けた家臣たちへの、ささやかな加増であった。

二百石は頴娃《えい》弥市郎《やいちろう》、山田有栄《ありなが》、桂忠詮。

百石は本田親商《ちかあき》、白坂与竹、伊集院忠次、指宿《いぶすき》清左衛門、松岡千熊《せんくま》、右松安右衛門尉。

その他、五十石が二十人、三十石が六人、十石が六人、横山休内《きゅうない》は石高不明、北郷《ほんごう》小浜兵衛は刀一腰。惟新に馬肉を喰わせるなと言った中馬重方《ちゅうまんしげかた》は五十石の加増を受けている。

さらに惟新は身替わりとなって討死した長寿院盛淳《ちょうじゅいんもりあつ》のために国分《こくぶ》、龍昌寺《りゅうしょうじ》で冥福を祈り、遺子の阿多忠栄吉房《あただひでよしふさ》を弔慰《ちょうい》している。

十月十日、論功行賞《ろんこうこうしょう》を行った惟新の許《もと》に忠恒が罷《まか》り越した。

「その形《なり》はないごてか？　跡継が先陣に立つつもりではなかの」

具足を身につけた忠恒を見て、惟新は窘《たしな》めた。

「佐土原の守りを固めるように命じられもした。父上の蟄居を解くためでもありもす。今、帖佐《ちょうさ》を離れるべきではありもはん」

「そいは、太守様《たいしゅさあ》が判断すべきこつ。俺《おい》たちゃあ黙って従えばよか。軽はずみに動くほどに太守様の信頼を失う。慎重に行動せねばならん。吾《あが》は鹿児島におればよか」

命じた惟新は忠恒の家臣の配置を助言した。

桂忠詮《ただのり》は日向・宮崎の倉岡《くらおか》、新納忠在《にいろただあり》と鎌田政近《まさちか》は穆佐《むかさ》、島津以久《ゆきひさ》と柏原公盛《かしわばらきみもり》は佐土原の南東の東長寺《とうちょうじ》、平田宗位《そうい》と肥後内膳《ひごないぜん》を佐土原に。

忠恒に指示を出した惟新は、僅かな供廻《ともまわり》を連れて桜島に船を出した。大正溶岩で大隅《おおすみ》半島と地続きになる以前、桜島は独立した島であった。

三

一方、関ヶ原の合戦で勝利した家康は九月二十四日、毛利輝元をうまく丸め込んで大坂城の西ノ丸を退去させ、西ノ丸を福島正則《まさのり》、黒田長政、井伊直政《いいなおまさ》、本多忠勝《ただかつ》らに受け取らせた。輝元は大坂木津《きづ》の毛利屋敷に退《ひ》いている。

二十七日、家康は決戦に遅れた秀忠《ひでただ》を従え、輝元が退いた西ノ丸に入城し、秀忠を二ノ丸に置いた。

翌二十八日、家康は島津家を降伏させるために、これまで取次《とりつぎ》を行ってきた家臣の山口直友と肥前《ひぜん》唐津城主の寺沢正成《まさなり》に詰問状《きつもんじょう》を送らせた。

十月一日、石田三成、小西行長《ゆきなが》、安国寺恵瓊《えけい》が都の六条河原で斬首《ざんしゅ》、さらに梟首《きょうしゅ》された。首謀者を処罰した家康は総大将の毛利輝元にも手をつけた。弾劾状『内府《だいふ》ちかひの条々』に添状を付けて諸将に廻し、家康に対する兵を集めたこと。三成らとの起請文《きしょうもん》を交《か》わしたこと。四国への出兵ならびに豊後《ぶんご》に帰国した大友義統《よしむね》への支援。これを理由に井伊直政と本多忠勝から吉川廣家《きっかわひろいえ》と福原廣俊《ひろとし》に出させた本領安堵状を反故《ほご》にし、毛利家を改易《かいえき》にすると発表した。

驚いた吉川廣家は奔走し、廣家に与えられる周防《すおう》、長門《ながと》の二ヵ国を毛利家に与えることを必死に懇願して認めさせ、十月十日、漸《ようや》く家康から減封の書状が発行された。

毛利家は八ヵ国から二ヵ国へと削減され、石高も百二十万余石から二十九万八千四百八十余石と、約四分の一ほどに減らされたことになる。

毛利家の処分を終えたあと、家康は腹心の本多正信と二人で大坂城西ノ丸の一室にいた。

「一度、改易と言ったら、二国でも涎《よだ》れを垂《た》らして飛びついてまいりましたなあ。三代目の苦労知らずをあしらうのは楽なもので」

野卑《やひ》な笑みを浮かべて本多正信は言う。

「お蔭で恩賞として与えられる国が二国減ったぞ」

熱心に薬研《やげん》で薬草を擦《す》りながら、垂れるような頬《ほほ》を揺らして家康は吐く。家康の当初の予定では毛利家は改易にするつもりであったが、窮鼠《きゅうそ》猫《ねこ》を嚙むの喩《たと》えもあると、福島正則や黒田長政らが懇願するので許してやることにした。このことは、けち臭いと言われても惜しくてならない。

家康は幼少の時から、旧領の確保から版図《はんと》の拡大をするにあたり、どれほどの辛酸《しんさん》を舐《な》めてきたことか。今川義元には犬猫のような扱いを受け、織田信長には妻子の殺害を命じられ、血涙《けつるい》を飲んで実行した。秀吉には長久手《ながくて》の局地戦で勝利しながらも、織田信雄《のぶかつ》が勝手に屈したことから、年老いた正室（朝日姫）を押し付けられ、さらに東海から遠い関東の地に追いやられた。いつ一揆《いっき》が蜂起《ほうき》しても不思議ではない新領地は周囲を豊臣恩顧《おんこ》の大名に囲まれ、厳しい監視の目を受けつつも、国造りをしてきた。

総大将に担《かつ》ぎ上げられ、敗れたにも拘《かかわ》らず、本領を安堵しろなどと言うのは虫がよすぎる。たった一度の敗北で全てを失うこともある。だからこそ、どんな手を使っても勝利するように動くもの。毛利家を含め、甘い思案の者が多すぎると家康は思っている。

背信した者も同じ。いつ家康に背《そむ》くか判らない。何《いず》れ理由をつけて取り潰《つぶ》すつもりでいる。ましてや敵対した者に恩情を示すことなど、微塵《みじん》も考えていなかった。

「あれはいかがしておるか」

「島津にございますか？　もう四、五日もすれば、山口らの書が薩摩に届く頃かと存じます」

徳川家の家臣は、家康と本多正信の間を「君臣の間、相遇《あいあ》うこと水魚のごとし」と言う。

家康が喋《しゃべ》らずとも正信は主《あるじ》の心中を察知し、正信が意味不明なことを口にしても家康には理解できた。

「厄介《やっかい》な輩《やから》ではないか」

家康の言葉には、島津家は秀吉に降伏したにも拘らず、碌《ろく》に従わなかったぞ、という意味が含まれている。無論、本多正信は承知している。

「仰せのとおりでございますので、奈良に捕えている者を呼び寄せております。早々に尋問をして別経路から詰問させまする」

嬉《うれ》しそうに本多正信は言う。打てば響く正信の返答に、家康は当然といった表情をした。

〈あの時のこと、儂《わし》は生涯忘れぬ。あの寡勢《かぜい》で、儂に向かってきおった。内大臣、二百五十五万石、年寄《としより》筆頭の、この儂に向かって突撃してきおった〉

今思い出しても血が沸く。朝鮮の陣で僅《わず》か五千余の兵にも拘らず、遠巻きを含めて二十万の兵を敗走させた島津惟新が、鼻先を掠《かす》めて横切った。万が逸、三万余の徳川本隊に突撃してきたらと思うと、今なお背筋が寒くなる。天下に手をかけた家康には、敵と刺し違えるようなことは、これまでは皆無である。それなのに、家康よりも年上の惟新は躊躇《ちゅうちょ》せずに向かってきた。このような命知らずを野放しにしておくわけにはいかない。

〈完全に屈服させるか、亡き者にせんといかん。されど、直《じか》に干戈《かんか》を交えるのは愚の骨頂。畿内が落ち着くまでは九州にいる者たちに任せておくか〉

家康は無気味な島津惟新に脅威を感じていた。

大坂に連行されたのは新納旅庵《にいろりよあん》、本田元親、同勝吉であった。

許可を受けた本多正信は新納旅庵を部屋に通し、井伊直政出席の下で質問をはじめた。

「こたび、惟新殿が逆心したこと、上様（家康）は致し方ないと、寛大に仰せられておる。されど、詫《わ》びることなく国許に帰り、戦《いくさ》の準備をしていることは、徹底して公儀に逆らうつもりか」

肚裡《とり》を覗《のぞ》き見るように本多正信は問う。

「俺《おい》は早々と戦場で主《あるじ》と離れ離れになりもしたゆえ、その後のこつは判りもはん」

新納旅庵は首を横に振る。

「毛利家は治部少輔に騙《だま》されて公儀に敵対したことを平身低頭詫びて家名を繋《つな》いでいるが、どうやら島津家は違う様子。惟新殿はこの戦の首謀者の一人というのは誠のようにござるの」

「そいは違《ちご》いもす。質を取られ、内府様《だいふさあ》の下知《げじ》どおり伏見城に入れなかったゆえのこと。寡勢の惟新は西軍に帰属しなければ、その場で滅ぼされたゆえ、やむにやまれぬ仕儀《しぎ》にごわす」

「そのわりには随分と伏見攻めには励んだとのこと。伏見城から逃れることができた当家の家臣が語っておるが。偽《いつわ》りを申しては困るな」

治部少輔丸の守将・駒井直方《こまいなおかた》の証言である。

「秀頼様《さあ》への忠節を示せと迫られたゆえのこつ。寡勢では致し方ありもはん」

あくまでも新納《にいろ》旅庵は否定した。

「されば、惟新殿の逆心、国許の龍伯殿、少将（忠恒）殿は存じていたはずでござるの」

「とんでもない。龍伯も少将も与《あずか》り知らぬこつにごわす」

「偽《いつわ》りを申すでない！　あとから兵を送っていよう！」

今まで黙っていた井伊直政が怒号した。直政は負傷した腕を三角巾で吊っていた。

「偽りではごわはん。当家は七年もの間、異国で戦い、討ち死に、手負い、病人が多く、さらに領内（庄内）の騒乱で戦い続け、死人《しびと》も手負いも増え、兵糧《ひょうろう》もなく、とても上方に兵を送る余裕はごわはん。惟新の許《もと》に馳《は》せたのは、家臣が勝手に手弁当を持って走ったに過ぎず、家中をあげての出兵にはありもはん。それゆえに、さしたる戦いもできなかったではなかですか」

「戦の終盤、惟新殿は上様の首を狙いに突き入ってきたのはいかに」

「そいは、勘違《かんちげ》いにごわす。惟新は内府様《だいふさあ》に一発たりとも矢玉を放ったことはありもはん。後ろの伊吹山のほうには、西軍の諸将が逃れて道を塞《ふさ》がれており、逃れる先は伊勢のほうしかなかったゆえ東に向かったに過ぎず。決して内府様を狙ったわけではごわはん」

とにかく新納《にいろ》旅庵は、なにを聞かれても、惟新の積極的な西軍への加勢と家康への敵対行為を否定した。

逆に本多正信は知っていながら、何度も質問を繰り返し、粗《あら》を探し出そうと努めた。弱味をみつけて、遠い九州最南端の地に兵を派遣しないですませようという魂胆である。降参させれば毛利家のように所領を大幅に削減できる。こんな楽なことはないからだ。

この十日、尋問に出席した井伊直政は忠恒に対し、惟新の敵対は仕方ないことだから、早々に上坂して家康に詫びれば、赦免《しやめん》されるので、上坂することが大事だと告げ、家臣の勝五兵衛を派遣している。


十月中旬、寺沢正成と山口直友が記した詰問状が島津家に届けられた。

「特別に申し入れます。このたび惟新の『御逆意』は仕方がないことではあるが、龍伯御《おん》親子《おやこ》は御同意していたのでしょうか。格別の理由があるならば、具《つぶさ》に御報告してください。その趣きをもって内府《だいふ》に申し上げます」

伏見城の件で些《いささ》か後味の悪さを感じているのか、勝者が敗者に出す書状にしては、思いの外低姿勢である。家康は島津家を石田三成、小西行長、安国寺恵瓊《えけい》ら関ヶ原合戦の首謀者とは違う扱いをしているようだった。あるいは、これも家康が島津家を手玉にとろうとする最初の一矢《いつし》なのかもしれない。

十月十六日、詰問状を受けた龍伯と忠恒は寺沢正成に対し返書をした。

「このたびの戦に関し、惟新が関ヶ原に参陣した子細は知らず。内府《だいふ》様の御厚恩は忘れておらず、そのことは内府様も御存じのはず。もし、奉行衆側についたとすれば秀頼様のためと思ったことに違いなく、決して内府様に逆らうものではありません」

内容は惚《とぼ》けたものである。東軍が兵を進めてくるには日にちが必要なので、そのための時間稼ぎであった。

四

雄大な噴煙を見ながら桜島で蟄居《ちっきょ》していた惟新の許に、次々に報《しら》せが届けられた。衝撃的だったのは、一緒に戦った石田三成、安国寺恵瓊、小西行長が斬首され、道案内をつけてくれた長束《なつか》正家が自刃《じじん》に追い込まれたこと。

〈戦《いっさ》の首謀者ゆえ致し方ないこつかもしれんが、そうか治部少輔が斬られたか……〉

さまざまな感情が交差し、惟新は感慨に耽《ふけ》った。同時に、自分は故郷で安穏《あんのん》としていていいのかという思いにかられる。好意的に考えれば、蟄居は休息の期間でもある。なにか申し訳ない気がしてならなかった。

この前日、惟新の許に、龍伯からの遣いが訪れ、蟄居を解く命令が出された。

「惟新様《いしんさあ》には、早々に帰城なされ、出水《いずみ》を固めるようにとのこつにございもす」

出水は肥後との国境《くにざかい》の地で惟新に与えられた所領である。

「畏《かしこ》まりもした」

使者に告げた惟新は、即座に桜島を発って帰城した。

関ヶ原合戦は僅か半日で勝敗がついたものの、九州における東西対決は継続されたままである。特に黒田如水、加藤清正の勢いは強く、これに鍋島直茂も加わっているので勢いは止められない。

この十五日には、黒田、鍋島勢が立花親成《ちかなり》の柳川《やながわ》領に侵攻して干戈《かんか》を交えた。黒田勢らは様子見の一当《ひとあ》てだったのか、立花勢が勝利したものの、その後、寡勢の立花勢は敗北を続け、二十五日、遂に親成は降伏して柳川城を開城、島津攻めの先鋒《せんぽう》を受けざるをえなかった。

そのようなことまで惟新には知るよしもない。命じられたとおり国境に近い出水城に赴《おもむ》いた。同城は石垣と狭い堀に守られた館《やかた》形式の平城《ひらじろ》でお世辞にも堅固とはいえない。龍伯としても、出水城に籠《こも》れるようにしろとは指示していない。あくまでも領外に出撃するための拠点であり、兵糧、武器、弾薬を前線である肥後の水俣《みなまた》城に送るための中継地であった。

この他にも国境は閉鎖し、島津領内のそれぞれの拠点には兵糧が運び込まれ、いつ開戦してもいいように備えていた。

既に肥後の水俣城には島津忠長と本田正親が入り、加藤重次の佐敷《さじき》城などを攻めて東軍を圧倒していた。

――肥後の加藤が来るならば、焔硝肴《えんしようさかな》に団子会釈《だごえしやく》。団子は何たど鉛団子。それでも聞かずに来るならば、首に刀の引き出物――

島津方が歌って士気を高めた戯《ざ》れ歌《うた》である。

「島津は最強、どこの兵にも負けるこつはなか」

惟新は家臣たちを激励し、闘志を煽《あお》った。出水の東、大口《おおくち》の牛山《うしやま》城も固め、地下人《じげにん》から人質をとり、家臣たちには一人三石の加増を約束して防衛に務めた。帖佐《ちようさ》の北に位置する蒲生《かもう》城の普請も急がせた。

その後も徳川家から龍伯や忠恒に上坂を要請する書状が届けられた。惟新はこのことを忠恒の使者から詳《くわ》しく聞かされている。

「毛利と同じ轍《てつ》を踏んではならん。戦《いつさ》は俺《おい》に任せ、少将は太守様《たいしゆさあ》に従い、のらりくらりと徳川からの要請を拒《こば》めと申せ。最低でも内府《だいふ》自らが記した誓紙がなくば、信じてはならんとな」

惟新は忠恒からの使者に言い含めて帰城させた。

〈内府は早《はよ》う戦の後始末をしたいようじゃろうが、俺たちゃあに早く終わらせる筋合いは

なか。内府《だいふ》が島津に手を出さん気になるまで、何年でん事を構えておればよか〉

家康も秀吉のような統一政権を目指しているであろうが、まだ全国の武将を差配《さはい》する力はない。島津家は毛利家のように、焦って降伏する必要はない。ただ、秀吉に屈した時のように、時機を見誤《みあやま》ってもならない。絶妙の均衡《バランス》をとらねばならなかった。

〈問題は太守様《たいしゅさあ》か〉

惟新一番の懸念は龍伯である。惟新、忠恒、龍伯の三殿様が意思を一つに家康と相対している時は構わないが、何《いず》れ和睦《わぼく》をする時が訪れる。秀吉の九州討伐のおり、龍伯は徹底抗戦を口にしながら先に折れた。屈しながら、その後、龍伯は豊臣政権に距離を置いた。朝鮮出兵というものがあったので黙認された行為だったかもしれないが、家康が天下人《てんかびと》になれば、おそらく海外派兵のような暴挙に踏み出すとは思えないので、かつてのような龍伯の行為は許されないであろう。

さらに、秀吉の死と、関ヶ原のどさくさに紛《まぎ》れて龍伯が復権し、旧体制を取り戻すに違いない。実際、かなり以前に戻っている。

〈世の流れを逆に戻すことはできん。太守様は俺《おい》と同じでやはり古い。こん争いが収まったならば、歳《とし》も歳ゆえ隠居して戴くのが筋。俺が一緒に身を退《ひ》く行《てだて》を思案せねばなるまいか〉

敵と戦いながら、家中のことにも気を廻さねばならぬ構図は、朝鮮の陣からまったく変わっていなかった。あるいは、島津家が九州制覇《せいは》を目論《もくろ》んだ時からかもしれない。

十月二十二日、龍伯は忠恒に対し、家康に差し遣わす書状について惟新と相談した上で連署することが望ましい。もし、合点《がてん》がいかなければ、忠恒と直《じか》に話し合ってもいい。書状は惟新に見せた上で出したほうがいい、という書を出している。

龍伯としても、今は存亡の危機に立たされていることを理解し、三人が意思の疎通をとらなければならぬことを心配しているのであろう。徳川方が、後押しをすることを約束した途端に、忠恒が庄内の乱の切っ掛けを引き起こしたことを熟知している。徳川方は忠恒が若く経験不足なので扱い易《やす》いと考え、交渉先を忠恒に集中しだした。忠恒が迂闊《うかつ》に乗って勝手に上坂し、降伏してしまわないかを、龍伯は危惧《きぐ》しているのかもしれない。

一緒に島津の退《の》き口《ぐち》という難行を乗り切った忠恒の側近から、逐一、惟新には報せが届けられている。

〈太守様《たいしゅさあ》が、そげん心づもりならばよか〉

連署の内容が判れば、対処のしようがある。忠恒には疎遠にならぬよう気遣いするようにと、使者には伝えた。

水俣に在する本田親正らから伊集院忠眞《ただざね》が使者を加藤清正の許に送っていると告げてきた。清正は忠眞と昵懇《じっこん》で、庄内の乱でもかなり同情していた。

〈おそらく、内応させせんとする加藤の画策であろうが、事実ならば由々《ゆゆ》しきこつ〉

伊集院忠眞《ただざね》の正室は惟新の末娘の御下《おした》。惟新も忠眞のことを不憫《ふびん》だと思っているが、もし、この状況で精強な伊集院勢に背信でもされたら、島津家は崩壊しかねない。

〈万が逸の場合は、俺《おい》が兵を率いねばならんか。その前に〉

惟新は龍伯に報せると共に、伊集院忠眞に使者を送り、龍伯の許に人質を差し出して疑いを晴らすように伝えた。

十月二十六日、伊集院忠眞は弟の小伝次・三郎五郎を龍伯の許に差し出して背信の噂は無根であると伝えた。

国境で緊迫感が高まる中の十月二十七日、立花親成から龍伯、惟新、忠恒に対し、和睦《わぼく》を勧める四ヵ条からなる長文の書状が出された。

一から三条の内容は、肥前の鍋島勢や豊前の黒田が筑後に迫り、小西行長の本拠である宇土《うと》城を陥落させた加藤清正も柳川領に侵攻したので戦ったのち、家康からの赦免《しやめん》を得た上で東軍と和睦した。黒田如水、加藤清正から和睦を勧める役を受けたこと、が記されていた。四条目は次のとおり。

「江戸中納言《ちゆうなごん》（秀忠）様が薩摩を改め（攻め）るために、近日出馬するとのこと。諸勢は下られており、拙者《せつしや》も御赦免の上はその地に罷《まか》り立つことになる。こたびは特別にその意を得られ、納得できないかもしれぬが、まこと九州の一城全てはこのように平定され、降伏することになろう。既に天下は悉《ことごと》く静謐《せいひつ》になり、早や御国割に成っているので、この節に思案なされ、必ず中納言様の御出馬以前に、御使者を差し出され、御詫《おわ》び言を申すことが尤《もつと》もである。拙者は一命にかけて存分に御使者を致す。子細は口上にて使者に含めておく」

書状を読んだ惟新は、伊予灘《いよなだ》での酒席を思い出し、複雑な気持にさせられた。

〈義に篤《あつ》い立花左近ゆえ、書に偽《いつわ》りはなかろう。じゃっどん、左近は内府《だいふ》に誑《たぶら》かされてはおらんか〉

今なお惟新の脳裏には、毛利家の六ヵ国削減が強く刻まれている。

〈もし、俺《おい》たちゃあが和睦を断れば、先に降参した立花左近は所領を没収されんではなかの〉

書には記されていないが、おそらく降伏の条件に出されているはず。敗軍に名を列《つら》ねた武将の辛《つら》いところである。惟新は立花親成の身を心配するが、親成が不憫だからといって、毛利家の愚行を知らされた以上、無闇《むやみ》に和睦には応じるわけにはいかない。

「少将には、島津領に一切手をつけないこつが、和睦の条件であると、厳しく申せ」

ほかには水俣に在する島津忠長の在番のことや、肥後の八代に遣わす船のこと、伊集院忠眞の弟を龍伯の許に遣わすなど細々とした指示を出した惟新は、使者を忠恒の許に戻らせた。

二日後の二十九日にも惟新は、本田新介や野村狩野介が豊後から戻り、細々《こまごま》としたことを言われてきたようであるが、唆《そそのか》されるなと釘を刺している。

翌三十日、惟新は蒲生城に入り、普請を進めさせた。こののち帖佐《ちようさ》と蒲生を行き来するようになる。

国境では、多少の小競《こぜ》り合《あ》いはあるものの、大きな戦には発展していない。知将の黒田如水、朝鮮では鬼上官《きじようかん》と恐れ忌《い》まれた加藤清正をしても、鬼石曼子《グイシーマンズ》と畏怖《いふ》された惟新が在する島津領を侵すことに、躊躇《ためら》いを持っているようであった。あるいは「島津の退《の》き口《ぐち》」がより諸将を警戒させているのかもしれない。

十一月になっても、山口直友や井伊直政らから忠恒に降伏を促《うなが》す書状が届けられる。惟新の許には黒田如水からの書状が齎《もたら》された。黒田家には守江の海戦で取られた人質がいるので、あからさまに拒絶するわけにはいかない。

「不在のところに使者を戴き、忝《かたじけ》ない。このたび、上方で起きた不慮の一乱（関ヶ原）は仕方ないこと。当家のことは早々と内府《だいふ》様に申し入れるつもりです。井伊直政や山口直友からもその旨《むね》が告げられているので、急いで使者を差し遣わしたいところ。分別をもって、このことを貴老にも申し入れたいが、通路が自由ではないためにできないでいる。懇意にしていることを喜んでいる」

通路を塞《ふさ》いでいるのは黒田、加藤軍であると、惟新は皮肉をこめて黒田如水に返書をした。

似たようなことを龍伯も井伊直政にしている。こちらは惟新のことを噫《おくび》にも出さなかった。

九日と十六日にも黒田如水から書状が届けられたが、惟新は、のらりくらりと躱《かわ》している。

その一方で、惟新は毎日のように忠恒に対して鹿児島、出水、水俣、佐土原、家臣、龍伯、亀寿《かぢ》のことなど、気がつくことをまめに書に記して届けさせた。忠恒だけではなく、忠恒の重臣たちにも指示を出し、島津家に隙《すき》が生じないように気を配った。

東軍に降伏したせいか立花親成は政高《まさたか》、さらに尚政《なおまさ》と改名し、十一月二十二日、龍伯と忠恒、家老の島津忠長に書を送り、使者から聞いたことを黒田如水、加藤清正に伝え、二人は井伊直政に取次いだことを報せ、忠長などが上坂して恭順《きようじゆん》の意を示すことを申し上げたほうがいいと勧めた。報せは惟新にも届けられた。

「立花左近《じか》には悪いが絶対に乗るなと少将に申せ」

惟新は直に家康が乗り出してくるまで、拒絶し続けることを厳命した。

国境で筒先《つつさき》、鉾先《ほこさき》を敵に向けて本領決戦を辞さずの構えを見せながら、書状では柔らかく拒否することで存在感を示し、制圧を諦《あきら》めさせるのが惟新の思案であった。これには龍伯も同意してるので、今は推し進めるばかりである。

大坂城の西ノ丸に在する家康に笑顔はない。筆を執りながら家康は欠伸《あくび》をした。

「お疲れのご様子。少しお休みになられてはいかがにございましょう」

側《そば》にいる本多正信が勧める。

「どうも眠りが浅いようじゃ」

島津家がすぐに片づかないので、夜も眠れないと家康は正信に圧力をかけた。

「申し訳ありません。思いのほか気概があるようにて。今は気が張っておりますれば、いかな甘言《かんげん》を申しても聞く耳は持たぬものと存じます」

「他人事《ひとごと》のようじゃの」

「いえ、某《それがし》の不徳の至りと反省をしております。ゆえに、ここは一つ、諸将の兵を退《ひ》かせてはいかがにございましょう。一度緊張を解かせれば、再び気を張るのは難しゅうございます」

面白いことを言う本多正信だ。

「よもや儂《わし》に再び九州の土を踏ませることはあるまいの」

都から遠い名護屋《なごや》の陣では仮装遊びが流行《はや》り、秀吉に簣売《あじかう》りをやらされた恥辱《ちじょく》を忘れていない。農民出身の秀吉は瓜売《うりう》りに扮《ふん》してはしゃいでいたが、家康には不快極まりなかった。しかも名護屋は朝鮮出兵の前線基地。いつ朝鮮に行けと命じられるかと心配していた九州は、家康にとって良い印象はなかった。

「仰《おお》せのとおりにございます。上様には上方で差配《さはい》して戴くだけにございます」

「毛利は簡単に捻《ひね》ることができたが、島津はそうはいかぬか」

ぼそっと家康はもらした。保守的な者たちを動かすのは難しいというのが本音だ。

「今少しの辛抱にございます」

軽く請《う》け合《あ》って本多正信は部屋を出た。

十一月十二日、家康は黒田如水に対し、井伊直政に従えと指示し、直政は如水に対し、季節が厳寒に向かう時なので、諸将は出陣をとりやめ、年内はそれぞれ帰国することを命じた。

下知《げじ》は同月の下旬に届けられ、諸将は兵を退いた。

報せは惟新の許にも齎《もたら》された。

「加藤、黒田が碌《ろく》に戦いもせずに退くとは、なにかある。軽はずみに兵を出すなと伝えよ」

惟新は水俣城の兵たちに指示を出し、様子を見させた。

同時に、日向《ひゅうが》で伊東勢との小競り合いが縮小してきたので、忠恒は家臣の大半を引き上げさせた。

本多正信は井伊直政、山口直友と共に、再び新納《にいろ》旅庵を召し出した。

「貴殿は早々に帰国なされ、島津殿を説かれよ」

淡々とした口調で本多正信は新納《にいろ》旅庵に言う。

「島津殿とは、何方《いずかた》のことにごわすか？　俺《おい》の主《あるじ》は兵庫頭《ひょうごのかみ》の惟新にごわんど」

島津家には三殿様がいるが、惟新は当主ではないと、新納旅庵は主張する。

「貴殿の主が誰でも構わぬ。惟新殿を通じて少将殿に上坂を説かれればよい」

「俺《おい》は戦場《いつさば》で主を見失い、生け捕りになった馬鹿奴《ざこはつ》。生き恥を晒《さら》して帰国し、再び主に顔を合わすこつなどはできもはんゆえ、即刻、首を刎《は》ねて給《たも》んせ」

新納旅庵は頑《かたく》なに拒絶するので、仕方なく本多正信らは本田元親を呼び寄せた。

「少将殿が上坂なされなければ、再び薩摩、大隅《おおすみ》は血に染まる。決して疎略《そりやく》には扱わぬゆえ安心して上坂するようにと、申されよ」

最初は拒《こば》んでいた本田元親であるが、本多正信の説得に応じた。

本田元親が退出したのちに、井伊直政が本多正信に問う。

「太閤の命で跡継ぎは少将と決まったが、島津家の当主は龍伯。龍伯を抜きに話は進まぬぞ」

島津家の取次をしているだけに、井伊直政の主張は的《まと》を射ている。

「左様なことは百も承知。さればなにゆえ貴殿も少将に的を絞っておるのか」

こんなことが判らないのか、困ったものだ、といった表情で本多正信は問う。

「それは、少将が未熟ゆえ、上様もご納得なされておる」

「新納《にいろ》の話は聞き逃されましたか」

六十三歳の本多正信は子ほども年下である四十歳の井伊直政に丁寧な言葉を使うのは、単に石高が多いだけではなく、常に前線で戦っているという自尊心を尊重してのこと。一度、家康に敵対し、帰参したという負い目からではない。そのほうが扱い易いということもあった。

「逃すか。惟新の家臣であろう」

「左様。少将は惟新の息子でござる。戦場《いくさば》では鬼のような惟新も人の親、息子に家督を継がせたい。我らが少将を当主として扱ってやれば、惟新はこちらに付き、龍伯との亀裂は深まる。さすれば島津は本来の力は出せぬ。上様は九州に出馬する気はおありにならぬが、万が逸の時は屋台骨の歪んだ敵と戦うほうが、いいのではござらぬか」

思慮が足りないと言わんばかりに問う本多正信だ。

「ふん」

不快そうに井伊直政は鼻を鳴らす。いつも玉の飛んでこないところにいるので、悪知恵だけはよく働く。その割には真田昌幸《まさゆき》の計略に引っ掛かって関ヶ原に遅滞したくせに、偉そうなことを言うな、とでも反論したいのであろう。怪我がまだ治っていないので、本来の勢いはなかった。

十二月十六日、本田元親を案内とし、井伊直政の使者・勝五兵衛と山口直友の使者・和久甚兵衛尉《くじんべえのじょう》を乗せた船は大坂を出立し、年も押し迫った二十九日、日向の綾《あや》に到着した。

このことは忠恒からの書状で、惟新は知らされた。

翌大晦日《おおみそか》、惟新は忠恒に、上方からの使者には、体《てい》よく引き出物でも渡して、油断するなと釘を刺している。

年も押し迫った頃、黒田長政から二十三日に記された書状と共に守江で捕虜にされた者のうち、水夫《かこ》一人と女子《おなご》二人が解放されて薩摩に戻された。長政から惟新への書の内容は家康へ謝罪を求めるものである。

「親爺《おやじ》は太閤に天下をとらせ、息子は内府《だいふ》に天下をとらせるか。こいも血かの。質を小出しにしてくるあたりが、阿漕《あこぎ》な輩《やから》じゃ」

不快な惟新であるが、一応、使者には感謝の意思を伝えた。

豊臣政権は家康の単独支配ということで形だけ維持され、豊臣家は関ヶ原合戦において西軍に秀頼の旗本を二千ほど出陣させたことにより、秀頼は摂津《せっつ》、河内《かわち》、和泉《いずみ》六十五万石の一大名に転落していた。

慶長六年（一六〇一）の元旦を、惟新は帖佐《ちょうさ》で迎えた。疲労困憊《ひろうこんぱい》を極めた「島津の退《の》き口《ぐち》」を思い出せば、夢のような心地である。昼から屠蘇《とそ》に酔っていていいのかと、罪の意識すら覚えるほどだった。

一月三日、本田元親らの書状と贈物《ぞうもつ》が忠恒の許に届けられた。同日、惟新は本田親商《ちかあき》を使者として鹿児島に送っていたので、翌日には子細を知ることができた。

「長宗我部、立花を見よ。焦ることはない。暫《しば》し様子を見ておけ」

惟新は忠恒に指示を出した。甘言に乗り、十一月には土佐の長宗我部盛親が、十二月には筑後の立花尚政《なおまさ》が上坂して家康に謝罪したまではいいが、それぞれ難癖《なんくせ》をつけられて改易にさせられた。土佐には山内一豊《やまのうちかずとよ》、筑後には田中吉政の増移封が決定した。

長宗我部盛親も立花尚政も上方に止め置かれているので、城に籠って一戦もできぬ状態。土佐では長宗我部旧臣たちが浦戸《うらど》一揆を起こすものの、一月《ひと》も経たずに鎮圧されていた。島津家は同じ過《あやま》ちを犯してはならない。

本田元親をはじめとする上方からの使者が富隈《とみのくま》に到着したので、龍伯も先延ばしにできなくなり、鹿児島の忠恒に罷《まか》り来すように命令。十二日、忠恒は富隈に赴いた。当然、関ヶ原の戦場に立った惟新には声はかからない。その日は上方の使者に対し、長旅を労《ねぎら》って酒宴が行われ、交渉についての話は一切しなかった。

翌十三日、龍伯と忠恒は富隈城の主殿において、改めて本田元親のほか、勝五兵衛、和久甚兵衛尉らと対面した。

「内府様《だいふさあ》は、当家の無実は存じておりもす。太守様《たいしゅさあ》が御上坂されて、釈明の形をとれば、本領は安堵されるものと存じもす」

本田元親は島津家臣であるだけに、島津家で誰に決定権があるのか、骨の髄まで染み込んでいる。本多正信に忠恒の上坂を勧めるように説かれたが、龍伯に進言した。

「長宗我部、立花のこつはいかに？　できんな」

そっけなく龍伯は答えた。

「昨年、上様にご無礼な書状（直江状）を送った上杉家ですら、降参の遣いを上坂させてござる。このままでは、貴家は孤立なさいますぞ」

勝五兵衛が脅《おど》すようなことを言う。上杉家は和睦交渉役に重臣の本庄繁長《しげなが》を上坂させている。

「孤立して、なんか悪かこつでもあっとか」

「左様な応対は貴家の立場を悪くするばかり。早々に上坂なされるのが賢明でござる」

和久甚兵衛尉も勧めるが、龍伯は応じない。

「当家に疾《やま》しいこつはなに一つなか。好きに致せ」

自尊心を傷つけられた龍伯は、言い捨てると席を立った。もはや二度と戻ってはこない。

「近く返書を致そう」

忠恒は勝五兵衛と和久甚兵衛尉を城下の寺を宿所として置いたのちに、本田元親を伴ってその日のうちに惟新が暮らす帖佐《ちょうさ》城に入った。

「助丞《すけのじょう》か、よう無事で生きておったの」

本田元親を見た惟新は感激の涙を流した。

「お恥ずかしかこつに生き恥を晒《さら》しておりもす。少しでも御家《おいえ》の役に立てばこそ……」

惟新に労われた本田元親の声は声にならなかった。

感動の再会を果たしたのち、惟新は忠恒から富隈《とみのくま》城での会見を聞かされた。

「助丞は太守様《たいしゅさあ》に疑われておるんじゃろうな」

惟新に指摘された本田元親は、すぐさま帖佐城で伊勢貞成に対し、生け捕りになって山口直友に預けられ、薩摩に下向したが上方の策謀に乗ることはない。このたび京都に差し戻されようとも、龍伯、惟新、忠恒への奉公に別心はない。上方にいる時に戦《いくさ》になったならば、即座に下向して主《あるじ》のために戦います、という誓紙を差し出した。

「太守様が怒るのも無理はない。毛利、長宗我部、立花等の謀《はかりごと》が明白なのに、内府《だいふ》の誓紙も持参せずに上坂せよとは笑止千万。和議《わぎ》もなにも始まらん」

「申し訳ごわはん」

本田元親は両手をついて惟新に詫びる。

「内府の息子（秀忠）が出馬すると申してきよるが、おそらく内府にその気はあるまい。黒田、加藤、鍋島、あるいは所領を削減された毛利あたりが兵を出すのが精一杯ではなかか？」

「そこまでは判りませぬが、今、和議に応じておらぬのは当家だけ。処遇が決まっておらぬのは常陸《ひたち》の佐竹と会津の上杉にございます」

「伊達《だて》はいかがした？」

「上杉領の（白石）城を攻略したようにございもすが、どさくさにまぎれて北に版図を広げようとしたこつを訴えられ、恩賞はもめているようにございます」

岩出山《いわでやま》城主の伊達政宗《まさむね》は南部利直《としなお》領で和賀《わが》一揆を起こさせ、これを支援したことが露見し、家康から「百万石のお墨付《すみつき》」と言われる加増を棚上げにされている状態であった。

「あの梟雄《きようゆう》が定まっておらねば、内府《だいふ》もおいそれと腰を上げられぬ。少将、内府の誓紙を受けるまでは拒否し続けよ」

「畏《かしこ》まりもした」

惟新の下知に忠恒は笑みを作った。

翌十四日、忠恒らは帖佐《ちようさ》を発ち、鹿児島に帰城した。

十六日、忠恒は惟新の命令どおり、強気の返書を記した。

「（前略）世上の噂では確かなる証文を得て、罷《まか》り出た者も騙されるので、そうなれば家の恥辱《ちじよく》となり、どうにもならない。勿論《もちろん》、百に一つも勝ち目のない戦《いくさ》であるが、只々《ただただ》、譜代相伝《ふだいそうでん》の家を、むざと果てることは無念である。されど、家中が一つになって防戦致せば、相果てても本望である。その旨《むね》、本田助丞《すけのじよう》（元親）に伝えることが肝要である」

と重臣の鎌田政近に宛《あ》てている。あくまでも本田元親を経由して徳川家に報せるためである。

ほどなく本田元親のほか、勝五兵衛、和久甚兵衛尉らは上坂の途《と》に就《つ》いた。

その後も井伊直政や寺沢正成から龍伯や忠恒に上坂を要請する書状が届けられるが、体調不良や天候不順、さらには財政難であることを訴えて先延ばしにした。

埒《らち》が明かぬと思ったのか、家康は近衛信尹《このえのぶただ》から龍伯に、福島正則から惟新に上坂を促す書状を送らせるが、三殿様の意思は纏《まと》まっており、家康の本領安堵がなければ動かぬ態度を貫いた。

二年前の一月、泗川《サチヨン》、露梁《ノリヤン》の戦功を賞され、忠恒は加増という名目で薩摩、大隅内で召し上げられていた所領が返還された。その中に、大隅の加治木《かじき》がある。この地では、琉球国《りゅうきゅう》との交易用に嘉吉《かきつ》元年（一四四一）頃から「加治木銭」という私鋳銭《しちゅうせん》が鋳造《ちゅうぞう》されてきた。

加治木の返還に伴い、龍伯は家康との戦《いくさ》に備え、軍備を整えるために私鋳銭の鋳造を開始させた。といっても日本全国で通用するものではなく、あくまでも島津領内で流通させるもの。江戸時代で言えば藩札《はんさつ》、現在で言えば国債あるいは地方債のようなものであった。

第十三章　奇跡の勝利

一

大坂城西ノ丸の居間で家康は本多正信からの報告を受けた。

「余《よ》は忙しい間を割《さ》いて、そちの失態を聞かされねばならんのか」

龍伯《りゆうはく》か忠恒《ただつね》の上坂が失敗したことを伝えられ、家康は筆を止めて本多正信に言う。

「申し訳ございませぬ。田舎者は思いのほか頑《かたくな》にございまして」

「それで？」

そのようなことは最初から判っていたのではないか？　田舎者の上杉ですら膝《ひざ》を屈しているはずだと、家康は問う。

「上杉には機を見るに敏な直江（兼続《かねつぐ》）がおりますが、島津にはおらぬようで」

「当家にも知恵者はおらぬのか」

吐《は》き捨てると、本多正信は家康に退出するように命じられた。

「あっ、待て。少将ではなく龍伯を上坂させよ。満座の前で平伏させるのじゃ」

呼び止めた家康は、腹立たしげに告げる。

「それでは、話が難航するかと存じますが」

「されば、薩摩《さつま》攻めの先陣を、そちに命じるしかないか」

尻に火がついた本多正信は、急遽《きゅうきょ》、新納旅庵《にいろりょあん》を呼び寄せた。

「既に聞いていようが、島津家は上様の下知《げち》を足蹴《あしげ》にした。本田助丞《すけのじょう》殿では力不足の様子。上杉も降参してきた今、島津家の孤立は必至《ひっし》。貴殿の思いはいろいろござろうが、このあたりで御家《おいえ》のために忠節を示してはいかがか。滅んだ主家を見るのは哀れでござるぞ」

「そん時は、こん皺腹《しわばら》切ればよかこつ。俺《おい》には恥晒《はじさら》しな真似はできもはん」

あくまでも新納旅庵は薩摩行きを拒否した。

「腹を切る覚悟があるならば、少々の困難は堪えられよう。貴殿が勝手に思い込む己の恥と、主家の存続を秤《はかり》に掛けられよ。無駄な血が数多《あまた》流れ、故郷は灰燼《かいじん》に帰し、路頭に迷う者が続出。上様は龍伯殿が上坂して詫《わ》びた形を取れば、本領は安堵《あんど》すると申してござるぞ」

「我が主《あるじ》の惟新《いしん》も、罪には問わぬと約束なされるか」

前年とは状況が変わり、上杉家が降伏の使者を送ってきたことで、新納《にいろ》旅庵の意志も軟化している。

「約束致そう」

同意すると新納旅庵は薩摩下向《げこう》を受け入れた。

〈惟新を許しても死んだ中務大輔《なかつかさたいふ》（豊久《とよひさ》）を許すとは申しておらん。薩摩人は視野が狭い〉

何《いず》れにしても新納旅庵が帰国するので、少しは進展すると本多正信は期待した。駄目だった時は、次なる手も一応は用意しているので、不安には思っていない。ただ、家康の叱咤《しった》は覚悟しなければならないかもしれないが。

三月二十一日、新納旅庵は本田元親《もとちか》、新納新八郎、喜入忠政《きいれただまさ》、川上久林《ひさしげ》ら関ヶ原で惟新とはぐれた者五、六人と共に和久甚兵衛尉《わくじんべえのじょう》に随行して薩摩に向かった。

一方、家康は、前年、惟新らが陥落させた伏見城を普請《ふしん》し直し、移り住んでいる。大坂はあくまでも豊臣家の一城。豊臣家の年寄《としより》筆頭から脱却する第一歩であった。

前年、肥後《ひご》の国境《くにざかい》から加藤、黒田、鍋島《なべしま》勢が、日向《ひゅうが》からは伊東勢が大半の兵を退《ひ》いたこともあり、惟新は改めて桜島に蟄居《ちっきょ》し、島の北側の藤野村の藤崎庄兵衛邸に寓居《ぐうきょ》した。

〈内府《だいふ》に楯突《たてつ》いた俺《おい》がおらんほうが、話は進め易《やす》かろう。拒《こば》むにしてもの〉

家康が記した本領安堵の誓紙《せいし》を得ない限り、和睦《わぼく》の交渉にはならない。使者を盥廻《たらいまわ》しにするには、三人の殿様が離れているほうが好都合であった。

四月二日、龍伯から惟新に書状が届き、本田元親らが下向することが伝えられた。

四日の夕刻、新納《にいろ》旅庵らが惟新の許《もと》に到着した。

「おう、ほんなごて旅庵か、会いたかったど」

顔をしわくしゃにした笑みを浮かべ、惟新のほうから声をかけた。

「申し訳ごわはん。戦場《いつさば》で殿様《とのさあ》のお側《そば》を離れたばかりに、こげんな醜態《しゅうたい》を晒し……」

惟新の顔を見た瞬間、新納旅庵は滂沱《ぼうだ》の涙を流しながら、声を詰まらせた。

「なにを申す。わいらのお蔭《かげ》で、俺《おい》は毎日、酒を飲んでいられる。皆には感謝しておっど」

新納旅庵のみならず、惟新は一緒に帰国した面々にも労《ねぎら》いの言葉をかけた。

いつ死んでもおかしくはなかった激闘の退《の》き口《ぐち》を思い出し、暫《しば》し皆は再会の感動に噎《むせ》び泣いた。

感涙が収まったのちに、惟新は新納旅庵から大坂での諸状況を具《つぶさ》に聞かされた。

「そいで、わいが下向したのか」

伊達政宗《だてまさむね》が家康の下知を受けて兵を止め、上杉景勝《かげかつ》が本気で和睦を求めているのは驚きである。

「申し訳ありもはん」

「責めてはおらん。じゃっち（確かに）、こんままでは島津は日本を相手に戦わねばならんな。じゃっどん、他家と同じでは脈名を繋いでも所領を減らされて家は傾く。島津は内府《だいふ》が折れるまで、納得できん求めは突《つ》っ撥《ぱ》ねねばならん。交渉は退《しりぞ》いたほうが負けじゃ」

関ヶ原では前に出ることで生き延びることができた。惟新は、あえて強硬に出ることで存在感を示し、生き残りを図る作戦である。

「じゃっどん、上杉がほんなごて降参したら、次に狙《ねら》われんのは島津ではなかですか」

本田元親が問う。

「内府の真の敵は島津ではなく豊臣じゃ」

「よもや、内府は秀頼様《ひでよりさあ》を討ちまするか」

新納旅庵《にいろ》でさえ、いくらなんでもと首を捻《ひね》る。

「何《いず》れはの。主家があっては、まこつの天下人《てんかびと》にはなれまい。いつになるか判らんが、内府も歳《とし》と相談じゃの」

悔しいのは、惟新が家康よりも七歳年上であるということ。

「一日でも早く天下人になりたくば、絶対に島津と和睦しなければならん。無駄な歳月を費やしたくはないはず。そいに、今の内府に、ありし日の太閤がごとく、二十万の兵を動員して島津に仕《し》寄《よ》せる力はなか。関ヶ原の戦勝を後《うし》ろ楯《だて》に騙《だま》し討《う》ちにするのが関の山」

毛利、長宗我部《ちようそかべ》、立花家を思い出し、皆は頷《うなず》いた。

「そもそも、内府《だいふ》に太閤の真似をして島津に兵を進めねばならん理由はなかろう。恩賞に与える所領は少しでも多いほうが良かろうが、そいより恭順《きようじゆん》の意を示させるが大事。太閤に刃向かった島津に膝《ひざ》を折らせるが当所《あてど》じゃ」

「そいなら、殿様《とのさあ》は、内府は島津攻めをせんと思われもすか」

微妙な立場にいる新納《にいろ》旅庵は、確かめるように問う。

「俺《おい》はそう思うちょっが、なにがあるか判らんのが戦国の世。口では柔らかく拒《こば》みながら、いつでも戦えるよう備えさせるのが、こん交渉に勝利することつじゃ」

惟新は久々に会った側近に、これまで控えていた自分の意思を、披露した。鹿児島の忠恒には前日に続き、富隈《とみのくま》に参上し、龍伯が強気に出れば柔軟に、龍伯が折れそうならば、強硬に主張することを伝えている。

和久甚兵衛尉らの使者は富隈に赴き、龍伯に上坂を求めるが、龍伯は隠居の身なので鹿児島の忠恒の許に行くように追っている。

仕方なく、和久甚兵衛尉は鹿児島に行って龍伯の上坂を求めるが、忠恒は龍伯が鹿児島に来ないので確認がとれないと盥廻《たらいまわ》しにする始末。使者が家康の誓紙を持ってきていないので、島津家としては話し合いを始める段階ではないというのが本意であった。

ほとほと疲れた、といった様相で和久甚兵衛尉は、なんの土産《みやげ》も持たずに上坂の途《と》に就《つ》いた。

「そいでよか。内府《だいふ》も考えるじゃろう」

報せを聞いた惟新は満足の体《てい》で頷《うなず》き、空を見上げる。桜島は惟新の意志の強さを示すかのように、今日も噴煙《ふんえん》を上げていた。

泗川《サチヨン》の戦いで明《みん》軍の遊撃隊将を務めた茅国器《ぼうこつき》の弟の茅国科《ぼうこつか》は、島津家の人質として日本に渡海していた。

茅国科の身柄は寺沢正成預かりになり、伏見に在していた。家康の命令で茅国科は島津家が明に送還することになったものの、庄内の乱が勃発して先延ばしになっていた。

家康としては人質を早く帰国させ、明国と交易を再開しようと考えていたので、島津家と連絡を取り合い、明貿易に精通していた薩摩半島西端の坊津《ぼうのつ》の豪商、鳥原掃部助宗安《とりはらかもんのすけそうあん》に預けることになった。

通称を喜右衛門尉《きえもんのじよう》ともいう鳥原宗安は、食禄《しよくろく》二百五十石を与えられ、従五位下に叙せられていた。朝鮮の役にも船を出して従軍していた。

茅国科を乗せた鳥原宗安が坊津を発ったのは関ヶ原合戦の起こる一ヵ月前の八月。琉球を経由し、その年の暮れ近くに福建省福州《ふつけんしようふくしゆう》の梅花津《ばいかつ》に着き、無事、茅国科を送り渡した。

この人質の返還に喜んだ皇帝の神宗《しんそう》は、日明の国交断絶期ではあったものの、鳥原宗安に対して、毎年二隻ずつの貿易船の往来を許可した。

関ヶ原合戦以降、島津家は家康と和睦はしていないこともあり、明国との正式な交易はまだ行えないものの、ささやかな民間の交易は行われだした。

この五月、久々に結ばれた交易の糸を断ち切ったのが、島津の海賊衆の一人、伊丹屋《いたみや》助四郎であった。助四郎は配下を参集して対明交易の航路にあたる硫黄島《いおうじま》の沖合で待ち構え、明の福州船を拿捕《だほ》して明人を殺害し、財貨を奪い取り、船は焼き捨てた。奪い取った唐物《からもの》は売り捌《さば》いたという。

報せはすぐさま惟新の許に届けられた。

「あん、馬鹿奴《ざこはつ》、そげんな悪事を働いて、こん薩摩で生きていけると思っておっとか」

無謀な伊丹屋助四郎の海賊行為を罵倒《ばとう》した瞬間、惟新の脳裏に別の思案が浮かんだ。

（よもや太守様《たいしゆさあ》が下知したのではなかか……）

この民間交易は島津家のみならず、文禄《ぶんろく》・慶長《けいちよう》の役で断絶した交易を回復する日本の希望であり、家康も随分と期待していたという。

交易に一枚絡むことができず、利益を得られなかった恨みはあるかもしれないが、いくら伊丹屋助四郎が海賊でも、島津家の肝煎《きもい》りで始まった明との交易船を単独で襲うとは考えにくい。龍伯の命令を受けた、と考えるのが普通である。

「太守様は、なんと仰《おお》せか？」

「とんでもなか、馬鹿奴《ざこはっ》だと仰せになられたようにございもす」

惟新に報せた端山才八《はやまさいはち》が答える。その場にいないので判らないが、どこか他人事《ひとごと》のようである。島津領海内で起きた事件で、島津家の利が失われたとすれば、もっと激怒していいはずである。

もしかしたら、龍伯は海賊行為で家康を脅《おど》し、和睦したのちは命じておきながら伊丹屋助四郎を処罰する気ではないのか。助四郎は朝鮮の陣以来、惟新と親しいので、惟新ともども力を弱めることができる。

〈俺《おい》が蟄居して一月《ひと》ほどというのも、偶然にしては合い過ぎておる。推測どおりならば〉

龍伯は相当の謀将ということになる。桜島にいるのがもどかしくて仕方なかった。

鹿児島にも、薩摩半島の南端の山川湊《やまかわみなと》にも伊丹屋助四郎は戻っておらず、捕らえることはできなかった。

惟新は堺の商人の伊丹屋清兵衛に遣いを送り、清兵衛も島津家も伊丹屋助四郎の行動には、まったく関わりないことを触れるように伝えさせた。

二

慶長六年（一六〇一）六月六日、山川湊に、関ヶ原合戦で主力を担《にな》い、副大将を務めた宇喜多秀家《うきたひでいえ》主従の十数人が落ちてきた。

敗戦後、宇喜多秀家は伊吹《いぶき》山中を彷徨《さまよ》い、変装しながら各地を点々とし、堺に潜伏したのちに同地から乗船して薩摩に達したというのが経緯である。

「備前中納言《びぜんちゅうなごん》が生きていたか」

朝鮮でも関ヶ原でも共に戦った戦友の名を久々に聞き、惟新は懐かしさに胸を熱くした。

〈内府《だいふ》との和睦に備前中納言は不益であろうが、決裂した時には戦力になる〉

関ヶ原の戦いでは一万七千を動員した宇喜多家。浪人している旧臣が主君の生存を知れば、三、四千の兵は集まるであろう。何《いず》れにしても島津家を頼ってきた武将を蔑《ないがし》ろにはできない。

惟新はさっそく龍伯と忠恒に報せ、忠恒には大切な話があるかもしれないので、一刻も早く相良長辰《さがらながたつ》を宇喜多秀家に会わせるように命じた。

下知《げじ》を受けた忠恒は、すぐさま伊勢貞成と相良長辰を山川に向かわせた。

惟新は島津家に迷惑がかからぬように考え、後追いで宇喜多秀家を鹿児島や富隈《とみのくま》には向かわせず、山川から、そのまま船で桜島に来るようにと伝えた。

指示どおり、宇喜多秀家は伊勢貞成らの案内で桜島の北側に停泊した。藤野村には湊はないので、小舟を向かわせ、秀家を大船から乗り移らせて上陸させた。

「一別以来、息災でなによりでごわす」

惟新は手を取り、宇喜多秀家に労《ねぎら》いの言葉をかけた。

「かような見苦しい形《なり》で、貴殿に顔を合わせるのは恥羞《しゅうち》の極《きわ》み。されど、腰抜け大名ばかりの中、貴家だけは内府《だいふ》に屈せずにいると聞き、恥を承知で落ちてきたのでござる」

目尻、眉間《みけん》に皺《しわ》を刻み、腕を震わせながら宇喜多秀家は訴えた。自身が言うように、秀家は万《まん》が逸《いつ》のことを考えてか、水夫《かこ》のような格好をしていた。髪も乱れ、かつての貴公子が嘘のような別人であった。山中の放浪と潜伏の苦労で、十歳も老けたように見えるのは残念だった。

「当領内におる限り、何人《なんぴと》たりとも指一本触れさせはせぬ。ご安心めされよ」

惟新は宇喜多秀家を寓居《ぐうきょ》している藤崎庄兵衛邸に案内した。

「……治部少輔《じぶのしょう》に乗せられたとは思っておらぬ。誰かが悪《あ》しき内府に一槌喰《いっついく》らわせねばならなかった。されど、金吾《きんご》（小早川秀秋）の戯《たわ》けが返《かえ》り忠《ちゅう》をし、毛利の対応も背信《し》も同じ。所領を大幅に減らされたはいい気味じゃ。長宗我部も、戦いもせず家を失うとは痴れ者の極み」

酒が入るほどに、秀家の愚痴《ぐち》は強くなった。

「戦《いっさ》は戦場《いっさば》だけではなかこと、俺《おい》も思い知らされた戦いでごわした」

「そこにいくと、貴殿は違う。よもや、あの人数で内府の本軍に向かうとはの。上方《かみがた》では、どの地にまいっても、島津の敵中突破は上下を問わず賞賛しておった」

「ほかに向かうところがなかっただけでごわす」

宇喜多家が邪魔で西には逃げられなかったとは、さすがに惟新も言えない。

「惜しむべきは貴家が一千数百しか兵を参陣させなかったこと。なにゆえでござるか」

嚙《か》みつくような表情で秀家は言う。これではとても龍伯には会わせられない。

「貴家と同じ。内府《だいふ》に家中の攪乱《かくらん》をされて兵を上洛させられたのは、あの人数が精一杯。謀《はかりごと》は内府のほうが当家よりも上手《うわて》だったようでごわす。そこへいくと、さすがに中納言殿は年寄衆、当家よりも家の立て直しをするのが早かった」

「お蔭《かげ》で家は滅び、故郷は返り忠が者に奪われた。祖先に合わす顔がない」

宇喜多家の旧領には小早川秀秋が移封されている。涙ぐむ秀家、震えるたびに持つ盃《さかずき》から酒が零《こぼ》れ落ちた。

「内府も高齢。先はどうなるか判りもはん。再興のため、まずは自《おの》が身を大切にし、自重なされ」

滅亡した家はまさに悲嘆の極み。

〈内府がいかな天下人になろうとも、島津の地は一歩たりとも踏ませぬ〉

秀家を慰めながら、惟新は絶対に家を潰《つぶ》すどころか傾けもさせない、と気持を新たにした。

惟新は龍伯と相談の上で、秀家主従を桜島との海峡を渡った南東、大隅《おおすみ》の牛根《うしね》に置き、豪族の平野一族に監視させることにした。

平野一族は平家の落人《おちうど》で、牛根に土着した子孫。平野一族は上屋敷を秀家に明け渡し、下屋敷へ移り、『宇喜多屋敷《うつじやしき》』と呼んで家臣のように仕えた。宇喜多屋敷の隣には、付人・家来宅地も造られている。秀家の存命を聞き、旧臣が集まってくるようになった。

牛根に落ち着いた秀家は有髪《うはつ》のまま出家して休復《きゆうふく》と号するようになった。今は休み、必ず復活するという意味をこめてのことであろう。

もはや蟄居《ちつきよ》の意味はない。惟新は龍伯の命令で三ヵ月ぶりに帖佐《ちようさ》に帰城した。

相変わらず、山口直友や寺沢正成のみならず、本多正信や福島正則からの龍伯の上坂を求める書状が相次いだので、さすがに無視し続けるわけにもいかなくなった。

そこで忠恒の老中となっている鎌田政近《まさちか》を上坂させることにした。七月二日、政近は日向《ひゆうが》の細島《ほそしま》を出立《しゆつたつ》し、十九日の晩、大坂に到着。暫《しば》し同地で待たされた。政務の場所は大坂から伏見に移っていた。

同時期の七月二十四日、関ヶ原の契機を作ったとも言える上杉景勝・直江兼続《おとなじゆう》は上杉家の伏見屋敷に入り、家康に対して恭順《きようじゆん》の意を示していたので、島津家の家臣たちも焦《あせ》り出した。

国許《くにもと》では、和睦の交渉を行っているにも拘《かかわ》らず、上方の軍勢が攻めてくるという流布《るふ》があり、領内は騒然とした。幸いなのは畏怖《いふ》するのではなく、激昂《げっこう》して闘志をあらわにする者が多いことであった。

〈やはり、当家の者《もん》は追い詰められると強か力を発揮できる、ぼっけ者ばかりじゃ〉

惟新は肚裡《とり》で北叟笑《ほくそえ》んだ。流言は惟新が触れさせたもの。

八月七日、忠恒、惟新、龍伯の三殿様は連署で軍法掟《ぐんぽうおきて》を布告した。内容は十五条からなるもので、戦時においての細々《こまごま》とした軍法である。一種の戒厳令《かいげんれい》でもあった。

富隈で三人が顔を揃えるのは久々で珍しいこと。上座に龍伯、下座に惟新、間に忠恒が座していた。

「伊丹屋助四郎のこつにごわすが、いかがなされもすか」

気を配《くば》りながら惟新は龍伯に問う。

「無論、捕らえて斬る。薩摩のみか、日本の交易を邪魔した海賊ゆえの。疑っておるのか」

逆に龍伯は問い返す。疑っているとは海賊を許したことか、捕縛《ほばく》をすることなのか。惟新には再度、尋ねることはできなかった。

「いえ」

「じゃっどん、助四郎も覚悟をもってしたんじゃろう。普通はすぐに戻らず、盗品を売り飛ばした銭《ぜに》で遊び惚《ほう》けるじゃろう。落ち着いた頃とすれば、まだ先かのう」

海賊気質《かたぎ》を理解している龍伯であった。

〈こいだけでは判《わか》らん。じゃっどん、そろそろ船が来るこつは判っていたはず〉

判断するのは難しい。疑いたくないというのが惟新の本意だった。

〈こんこつで、内府《だいふ》が当家を恐れるならば、うまく利用すればよかが、島津が海賊と同じに思われんのは、よかこつではない。取り締まった上で上方の動きを注意しておかんとな〉

その後、暫《しば》しの沈黙が続いた。惟新と忠恒は実の親子なので、今のところいつ顔を合わせても違和感のようなものはない。龍伯とは主従ということもあるが、血縁でもどこか一線が引かれている。惟新と龍伯の間柄はそれでも構わないが、忠恒と龍伯は義親子なので困る。

〈太守様《たいしゆさあ》が憂《うれ》えておるんは、忠恒と御上様《おかみさあ》のこつか〉

忠恒は亀寿《かぢ》と寝室を一緒にしてはいないという。

「当初、内府は少将の上坂を求めておったが、ここにきて俺《おい》になった。ないごてか」

龍伯は惟新と忠恒に問う。なにか画策でもしているのかとでも言いたげだ。

「島津家に亀裂《きれつ》を入れんとする児戯《じぎ》な策ではなかかと思いもす」

そういう発言が誤解を招くと、惟新は宥《なだ》めるように答えた。

「そげんこつならば、構わんが」

「和睦について、されるべきと考えもすか」

「吾《あが》はまだ戦い足りんか。敵が仕寄《しよ》せてくれば戦うが、来んなら仕掛けるこつはなか。公《こう》儀《ぎ》が本領を安堵すれば和睦には応じる」

龍伯の言葉を聞いて惟新は安堵した。思案するところは同じである。問題は誰が上坂するかについてである。家康が起請文《きしょうもん》を記した暁《あかつき》には、当主が出向かなければならない。

「和睦が整ったならば、俺《おい》は上坂したほうがいいと思うか、少将殿《しょうしょうどの》」

心中を探るように龍伯は忠恒に問う。

「太守様《たいしゅさぁ》はお体の調子が悪いと聞いちょいもす。負担がかかるこつは、俺に命じて給《たも》んせ」

「嬉《うれ》しかこつを申すが、俺でなくばならんと内府《だいふ》が申してきた時はいかに」

「俺は太守様の養子にごわす。下知《げじ》あらば地獄にでんまいりもす。辛《つら》かこつは命じて給んせ」

亀寿《かぢ》が『御重物《ごじゅうもつ》』を持っている今、龍伯の跡継だと言わなかったのはさすが忠恒である。

「よか、頼みにしておる。早《はよ》う孫も見たいもんじゃ」

告げると龍伯は席を立った。懸念《けねん》の一つは忠恒と亀寿の間であることは明らかだった。

先日、垂水《たるみず》城主の島津以久《ゆきひさ》が、十七歳になる孫の又四郎忠仍《ただなお》（のちの久信《ひさのぶ》）を連れて富隈に来たという。忠仍は朝鮮の陣で没した彰久《てるひさ》と龍伯の次女・玉《たま》姫の間に生まれた嫡子《ちゃくし》で、豊久の弟・源七郎忠仍とは別人である。

〈太守様《たいしゅさあ》にとって忠恒よりも又四郎のほうが濃い縁か〉

富隈《とみのくま》からの帰路の中、惟新は忠恒と馬を並べて問う。

「うまくいっておらんのか」

父親が息子夫婦のことについて問うのは気がひけるが、致し方なかった。

「向こうが嫌っているようにごわす。兄上（久保《ひさやす》）のことばかり話しもす」

以心伝心、亀寿《かめじゅ》の名を出さなくとも、忠恒は理解していた。

〈童《わらべ》でもあるまいし、そげんことを言わせんのは、吾《あが》の配慮が足りんからじゃろう〉

喉元《のどもと》まで出かかったが、忠恒の自尊心を傷つけるわけにもいかないので堪《こら》えた。

「今、御家《おいえ》の危機に直面しておる。内府《だいふ》はあらゆる隙《すき》を衝《つ》いてくる。油断すまいぞ」

本来は、夫婦の不仲に乗じてくると言いたいところであるが、家臣に聞かれてもまずいので、惟新は言葉を選ばなければならなかった。

〈ないごいて、俺《おい》が、こげんなこつに気遣いせねばならんか。こん、馬鹿奴《ざこはっ》は、幸侃《こうかん》を斬って庄内の乱を起こした挙《あ》げ句《く》、大事な嫁を疎遠《そえん》にして、そいで島津の当主が務まっか！〉

惟新は肚裡《とり》で吐き捨てる。久保が生きていれば廃嫡《はいちゃく》にしたいところであるが、それは龍伯の思案も同じ。なんとか改心させて、良い方向に導かねばならない。

〈こん歳になって、こげんこつで悩まんとならんとは……。他に気を配らなければならんこつは数多《あまた》あるというのに〉

戦《いくさ》続きで、教育が追いつかなかったことを、後悔する惟新だった。

まだ蟬《せみ》の鳴き声が聞こえる。晩夏の鬱陶《うっとう》しさを助長させるようである。伏見城の一室で家康は小姓に大き目の団扇《うちわ》で扇《あお》がせていたが、なかなか汗はひかない。理由の一つは目の前にいる本多正信が、島津家・家老の鎌田政近に謁見《えっけん》しろと言ったせいかもしれない。

「そちでは事足りんのか」

不快感をあらわに家康は言う。上杉家も主従揃って上洛し、組板《まないた》の鯉《こい》になっている。四分の一に減封した毛利家などは、犬にでもなったような忠節を示している。今や家康に逆らっているのは島津家のみ。龍伯、少なくても忠恒でなければ会う意味がなかった。

「上様のお声には重みがございます。龍伯を上洛させるためにも、一声かけて戴ければ幸いです」

「それで、叶《かな》うのか」

家康は龍伯を上洛させた暁には、関ヶ原における惟新の責任を取らせ、薩摩を召し上げて、島津家を大隅《おおすみ》一国に押し詰めるつもりでいた。

「はい。毛利と同じ手を取ります」

「島津も戯《たわ》けではあるまい。あるいは、どこかの誰かが家を潰しそこねたゆえ、高を括《くく》って来るか」

皮肉たっぷりに家康はもらす。

毛利家は先納と称して先に徴収した年貢を元に関ヶ原合戦に備えたが、敗軍の総大将としての責任を取らされて、六ヵ国の削減。所領が四分の一になった上に多大な借財を抱えた。さらに新領主として旧毛利領に入った福島正則らから、年貢の厳しい返還要求を出され、台所は火の車。本多正信は抛《ほう》っておいても勝手に潰れると、楽観視していた。ところが、正信の意に反して、毛利家は領民への年貢を七割以上にも引き上げる増税と、家臣の扶持《ふち》を大幅に減らす人件費の削減で、なんとか持ちこたえていた。徳川家の思惑どおりにはなっていない。

「毛利家の件は今暫《しばら》くのお待ちを」

「近頃、思うんじゃが、勝てんかのう。漸《ようや》く始まった交易の糸口を自ら斬るとは言語道断じゃ。上杉、毛利などは勇むのではないか」

「はてさて、上様が、信長公と太閤の何《いず》れを選ばれるかによるかと存じます」

尤《もつと》もらしいことを本多正信は言う。信長は敵対する者を殲滅《せんめつ》する策をとったがために、全国平定はできなかった。これに対し秀吉は敵をも一旦取り込み、歳月をかけて力を弱めて同化していく策を取ったので、憎い敵は脈名を繋ぐ程度に残して天下統一を果たした。

「言いよるわ」

「確か上様は信玄公を手本になさっておられたかと存じますが」

過ぐる天正十三年（一五八五）、家康は秀吉に重臣の石川数正《かずまさ》を引き抜かれたので、軍制を甲州流、いわゆる信玄流に切り替えねばならなかった。

「手本にできんところもあるが」

武田信玄は、信濃《しなの》の諏訪《すわ》家には同化策をとって成功し、駿河《するが》の今川家には攻め入って家を滅ぼすものの、大事な嫡男《ちやくなん》と反目し、死に至らしめる失態を演じた。これが武田家の滅亡の遠因ともいえる。家康とすれば妻子を死に追いやられた信長や、これから取って代わろうとする豊臣政権を作った秀吉を見習おうとは口が裂けても言えない。秀吉の策は信玄に近い。三方原《みかたがはら》の戦いで一蹴《いつしゆう》された信玄を手本とすれば、武田旧臣を多く抱える徳川家としても聞こえはいい。

〈成功するには敵の女に手をつけんことだ〉

信玄は諏訪御寮人《ごりようにん》に勝頼《かつより》を産ませ、その勝頼が結果的に武田家を滅ぼしている。秀頼を産んだ淀ノ方《よどのかた》は浅井長政《あざいながまさ》の娘で、柴田勝家《かついえ》は継父。何《いず》れにしても秀吉の敵だった一族の娘である。

〈太閤が淀に子を産ませてくれたお蔭で、余は天下に手をかけつつある。凡愚《ぼんぐ》でも秀次《ひでつぐ》が生きておれば北政所《きたのまんどころ》らが後ろ楯《うしだて》となって、関ヶ原での戦いに持ち込めたかどうか……島

津は追い込むと異様な力を発揮する。信玄や太閤を見習って取り込みながら力を削《そ》いでおくか〉

家康は鎌田政近を謁見することに決めた。

八月十日、伏見城の主殿に入ると、二間ほど下座に平伏している者がいた。家康は肥えた体を揺すって上座の一段高いところに腰を下ろした。周囲には徳川家の重臣が並んでいる。

「ご尊顔《そんがん》を拝し、恐悦至極《きょうえつしごく》に存じもす」

薩摩弁を押さえての挨拶であろうが、鼻につく。それでも家康は鷹揚《おうよう》に対した。

「重畳至極《ちょうじょうしごく》。面《おもて》をあげよ。余と島津家は誓紙《せいし》を交わした昵懇《じっこん》の間じゃ」

「畏《おそ》れ多き次第にございもす」

軽い挨拶ののちに、鎌田政近が改めて口を開いた。

「佐土原《さどわら》のこつにございもすが、前年に死した中務大輔《なかつかさたいふ》豊久には、二十八歳になる源七郎忠仍《ただなお》と申す弟がおりもすれば、なにとぞ家督《かとく》のこつ、継がせるようお願い致しもす」

耳にした家康は怒りを覚えた。

〈余に鉾《ほこ》を向けてきた者が勝手に討ち死にし、家督を認めろとは、虫がいい話。島津家の者の頭の中はどこかおかしいのか〉

思考を疑いながら、家康は返答をする。

「余は源七郎なる者を謁見した覚えがなく、いかなる人物か判らぬ。そのことは龍伯が上洛した時に決めよう。それまで佐土原は浮地《うきち》とし、山口勘兵衛（直友）に預け置くとする」

さしさわりのないように家康が答えたのも、龍伯を上洛させるため。

佐土原は山口直友の寄騎《よりき》の庄田安信《やすのぶ》が在番することになった。

「余は龍伯老や少将殿が秀頼様に背《そむ》いたとは思っておらぬ。惟新の西軍参陣も確認不足からなる勘違いゆえの残念な結果じゃ。本領は安堵するゆえ早う龍伯老には上洛するよう、そなたからも申せ。明との交易も再開せねばならず、やることは満載。島津家にも合力《ごうりき》してもらわねばならぬことが多々ある。龍伯老の上洛拒否は日本の損であるとも申せ」

機嫌取りをするならば、と家康は歯の浮くようなことを平然と並べた。

翌十一日、鎌田政近は、国家老の山田利安《りあん》（有信・理安）らに対し、謁見の首尾は非常に良好で家康の言葉も言うことがないほど、佐土原も本領も今までどおりなので、あとは龍伯様が上洛するだけです、と報告している。

八月二十四日、本多正信と山口直友から龍伯と忠恒に起請文が発行された。

「一、龍伯、同少将（忠恒）殿の御身命は、悉《ことごと》く保証いたします。

一、御国のことは、兼日のごとく、御約束に相違ございません。

一、兵庫頭《ひょうごのかみ》（惟新）殿のこと、右の御両所と御入魂《ごじっこん》となれば、相違なきよう取り成します」

報せは半月ほどして薩摩に届けられた。

「ほんなごて内府《だいふ》は誓紙を書いたのか？　出雲守《いずものかみ》（鎌田政近）は騙《だま》かされていっとじゃなかか」

あっさりと起請文が出されたので、国許では惟新のみならず、皆は疑念を持っていた。払拭《ふっしょく》できないので、龍伯は税所篤和《さいしょあつかず》と竹内六衛門を上洛させている。

九月に入り、伊丹屋助四郎が山川の児箇水《ちごかみず》に戻ったところを捕縛《ほばく》された。惟新は直《じか》に詰問《きつもん》したいところであるが、助四郎は即座に富隈《とみのくま》に連行されたというので、遠慮せざるをえなかった。

「助四郎は、高麗《こうらい》に出兵した時は合力した者《もん》ではあるが、早々に死罪にして上方に送るがよか。太守様《たいしゅさあ》も少将も一切関わりはなく、早々に禁制を敷いたこつを報せよ。内府にも、明国にもの」

九月十三日、惟新は龍伯の家臣・平田増宗と忠恒の家臣・比志島《ひしじま》国貞を呼んで命じた。惟新には権限はないものの、対応の遅れは和睦の交渉に支障をきたすと思ってのこと。少々、伊丹屋助四郎が不憫《ふびん》ではあるが、悪事を働いたのは事実、心を鬼にしなければならなかった。

捕らえられた伊丹屋助四郎は口に縄を嚙まされていた。舌を嚙ませないためのものであるが、真実を吐露《とろ》させぬための行為ともとれた。ここに至れば、そのほうがいいかもしれない。助四郎とその郎党は薩摩、大隅を引き廻された挙げ句、薩摩日置《ひおき》郡の市来《いちき》で磔《はりつけ》にされ、首は伏見に送られたが、家康は十月十二日、帰国の途《と》に就《つ》いたあとであった。

十月、鎌田政近は本多正信と山口直友の起請文を持って帰国した。

「こん紙が内府《だいふ》の誠意か？　毛利と同じ手で島津を騙せると思っておっとか！」

起請文を見た龍伯は脇息《きようそく》をひっくり返して激怒したという。報せは即座に帖佐《ちようさ》に届けられた。

「太守様《たいしゆさあ》は和睦の必要はなか、と仰《おお》せになられたようにございもす」

帖佐宗辰《むねたつ》が惟新に告げる。

「言葉の綾《あや》じゃろう」

本気ではなかろうが、少し憤りを冷ます期間は必要だろうと、惟新は思う。

その後も山口直友や寺沢正成のみならず、主筋である近衛《このえ》龍山《りゆうざん》からも、起請文を得たのならば、早々に龍伯を上洛させるように、という要請が次々に届けられた。

十一月一日、山口直友は忠恒と龍伯に対し、「講和のことは年越して伏見で行いたい。上洛すれば身の上は保証する。なにかあれば鎌田政近と新納《にいろ》旅庵に申すように」と、二人が徳川方に傾いていることを匂わせる書を送った。

「敵に惑《まど》わされてはならぬ。二人は島津に背くような者《もん》ではなか」

惟新は忠恒には懇々《こんこん》と諭《さと》した。

徳川方の返書には内容に不備があり、上洛するならば元気な忠恒が行くようにと丁寧に伝えている。特に、家康には、その旨を告げてくれとも頼んでいた。

何《いず》れ和睦はしなければならない。龍伯が強硬に出るならば、誰かが柔軟な対応をする必要がある。

〈俺《おい》は生涯、そげんな役廻《やくまわり》をすっこつになるのかもしれんな。まあ、そいで島津が立ち行き、忠恒がしっかりと跡を継げればよかか〉

それが最後の仕事だと割り切るものの、天下に手をかけた家康と、島津家では絶対的な権力を持つ龍伯を相手にしなければならない。合戦以上に困難かもしれないとも思っていた。

その後も惟新は多方に気遣いの書状を送った。

慶長七年（一六〇二）二月十四日、家康は伏見城に入城した。

「まだか」

薩摩の田舎者は来ない。家康は苛立《いらだ》ちを抑えながら問う。内心では腸《はらわた》が煮えくり返りそうであった。

この二月一日、井伊直政が彦根で没した。享年四十二。死因は関ヶ原の戦いで柏木源《かしわぎげん》藤《とう》に撃たれた鉄砲傷による破傷風《はしょうふう》だという。家康にすれば、忠臣を島津家に殺されたことになる。

前年の八月十七日、漸《ようや》く上杉家の処罰を決定した。会津百二十万石を召し上げ、改めて米沢など三十万石を与えた。上杉家は毛利家と同様に石高は四分の一に減らされたことになる。

上杉家の家宰《かさい》である直江兼続《かねつぐ》が記した「直江状」には少なからず腹立たしさを覚えたものの、結果的には天下に手をかける契機を作ってくれた恩人ともいえる。しかも大量に所領を削減することもできた。表だって謝意を示すわけにはいかないが、心中ではお礼を言いたいぐらいである。

次は家康が小山《おやま》評議ののち軍勢を反転させた際、日和見《ひよりみ》を決め込んだ常陸《ひたち》五十四万五千余石の佐竹義宣《よしのぶ》への対応であった。義宣の弟の蘆名盛重《あしなもりしげ》は江戸崎四万五千石、次弟の岩城《いわき》貞隆《さだたか》は陸奥《むつ》の岩城で十二万石、寄騎の相馬義胤《そうまよしたね》の四万九千石と、多賀谷重経《たがやしげつね》の六万石を合わせれば八十一万九千石が家康に備えていたことになる。お蔭で家康は警戒しなければならず、一ヵ月以上も江戸で躁心させられた。

佐竹家は一番最後に大幅に所領を削り、遠くに移封してやるつもりだ。どっちつかずの態度をとった者ほど腹立たしいものはない。

憎い佐竹家に鉄槌《てっつい》を振り下ろすためにも、早く島津家を処理したいが、前年、本多正信らに起請文《きしょうもん》を書かせたにも拘《かかわ》らず、まだ文句を言って上洛してこない。

関ヶ原の戦後処理で、残っているのは島津家と佐竹家だけである。気長な家康にしても堪忍袋《かんにんぶくろ》の緒《お》が切れそうであった。

「近く家老が上洛するそうにございます」

本多正信が答えた。

「そちの悪知恵は底をついたか」

「悪知恵とは人聞きが悪い。仏の嘘を方便と言い、武士の嘘を武略と言う、土民百姓ごときは可愛いもの、と然《さ》る恩人（明智光秀）が言ったそうにございます」

信長が生きていれば、家康に天下取りの機会は訪れなかったかもしれない。

「なにが可愛い？　百姓の天下は終わった。方便でも武略でも構わぬゆえ、龍伯を上洛させよ」

「畏《かしこ》まりました」

本多正信は顰《しか》めた表情で応じた。こういう顔の時は難しいと主張しているのと同じだった。

三月、忠恒の老中《おとなじゅう》となっている島津忠長が伏見に到着した。忠長は泗川《サチョン》の戦いにおいて、僅《わず》か百騎ほどで、茅国器《ぼうこつき》が率いる一万の明軍を撃退し、惟新の窮地を救った闘将でもある。

伏見城の一部屋で本多正信は島津忠長と相対した。

島津忠長は龍伯から厳しく言われているので、闘志に満ちている。挨拶ののちに切り出した。

「先の八月、貴殿と山口殿に戴いた誓紙のこつ、内容はよかこつにごわすが、内府様《だいふさあ》のご署名がごわはん。内府様のご署名がなくば、龍伯は上洛できもはん」

「上様は貴家に異心は持っておらぬ。某《それがし》が信用できませんか」

「信用しとうごわすが、毛利家は所領の大半を削られもうした」

絶対に譲れないと、覇気《はき》をもって島津忠長は言う。

「毛利は秀頼様を守るために入城しただけと公言してござったが、その実、弾劾文《だんがいぶん》を廻して兵を集《つど》い、伏見、伊勢、四国に兵を進め、豊後《ぶんご》の一揆《いっき》を支援。当家を騙したのでござる」

「毛利は毛利、当家は当家にごわす。内府様の誓紙を戴かねば、龍伯の上洛はありもはん」

「貴殿は上様の誓紙にこだわられておるが、貴家が誓紙を無《む》になされたことをいかに思われるか」

家康は三年前の慶長四年四月二日、龍伯と忠恒に、昵懇となるための起請文を送っている。

「惟新は約束どおり、伏見に入城しようとしもうしたが、鳥居殿に拒まれ鉄砲を放たれもうした。そん、誤解は既に解けておるのではなかですか」

島津忠長は本多正信に揚げ足を取られなかった。

「さすが図書頭《ずしよのかみ》（忠長）殿《どの》は気概がある。確か貴殿は日新齋《じつしんさい》（忠良《ただよし》）殿が生まれた相州《そうしゆう》家《け》（のちに宮之城家）でしたなあ。とすれば宗本家《そうほんけ》の龍伯殿とは同じ血を引く同格。泗《サ》川《チヨン》での活躍も聞いてござる。上様は貴殿のような勇者を好まれており、別家を立てられてはいかがかとも仰《おお》せでござる」

本多正信は得意の調略《ちようりやく》を持ちかけた。

「お褒《ほ》めに与《あずか》いしこつは恐悦《きようえつ》の極み。じゃっどん、俺《おい》は鹿児島以外に仕える気はなか、と内府様《だいふさあ》に仰せ給《たも》んせ」

島津忠長は引き抜きに耳を傾けず、結局、話は纏《まと》まらなかった。

渋々本多正信は家康に報告をした。

「そちも、島津にはお手上げか」

三畳間の茶室で点《た》てた茶を出しながら家康が問う。

「いえ、まだ策はございます。ただ、確認を一つ」

出された茶を受け取り、作法どおりに廻し、本多正信は尋ねた。

「今さら、確認することがあろうか」

「誓紙ですが、一度書いてやってはいかがにございましょう。誓紙などは所詮《しょせん》ただの紙切れ。龍伯を上洛させてしまえば虜《とりこ》にし、後からこんなことが見つかったから誓紙は破棄、とできましょう。粗《あら》はいくらでもありましょうが、先に示せば、田舎者ゆえ、絶対に上洛致しませぬ」

「島津は余《よ》に兵を向けた敵。敵を無罪になどはできん」

家康はいつになく厳しい口調で言い放つ。惟新の敵中突破には、相当肝《きも》を冷やされたようである。

「仰せのとおりにございます」

緊張した面持《おもも》ちで本多正信は答え、茶を啜《すす》った。少々苦いが、薄めてくれとは言えなかった。

三月二十七日、本多正信は再び島津忠長を伏見城に登城《とじょう》させた。

「先日、貴殿は徳川家の誓紙では信用できぬと申されたの」

「信じてないのではなく、ただ内府様《だいふさあ》の誓紙を戴きたいだけにごわす」

「まあ、聞かれよ。我が嫡子《ちゃくし》の上野介《こうずけのすけ》（正純《まさずみ》）を薩摩に下向《げこう》させよう。さらに福島左衛門大夫《もんのたいふ》（正則）に龍伯殿の身上《みのうえ》に相違なきことを約束させよう。存じてのとおり、左衛門大夫は羽柴《はしば》姓を許された秀頼様のご親戚。公儀《こうぎ》が保証すれば、龍伯殿も安心でござろう」

本多正信も尻に火がついてきたので、正純という札を切らなければならなかった。福島正則は、徳川家と一緒に毛利家を騙した仲間なので、うまくやってくれるはずである。

逆に島津家とすれば、福島正則は徳川家の悪事に加担した一味。しかも毛利家から先納分の年貢を厳しく取り立てた阿漕《あこぎ》な簒奪者《さんだつしゃ》のように映っていた。

「龍伯は、ただただ内府様《だいふさあ》の誓紙を欲しておりもす」

頑《かたくな》に島津忠長は家康の起請文にこだわった。本多正信が「公儀」を口にするが、島津家にとっての「公儀」はあくまでも実力者のことで、組織ではない。秀吉存命時は秀吉、秀吉死去後は家康を選んだが裏切られた。今度は失敗するわけにはいかない。

この日も本多正信は島津忠長に、龍伯の上洛を納得させることはできなかった。

翌二十八日、伏見城で幸若舞《こうわかまい》が披露《ひろう》され、大勢の大名のみならず、公家や有力商人も招待された。舞いが終わったのちに、商人《あきんど》の何人かが本多正信に呼ばれた。

「明国との交易を再開したい。なんとか行《てだて》はなかろうか」

本多正信は問う。集まった商人には、徳川家の御用商人の茶屋四郎次郎清忠《ちややしろうじろうきよただ》や、堺の今井宗薫《そうくん》、津田宗凡《そうぼん》らのほか伊丹屋清兵衛《せいべえ》もいた。

「明は薩摩の鳥原掃部助《かもんのすけ》さんところですなあ」

堺で一番とも言われる大商人の天王寺屋宗本家の津田宗凡が言う。

この当時の商人が海外交易を行う時、それぞれ得意先の国があり、あまり割り込むような真似はしなかった。それが互いの利益を守る暗黙の了解である。破れば船を守る目的で提携している海賊が襲撃を企《くわだ》てることは珍しくなかった。商人どうしが船を潰し合っては利を得られないので、ある種の談合であり協定を結んでいたのだ。

「それゆえ、方々に申しておる。新たに始められる者はおらんか」

「明国ですか、戦《いくさ》をしていましたからなあ。簡単には船を出せませんでしょう」

首を横に振ったのは津田宗凡である。天王寺屋は三成と親しく関ヶ原合戦では西軍を支援していた。

「商人とは利のため、地の果てまで赴き、死に神とも商売をするのではないのか」

「商売は互いに利を齎《もたら》さねばなりません。我らの世界では、損して得取れ、という言葉がございます。薩摩とはいろいろあるでしょうが、このたびは、この言葉が当てはまるのではないでしょうか」

今まで黙っていた伊丹屋清兵衛が口を開いた。

「そなたの一族が始まりかけた交易を潰したのではなかったたかな」

「単に屋号が同じだけでございます。薩摩への航行が円滑になれば、手前どもも尽力させて戴きます。異国の中でも明国は、なかなか簡単には他国を信じぬお国柄。今、南蛮《なんばん》に荒らされているようですので、僅かな糸口でもあればしっかりと手繰《たぐ》り、結びつけておくがよかろうかと存じます」

伊丹屋清兵衛の言葉には唸《うな》らされる。

キリシタンの宣教師が派遣されて布教を行うと、在地の宗教と対立して血が流れる。これを知るとポルトガルやイスパニアは軍隊を送り込んでその地を制圧して植民地にし、食料、財宝、奴隷を奪うように本国に持ち帰っていることが世界中に広がっていた。日本の地でも同じことが行われ、秀吉はキリシタンの禁止令を出し、長崎では宣教師二十六人を処刑している。

明国が南蛮人に侵食されているならば、なおさら一刻も早く民間での交易を始めて互いに信頼関係を築き、国交を回復させるべきであった。家康が天下を取るにあたり、南蛮の国が本格的に敵になるならば、明国と手を取って戦う可能性もなきにしもあらず。新たに台頭してくるイギリスなどのことを考えれば、島津家への起請文は易《やす》いことなのかもしれない。

本多正信はちらりと目をやると、茶屋清忠や今井宗薫も自家が明国との交易を最初に結ぶのは難しいと首を捻《ひね》る。

困惑した表情で本多正信は、商人《あきんど》たちとの話を家康に報告した。

「島津め、田舎者のくせに、商人にまで手を伸ばしておったか。あなどれんの」

家康は苦虫を嚙み潰したような顔で吐き捨てた。

「一寸の虫にも五分の魂、と申します」

「戯《たわ》け、商人に丸め込まれてどうする。そんなことで天下が取れると思うてか」

「その商人どもが申しておりました。損して得取れと。これは、決して上様が屈したのではございません。征夷大将軍《せいいたいしょうぐん》になるための一歩でございます」

自分の失態を隠そうと、本多正信は必死だ。

「努力は結果が伴って初めてものを言う。島津め、手をかけさせおって」

児戯《じぎ》な誤魔化《ごまか》しなどは通用しない。家康は切って捨てた。

四月十一日、家康は苦々しい思いのまま筆を執った。

「二度の使者をもらい祝着である。しかれば、薩摩・大隅・諸県《もろかた》のこと、この間に領地なされていることに相違《そうい》ない。忠恒に跡を譲るということに異存はない。惟新のことは龍伯の意見どおり、疎《おろそ》かにしないことに異議はない。日本国大小神祇《だいしょうじんぎ》、八幡大菩薩《はちまんだいぼさつ》に誓って表裏《ひょうり》はない」

関ヶ原の戦いからおよそ一年半の交渉の末、島津家は遂に本領安堵《ほんりょうあんど》と惟新の不罪を得ることができた。まさに執念の勝利と言えよう。

三

四月下旬、家康が起請文を記したことが、島津家に伝えられた。富隈《とみのくま》、鹿児島、帖佐《ちょうさ》それぞれで歓喜《かんき》の声があがった。

「御家《おいえ》を上げての強気の姿勢が勝利を勝ち取ったこつにごわすな」

家老の伊勢貞成が惟新に笑みを向ける。

「太守様《たいしゅさあ》の意志の強さゆえであろう」

惟新は龍伯を称《たた》えた。実際に龍伯の思案が揺れることはなかった。

「殿様《とのさあ》が罪に問われんこつ、御目出度《おめでと》うごわす」

帖佐宗辰《ちょうさむねたつ》が涙ぐむ。

「ないごて殿様が罪に問われなならんか。徳川の失態で敵対しただけではなかか。あと、三千もの兵があれば、俺《おい》たちゃあ勝っちょり、徳川を罪に問うておったわ」

豪気に伊勢貞成は言い返した。

〈まこと内府《だいふ》の失態かの。そいなら、本領を安堵するのに、こいだけの歳月をかけようか。やはり島津を改易《かいえき》にするか、毛利同様に召し上げる気で伏見城に入れんかったんではなかかの〉

今となっては確認するわけにもいかない。惟新は安堵の中で疑念を肚裡《とり》に封印するしかなかった。

島津領内は戦《いくさ》で勝利したかのように沸き、祝い酒が振る舞われた。

遅ればせながら堺商人・伊丹屋清兵衛から惟新の許に書状が届けられた。

「なにか、ご用立ての時は仰せくださいますよう」

短い文章から、このたびの本領安堵に一役買ったことが窺《うかが》えた。

「さすが商人《あきんど》じゃ」

惟新は頰《ほほ》を吊り上げた。朝鮮で毛皮や武具の買い取りをしてもらったことは伊丹屋清兵衛が儲《もう》かっただけではなく、島津家のほうも助かった。借りを作ってしまったようである。

「上方では田辺屋《たなべや》、塩屋《しおや》のほかに伊丹屋も贔屓《ひいき》にするように」

惟新は鹿児島に遣いを送り、忠恒に伝えさせた。

島津家のことが片づいたので、五月八日、家康は佐竹義宣に出羽の秋田に国替えを命じた。意地の悪いことに石高は不明。家康は義宣が死ぬまで石高を明確にするなと家臣に伝えたという。関ヶ原合戦前の日和見は、何年経っても腹の虫が収まらなかったらしい。

因《ちな》みに佐竹家の石高が正式に決まったのは寛文《かんぶん》四年(一六六四)四月五日。秋田六郡に下野《しもつけ》の河内《かわち》、都賀《つが》郡の内を加えた二十万五千八百余石。入国から実に六十二年目のことである。

何《いず》れにしても、これで関ヶ原合戦における戦後処理が終わった。諸書によって異なるものの、西軍に属した大名の内、改易は九十一家で四百二十万余石、減封は四家で二百二十一万余石。没収率は全国総石高の三割以上にも及んだ。対して東軍に属した大名に加増されたのは百十五家で六百七十一万余石。西軍に与《くみ》しながら島津家が改易も減封すらされなかったのは、ある種、奇跡である。戦後処理が終わり、新たな歴史の始まりでもあった。

まだ、島津忠長は帰国していないので、家康が記した起請文を目にできてはいない。それでも報せを聞いた龍伯は上洛すると言いだした。

五月二十日、使僧の甚尭坊《じんぎようぼう》への書状では、まだ病《やまい》であると記している。それでも病を押して上洛するとの報せが帖佐《ちようさ》に届けられた。

〈こんまま太守様《たいしゆさあ》を上洛させれば、その座が安泰となり、忠恒の家督は先延ばしとなる。こん先、なにがあるか判らん。あるいは廃嫡《はいちやく》というこつも……〉

頑《かたく》なに上洛を拒否していた龍伯が、急に思案を変えたので惟新は危惧《きぐ》した。

考えを巡らせた上で惟新は帖佐に出仕している伊集院忠眞《ただざね》を呼んだ。庄内の乱ののち、忠眞は薩摩半島南の頴娃《えい》に所替えとなり、その後、帖佐《ちようさ》で二万石が与えられ、義父の惟新に仕えている。実父の幸侃《こうかん》を憎む龍伯や、実際に手討ちにした忠恒に奉公させるのは酷であった。

「お呼びでござるか」

二十七歳になる伊集院忠眞は、隙《すき》のない足取りで惟新の居間に入室した。忠眞は泗川《サチョン》の戦いでは六千五百六十の首を討った勇将である。庄内の乱以降、忠眞の表情は暗い。富隈《とみのくま》や鹿児島のみならず帖佐や佐土原《さどわら》でも白い目で見られているので当たり前かもしれない。内乱を起こしたといっても、追い込まれたというのが正直なところ。忠眞はあくまでも被害者、惟新は不憫《ふびん》に思っていた。

「呼びたてですまんの。実は、わいに頼みたいこつがあっての」

「ないごてでごわしょう。ないでん、下知《げじ》して給《たも》んせ」

義父でもあり、庄内の乱後、惟新は面倒を見てきたので、忠眞は慕っている。

「島津のため、一肌脱いでもらいたい。わいには迷惑をかけんつもりじゃ」

安堵させた上で、惟新は娘婿《むすめむこ》に子細を告げた。無論、内密である。

「畏《かしこ》まりもした」

質問すらせずに承諾した忠眞は、頭を下げたのちに部屋を出ていった。

命じた惟新であるが、なんとなく気が晴れなかった。

数日して富隈に仕える忠眞の弟の小伝次が、家中の不穏な噂を八ヵ条書き上げて龍伯に提出した。大意の主たる内容は五点に集約されている。

一、和久甚兵衛尉《じんべえのじよう》が披露《ひろう》する家康の起請文には、龍伯の孫の又四郎忠仍《ただなお》に家督相続されることが示されていることが、忠恒に伝わっていること。

二、又四郎忠仍に家督相続がなされたら、忠恒と鹿児島衆は対抗措置に出ると共に、肥後の加藤清正と連絡をとっていること。

三、又四郎忠仍に家督が相続されるという前提で龍伯が上洛すれば、出立《しゅったつ》の翌日にも鹿児島衆は富隈を占領すること。

四、忠恒は自ら上洛し、公儀に国替えを望んでいること。

五、鹿児島衆が龍伯家老の平田増宗《ますむね》を成敗すること。

ほぼ同じ内容の条文が忠眞から惟新にも提出された。

〈こいでは、さすがに太守《たいしゅ》様も上洛できまい。太守様を蔑《ないがし》ろにするつもりはなか。そいでん、本領が安堵されたら、俺《おい》たちゃあ年寄は静かに隠居し、若い者《もん》の後押しをするのが世の常。太守様も気づいてくれればよかが……〉

条文を目にした惟新は、穏便な家督相続を願った。

惟新の思惑どおり、条文を目にした龍伯は上洛を延期すると言いだした。

富隈、鹿児島、帖佐《ちょうさ》の三者が疑心暗鬼にかられるようになりだした中の六月三日、島津忠長が和久甚兵衛尉を伴って帰国し、家康の起請文を披露した。

起請文を見て、龍伯は安堵したが、鹿児島の忠恒への嫌悪や疑念が消えることはない。

龍伯方は噂の真偽の確認や噂の出所の調査を開始した。

山口直友からは、家康が起請文を書いたのだから六月二十日前には上洛するようにという書状が届けられているが、龍伯は無視した。武士が帰る城を失っては笑い話にもならない。しかも狙っている者が娘婿ときては、俄《にわか》に応じるわけにはいかなかった。

「少将には覚悟を決めて動くなと申せ。書状を記す時も、口外する時も太守様《たいしゅさあ》の上洛を喜ぶようにと」

惟新は密《ひそ》かに使者を忠恒の許に向かわせて告げさせた。

自身も島津忠長への書状では、龍伯の一刻も早い上洛を望むと伝えている。

龍伯は忠恒の家臣となっている比志島《ひしじま》国貞、樺山善久《かばやまよしひさ》、鎌田政近、伊勢貞昌などを個別に呼び寄せ、事の真相を質《ただ》すことに勤《いそ》しんでいた。

問い質された龍伯の元家臣たちは、忠恒に異心がないことをただ訴えるばかり。

「家督を又四郎（忠仍《ただなお》）殿《どん》に譲られるこつは、ほんなごてでごあんどかい」

逆に鹿児島の老中衆《おとなじゅうしゅう》が問うほどである。

報せは逐一、惟新の許に届けられた。

〈太守様もお焦りじゃな。こげんこつも判らんとすれば、鈍くなられたか。あるいは、俺《おい》に結びつけるために、一つずつ潰しておっとか〉

龍伯は、一応、帖佐《ちょうさ》の老中衆《おとなじゅうしゅう》にも詰問するが、結果は鹿児島と変わらない。

鹿児島方でも調べる中、龍伯が家督を又四郎忠仍《ただなお》に相続させることのないよう、どうにか説得して忠恒に譲らせよう。訴えを聞き入れられなかった時はいかにするか、などということが話し合われるようになった。

ひょんなことから、富隈、鹿児島、帖佐の三家が険悪な関係になった。ある意味、喜んでいるのは、父幸侃《こうかん》を殺害され、家の所領を四分の一に減らされた伊集院忠眞兄弟かもしれない。お蔭で島津家に亀裂を入れ、騒乱を画策しているという噂も出るようになった。

気掛かりなのは、条文を記した伊集院兄弟に尋問しないこと。罪悪感を覚え、惟新は忠眞を呼んだ。

「苦労をかけるの」

「いえ。ご安心を。義父上《ちちうえ》のこつは露見しておりもはん」

「そげんなこつではなか」

「判っておいもす。太守様《たいしゅさあ》がほんなごて隠居なされるこつを俺《おい》も願っておいもす。じゃっどん……」

と言ったところで忠眞は口を閉ざした。幸侃《こうかん》を手にかけた忠恒への家督継承を望んでいないことは惟新にも判る。

〈俺は眠っていた子を起こしてしまったんかもしれん。それどころか、開けてはならぬ憎しみの箱の封印を解いてしまったか〉

今さらながら忠眞に命じたことを後悔する惟新だったが、もはや遅い。前に進むしかなかった。

〈こげんなこつになっても、まだ太守様は当主に固執なされるか。あるいは、俺と忠恒への反発で意地になっておられるのか〉

これまでお世辞にも島津家は一枚岩ではなかったものの、それなりに纏《まと》まってはいた。外敵が現れるとさすがに一致するであろうが、以前のような頑強さがなくなったような気がする。

龍伯も事の真相が摑めずに日を送り、焦っていた。当主として、まずは家中を鎮《しず》めなければならず、六月十三日、忠恒に対し、起請文を発した。

「惟新、忠恒、龍伯とで家中が割れているという噂が立ったことは不覚である。老耄《ろうもう》したので意見しても御納得しないというのは笑止千万《しょうしせんばん》。周囲がいろいろ言っても、胆《きも》の据わっておらぬ者が多く、その者の申すことを聞いても一概に信じないように。今後も自分は別儀はない。京のことが整い、貴所へ示し達した上は、今後も我らには別儀はない。息女（亀寿《かぢ》）のこと、いよいよ相変わらずの様子にて頼み入る」

家督を匂《にお》わせることは記しているが、明確にはしていない。龍伯は上洛する気であった。

六月二十二日、龍伯は又四郎忠仍《ただなお》に告げている。

「拙者は上洛すること、京都に急ぎ報せた。来月には必ず罷《まか》り立《た》つ覚悟にて、手の透《す》いている者は近々こちらへ来ることを待っている。なお、年寄に従って事前に申すこと」

未だ家中は混乱している。覚悟とは裏腹に、すぐに行動できないのも悩みの種であった。

七月になると、福島正則や山口直友から、家康の起請文を得たからには、早々に上洛すべきだ、という書状が相次いで龍伯や忠恒の許に届けられた。

龍伯は失意の中で病《やまい》を理由に上洛を延ばす旨《むね》を山口直友に伝えた。

もはや龍伯は自身に仕える伊集院小伝次に問う以外にない。

「俺《おい》は兄より耳にしたこつを書に記してお報せしたまでにて、別儀はございません」

何度質《ただ》しても、小伝次はそう答えるばかり。

当然、忠恒が富隈を占拠するという指示を出したことも、加藤家の誰と鹿児島の誰が連絡を取り合っていることも、平田増宗を誰が成敗する、という数々の噂も、真相は摑めずじまいであった。

八月になると、龍伯、惟新、忠恒の不仲は上方にまで知られ、新納《にいろ》旅庵は危惧して三人で和解し、上洛を願うことを病の身を押して懇願してきた。

〈もう、そろそろよか頃じゃろう〉

八月一日、惟新は鹿児島に足を運び、忠恒と顔を合わせた。

「太守様《たいしゅさあ》は、この混乱の元が質《ただ》されねば上洛はなされん。そいでは、内府様《だいふさあ》の起請文が無になり、まっこつ天下の軍勢が薩摩、大隅に殺到する。万余の敵を斬っても、島津を滅してはならん。吾《あが》は富隈に赴き、太守様《たいしゅさあ》に代わって上洛するこつを申し出よ」

「出過ぎた真似をするなと、お怒りになられたら、どげんなさいもすか」

不安そうな面持《おもも》ちで忠恒は問う。

「まずは、家督を継ぎたいならば、気概を見せよ。あとは……」

惟新は耳打ちすると、忠恒は鉛でも飲み込むような表情で頷《うなず》いた。

いつでも上洛できる準備ははじめられた。


八月十日、忠恒は富隈に赴いた。供は僅かで、老中衆《おとなじゅうしゅう》は伊勢貞昌を一人連れただけである。龍伯の前に罷り出ると忠恒は「草案」を提出した。

「全部、気に入らん。吾《あが》が上洛するとは忠孝を欠いておる」

龍伯は「草案」を下座の横に座す平田増宗に投げ渡し、憤《いきどお》りをあらわにした。

〈煮え切らぬ太守様に代わって上洛すっこつが忠孝を欠くと〉

忠恒には龍伯の心中が理解できなかった。

「畏《おそ》れながら、内府様《だいふさあ》が誓紙を書いてから四月《よつき》経っておりもす。太守様は、いつまで上洛を延ばされるつもりでごわすか」

「そげんなこつは、吾《あが》には関係なか。出過ぎたこつを申すな」

「御家の大事、太守様への忠節のため、無礼を承知で申し上げもす」

ことわった忠恒は改めて口を開いた。

「太守様《たいしゅさあ》の上洛が一日遅くなるほどに内府様《だいふさあ》の怒りは深まるばかり。病《やまい》ゆえ仕方ないとは当家の中でしか通じらんこって、誓紙を書いた内府様には関係なかこつ。こんまま先延ばしにした挙げ句に上洛なされ、太守様の御身《おんみ》が無事だと思いもすか」

「内府が俺《おい》を斬ると申すか」

「そいは、判りもはん。じゃっどん、天下に手をかけた内府様に四月待たせたは事実、なにかあっても不思議ではなかと思いもす。もし、内府様の怒りを受ける者《もん》が必要ならば、俺がお受け致しもす」

龍伯の代わりに自分が斬られても構わないとばかりに忠恒は主張した。

「吾《あが》の決意は感服した。じゃっどん、俺が上洛した隙に、誰ぞがこん富隈を奪うという噂が消えぬうちは動くこと叶わぬ」

お前が画策したのかと、龍伯は忠恒を直視する。

「太守様に背《そむ》く者は島津家にはおりもはん。じゃっどん、又四郎（忠仍《ただなお》）に従う者は鹿児島ならびに帖佐《ちょうさ》におらんのも事実にごわす」

己の進退を賭けて、忠恒は公然と言いきった。

「そいが、帖佐の、惟新の意見か」

当たり前のように龍伯は忠恒の背後にいる惟新の助言を見抜いていた。

「父上は関係ありもはん。こいは、俺《おい》の意見にごわす」

「もう、よか。下がれ！」

気合いを発するような声で龍伯は言い放った。

激昂《げっこう》する龍伯に対して取り成す気は起きない。忠恒は深々と頭を下げたのちに退室した。

下知に従いはしたものの、忠恒とて島津家を思って会見に挑んだので、まだ言い足りないことはある。そこで、翌十一日、改めて書状に認《したた》めて龍伯に送った。

「このたび我が上洛の件は、重ねて富隈衆から止められましたが、当家の忠節、龍伯様への奉公と深く考えてのことゆえ、思いとどまりません。重ねて誓紙で申し上げたように、龍伯様に背き、己の身を考えてのことでは毛頭ございません。このたびは重ねて及ばざることといえども申し上げます。昨日の誓紙草案を御目《おめ》にかけられた時、何ごとも任せられずとの御意《ぎょい》。上洛することは忠孝に欠けるとの仰せを蒙《こうむ》り驚き嘆いております。（中略）たとえ、仰せ聞かれずとも、国家のために申し上げねばなりません。心中に疾《やま》しいことがないならば、天命に任せることは、右の趣《おもむ》きをもって御意に背くとは申しません。これがなくば、家の忠義、龍伯様への御奉公のために上洛することも仇《あだ》に成ります。これは我が心中にありません（後略）」

忠恒の決意の表れである。

前日、惟新も龍伯に、起請文を送り、異心のないことを伝えている。

忠恒の覚悟は龍伯に伝わった。勿論《もちろん》、惟新の思惑《おもわく》も龍伯は洞察《どうさつ》したようであった。龍伯も思案したであろう。鹿児島に多くの重臣を割《さ》きすぎたこともあり、戦上手《いくさじょうず》の惟新をも敵にした場合、勝算は見込めない。富隈を空にして上洛するのも心配。忠恒が公言したように、家康が起請文を記してから日にちが経ち過ぎている。万が逸のことは避けねばならない。

翌日、龍伯の使者として家老の平田増宗が鹿児島に来た。

「上洛のこつ、こたびは少将様《しょうしょうさあ》にお任せ致すと、太守様《たいしゅさあ》は仰せにごわす。じゃっどん、今のままでは家中に凝《しこ》りを残すゆえ、混乱に陥れた伊集院一族を始末するこつ。小伝次は富隈で詰腹《つめばら》切らせる。以上にごわす」

質問は受け付けず、平田増宗は逃げるように鹿児島を発った。

このような大事、忠恒は独自で判断できず、帖佐《ちょうさ》城に赴いた。

〈太守様も真相に辿《たど》り着いたか。厳しい裁断じゃの〉

画策が露見したことは仕方ないと思うものの、惟新は切腹を命じられるより辛《つら》い下知を言い渡されたような心境だった。

「そん件は俺《おい》に任せ、吾《あが》は早々に上洛の途《と》に就《つ》くがよか」

「じゃっどん……」

「俺が信じられんとか？　吾はこののちの島津を率いて行く身。前を向いて進め。後ろを振り返るとは、棺桶《かんおけ》に足を突っ込む時でよか」

厳しい口調で言い渡し、惟新は忠恒を帰城させた。

〈戦《いつさ》も終わり、漸《ようや》く和睦が整ったと思ったら、俺は息子と婿《むこ》の生命を選ばねばならんのか。源次郎（忠眞《ただざね》）にはなんの罪もなかこつなのに〉

身から出た錆《さび》とはいえ、罪の意識に身が焼かれそうであった。

いくら後悔しても元には戻れない。伊集院忠眞を逃せば、今度は忠恒が疑われる。惟新は心を鬼にして生命の選択をしなければならなかった。

「強兵衛《ごうべえ》を呼べ」

帰国後、「郷」の字を「強」の字に変えさせた押川《おしかわ》強兵衛を呼ばせた。

「また、わいに辛き頼みをせねばならん」

惟新は押川強兵衛の耳元で暗い命令をせざるをえなかった。

八月十五日、忠恒は慌ただしく鹿児島を出立して上洛の途に就いた。龍伯の跡継ぎとして赴くので城を空に近い状態にしての出発である。軍勢の中には伊集院忠眞も含まれている。惟新は途中の富隈近くまで見送っている。さすがに忠眞と顔を合わせることはできなかった。

〈こいも島津のため。源次郎許せ。詫《わ》びはあの世で致そうほどに〉

上洛の軍勢を見送りながら、惟新は肚裡《とり》で手を合わせた。

陸路を進んだ忠恒一行は、十七日には日向《ひゅうが》の野尻《のじり》に達した。ここで忠恒は鷹狩《たかがり》を楽しんでいた。鷹狩は末端の従者までを使う軍事訓練の一環で、殆《ほとん》どの武将が嗜《たしな》んでいる。

秋風が吹く中、茂みに押川強兵衛と淵脇平馬《ふちわきへいま》が鉄砲を持って隠れていた。二人は狙いを定め、ゆっくりと引き金を絞《しぼ》った。二つの筒先《つつさき》は火を噴《ふ》き、白馬に跨《また》がる伊集院忠眞の体を捉《とら》えた。勿論、甲冑《かっちゅう》などは身に着けてはいない。

「ぐあっ！」

落馬した忠眞は厚い胸板を鮮血に染め、身悶《みもだ》えしながら上半身を起こした。

「おのれ、忠恒。父同様、俺《おい》を仕物《しもの》（暗殺）にかけたか。こげんなこつをして島津の太守が務まると思うてか！」

口から血を流し、憤怒《ふんぬ》の形相《ぎょうそう》で忠恒を睥睨《へいげい》しながら、伊集院忠眞はがっくりと倒れた。

〈父上の仕業《しわざ》か〉

驚愕《きょうがく》の中、忠恒は惟新の強硬策を肌で感じ、背筋が寒くなった。

「おのれ、主《あるじ》の仇《かたき》」

伊集院忠眞の家臣たちが、抜刀《ばっとう》して忠恒に斬りかかろうとする。

「こん馬鹿奴《ざこはっ》らは逆賊じゃ。皆討ちとれ！」

忠恒の下知に従い、忠眞の家臣たちは全員斬り捨てられた。

忠眞の側《そば》でも一人、鉄砲を受けて即死している者がいる。龍伯の家老・平田増宗の嫡男・新四郎宗次《しんしろうむねつぐ》である。

〈父上は、家中の均衡《きんこう》をとるために、源次郎の始末を命じてきた太郎左衛門尉《たろうざえもんのじょう》（増宗）の息子を仕留めさせたのか。太守様《たいしゅさぁ》への牽制に〉

忠恒は惟新の恐ろしさを実感しつつ、背後に最強の味方がいることを知って心強さを感じた。

伊集院忠眞の家臣が忠恒に刃《やいば》を向けたことで、この件は伊集院家の逆心として処理された。

その日、伊集院忠眞の弟の小伝次は富隈《とみのくま》で詰腹を切らされた。鹿児島の谷山《たにやま》では小伝次の弟の三郎五郎、その弟の千次郎が斬殺《ざんさつ》。鹿児島の南西の阿多《あた》に蟄居《ちっきょ》している伊集院兄弟の母（島津久定《ひささだ》の娘）も斬られた。

報せは帖佐《ちょうさ》に届けられた。惟新は無言のまま頷くばかり。

〈こいで島津は守れるか。いや、忠恒を……。乱世とはいえ、こげんなこつをせねばならんとか〉

惟新は虚しさしか感じない。そこには泗川《サチョン》の戦いで二十万の軍勢を打ち破った爽快感も、島津の退き口《のぐち》で多勢の敵を突破して逃れきった達成感もなかった。

〈伊集院家も島津の遠い一族。俺《おい》は、同族を討ったため、薩摩に帰ってきたとか〉

寂寥感《せきりょうかん》、さらに虚無感にかられるばかり。暫《しばら》くはなにもしたくなかった。

伊集院忠眞には男子はなかったものの、千鶴《せんつる》という一人娘がいた。忠眞暗殺後、忠恒は千鶴を養女とし、伊勢・桑名藩主の松平定行《さだゆき》の後室とした。

惟新の末娘で伊集院忠眞の正室であった御下《おした》は、のちに家老の島津久元《ひさもと》の妻となる。

忠眞を鉄砲で仕留めた淵脇平馬は、ほどなく腹を切ったので真相は闇《やみ》に葬られた。平馬の遺族は蟄居させられるが、数年後には新たに鹿児島に築かれた鶴丸《つるまる》城の城下に住むことが許され、城士《じょうし》に取り立てられることになる。

平田宗次を仕留めた押川強兵衛は、暫《しば》し行方をくらますものの、帰国して忠恒に仕えるようになる。さらに慶長十五年（一六一〇）六月十九日、強兵衛は薩摩の土瀬戸越《つつせとごえ》で宗次の父の増宗も鉄砲で暗殺する。この功で三十六石が加増されることになる。

押川強兵衛は島津家の暗い闇を支えた狙撃者であった。

嫡子・宗次の死を知った増宗は強く龍伯に、忠恒の謀叛《むほん》を訴えるが、伊集院一族の暗殺を命じた手前、事を大きくはしなかった。島津家の当主として、一時の感情に流されず、家中の憤懣《ふんまん》を伊集院家に押し付けることで和を図ったようであった。

暫し日向で様子を見ていた忠恒は九月二十三日、細島を出航し、十六日、大坂に到着して、福島正則らと共に秀頼に挨拶。家康は江戸に帰国していたので、暫し大坂にとどまっていた。

そんな中の十月二十六日、新納《にいろ》旅庵は大坂で死去した。享年五十。講和を見届けての死なので、満足していたであろう。惟新にとってはまだ早い死であった。

十二月二十五日、家康は伏見城に入城。二十八日、忠恒は福島正則に付き添われて伏見城に登城《とじょう》した。

上座に家康、少し下がった左右に福島正則と本多正信、下座に忠恒が就いた。

「ご尊顔《そんがん》を拝し、恐悦至極《きょうえつしごく》に存じもす。本領を安堵《あんど》して戴きましたこつは、歓喜《かんき》の極み。改めてお礼申しあげもす」

家康の前に罷り出た忠恒は、慇懃《いんぎん》ではあるものの、畏怖《いふ》することなく挨拶をした。上洛を一年半以上も渋ったにも拘《かかわ》らず、詫《わ》びるような素振りはなかった。

忠恒は礼として家康に銀子《ぎんす》三百枚、紅糸百斤《きん》、緞子《どんす》百巻、白糸二百丸、伽羅沈《からちん》一斤を進上している。

「重畳至極《ちょうじょうしごく》」

腹立たしいので、家康は一声かけるに留《とど》めた。それでも、これにより、島津家の本領は正式に安堵され、対外的には忠恒は当主の跡継ぎとしても認められた。

引見ののち家康は、小太りした体をゆすって伏見城の居間に戻った。その後を謀臣《ぼうしん》の本多正信が続く。

「戯《たわ》けめ」

敷物の上にどっかりと胡坐《あぐら》をかき、家康は吐き捨てた。

「誠に。調子に乗っているのも、今のうちにございます。自《おの》が首を絞めていることに気づかぬとは、当家にとっては幸せな御仁《ごじん》でございます」

本多正信は北叟笑《ほくそえ》み、相槌《あいづち》を打つ。正信が口にしているのは家康との会見に、島津忠恒と同席した福島正則のことである。正則は忠恒を上洛させるために、取次として尽力した。

徳川家にとって、有り難い人物であるが、度が過ぎているところもあった。

関ヶ原合戦における東軍の先鋒《せんぽう》として奮戦し、西軍の主力である宇喜多秀家勢をなんとか食い止めた。これを鼻にかけ、自分が東軍に勝利を齎《もたら》したと豪語する正則は、まるで奉行か年寄衆にでもなったかのように、政《まつりごと》に口を出してくる。忠恒を上洛させたことも、徳川、島津両家に功を誇り、恩着せがましく吹聴《ふいちょう》していた。

勿論、福島正則のことは立腹しているが、家康の憤《いきどお》りは別にある。

「余の怒りは、そちじゃ。これほど不愉快な思いをしたのは直江の書状を見て以来ぞ」

家康は唾《つば》を飛ばして叱責《しっせき》する。直江の書状とは関ヶ原合戦の五ヵ月ほど前に、上杉家の家老、直江兼続《かねつぐ》が西笑承兌《さいしょうじょうたい》にした直江状と呼ばれる返答状である。内容は家康の弾劾《だんがい》と、挑戦状であった。

「仰《おお》せではございますが、直江の書状を見た、上様の目は喜んでおられたと記憶しておりますが」

直江状のおかげで上杉討伐の兵を挙げることができ、結果的に関ヶ原合戦に持ち込むことができた。家康にとっては神の札《ふだ》にも相当する有り難い書状であった。

「されば、近年稀《まれ》じゃ。島津の所領、まるまる安堵ではないか。毛利も潰さず、二国が残っておる。両家とも無能な誰かのせいで、新たな国造りに励んでおるというではないか」

「申し訳ございませぬが、まだまだ始まったばかりにございます」

「なにが始まったばかりじゃ。毛利はなにもせなんだゆえ、百歩譲って許してやっても、島津は、あの惟新は、余《よ》に鉾《ほこ》を向けてきたのじゃ！　余に楯突《たてつ》いた者を、なんの処罰もせずに許しおって。徳川に刃向《はむ》かっても咎《とが》められぬという前例を作ったことになったのじゃぞ！」

いつになく口数の多い家康だ。それだけ忿恚《ふんい》に満ちた証《あかし》でもある。

「お怒りはご尤《もっと》もながら、何《いず》れにしても、これで大坂以外、当家に逆らう者はおりませぬ。天下掌握まであと一息にございます」

「なにゆえ逆らう者がおらぬと申す？　皆、猫をかぶっているだけであろうが。島津を手付かずで残したゆえ、不満を持つ者が惟新の許に集まり、余に兵を向けてきたらいかがする所存か？　太閤の直臣《じきしん》さえ、あのざまじゃ。他家の忠義ほど信じられんものはないの

「じゃぞ」

東軍についた豊臣恩顧《おんこ》の大名のなんと多いことか。関ヶ原の戦いで、厳しく植えつけられた家康であった。

「それはもう」

「やはり、島津は大隅《おおすみ》一国にでも削減し、そちを島津攻めの先陣に据え、討伐の暁には薩摩に移封すればよかったの。こたびの判断は、毛利の存続も含め、儂《わし》の、徳川の未来に対する失態だったかもしれぬ。ああっ、やはり潰しておけばよかったかの。我が家臣は猪《いのしし》武者《むしゃ》ばかり、治部少輔《じぶのしょう》のような切れ者は一人もおらぬ。治部少輔が我が家臣だったらのう……」

声を発するほどに家康の口から愚痴《ぐち》が零《こぼ》れた。

勿論、毛利家ならびに島津家の所領を、本多正信と相談し、最終的に承認したのは家康である。判っているものの、思案するほどに怒りと不安が湧き上がる。このようなぼやきができるのも懐刀《ふところがたな》の正信であればこそ。他の武功派の家臣たちでは憤り、あるいは、不満を吐露して外に漏らしてしまう恐れがある。

本多正信も、そのことを知っているので、目の離れた蝦蟇《がま》のような顔を強張らせて、そのつど申し訳なさそうに頷《うなず》いている。

〈まこと島津の本領安堵は失敗であったかもしれぬ。粗《あら》を探して移封させねばの〉

思い出すほどに不安になる。長きに亘《わた》って上洛を先延ばしにしていた挙《あ》げ句《く》、忠恒は恐縮することもなく、家康を見返した。家康は忠恒の目に惟新の闘志を感じた。

「ただ田舎者にて、鈍いだけにございます」

家康の心中を読んでか、正信が言う。

「痴《し》れ者《もの》め、絶対に背かせぬよう、何重にも網をかけておけ」

「承知致しました。されど、網も破れる時は脆《もろ》いもの。背かせぬためには、逆らっても勝てぬと相手に思わせ続けることが必要。あるいは親戚となるのも一つの手かと。あいや、これは失礼致しました。某《それがし》はこのあたりで……」

激怒する家康の顔を見てか、本多正信は部屋から退出していった。

〈親戚か……。それにしても、主君にも従わぬ輩《やから》ばかりがいるかと思えば、喰《く》うや喰わずで南の端《はし》から鑓《やり》を担《かつ》いで駆け付ける者もいる島津。何者の集まりかの。幸いにも、こたびは纏《まと》まっておらなんだゆえ、当家にさしたる損害も出なかったが、惟新の許に一つになって当家に鉾を向けてきた時、徳川家は三方原《みかたがはら》以来の危機に立たされるかもしれぬの。あるいは、余が死去したのちに……〉

考えるほどに、家康は不安になる。

〈されば、余が死去したのちは、島津、毛利を睨《にら》むように葬《ほうむ》らせるかの。その前に将軍とならねばの。次に豊臣を潰しておかねば死ねぬ。やらねばならぬことが山ほどあるのう。

跡継ぎは大事な戦《いくさ》に遅れる不肖《ふしょう》の息子（秀忠）じゃからのう。人の一生は重荷を負うて遠き道を行くが如し、急ぐべからず、か。余も既に齢《よわい》六十一。急がずばなるまい〉

家康は深い溜息《ためいき》を吐《つ》く。重なる心配が解消されることはなかった。

四

翌慶長八年（一六〇三）二月十二日、家康は征夷大将軍《せいいたいしょうぐん》に任じられた。歴史教科書的にいう徳川二百六十年の始まりである。島津家をはじめ、諸大名たちはそうそう楯突《たてつ》くことはできなくなった。

同年八月、忠恒らの懇願によって宇喜多秀家の生命が保証され、徳川家に身柄が引き渡された。この時、玉川伊織《いおり》と山田半助の二人が島津家の家臣となって薩摩に残った。

十月になると、佐土原《さどわら》の三万石が島津家に引き渡された。忠恒は本多正信らと相談し、垂水《たるみず》の島津以久《ゆきひさ》に知行《ちぎょう》させることにした。龍伯はまだ家督《かとく》を又四郎忠仍《ただなお》を譲りたい思案を持っていたが、既に以久は五十四歳なので、隠居もそう遠くはない。忠仍に佐土原を継がせて島津宗本家の家督には関わらせないという忠恒、惟新の策が成功したことになる。

島津以久が佐土原藩初代藩主に就任するにあたり、「この（伊集院忠眞《ただざね》）暗殺については口外しない」という起請文を書かされている。伊集院忠眞暗殺は、島津家にとっての禁句であった。

慶長十一年（一六〇六）、忠恒は家康から偏諱《へんき》を受け、家久《いえひさ》と名乗る。龍伯も惟新も、まさか秀吉の九州討伐の際に、謎の死を遂げた異母弟の名を当主になる忠恒が名乗ることになるとは夢にも思わなかったに違いない。

慶長十四年（一六〇九）、家久（忠恒）は三千の軍勢を率いて琉球《りゆうきゆう》に出兵し、占領して付庸国《ふようこく》とした。明のと交易の仲介としながら、島津家は独自に密貿易で利益をあげている。

家久と龍伯の権力争いは龍伯が死去する慶長十六年（一六一一）一月まで続けられた。男子を得られなかった龍伯は、愛娘《まなむすめ》の亀寿《かず》を大事にしない忠恒に気を許すことができなかったのかもしれない。

龍伯の法名は妙谷寺《みようこくじ》殿貫明存忠庵主《でんかんめいぞんちゆうあんしゆ》。神号は大国豊知主命《おおくにとよしるぬしのみこと》と贈られた。

家久は鶴丸《つるまる》城を築いて城下町を整備し、外城《とじようせい》制や門割制を確立するなど薩摩藩の基礎を固める一方で、幕府に対しては妻子を逸早《いちはや》く江戸に送って参勤交代《さんきんこうたい》の先駆けとした。

そんな家久が焦ったのは寛永《かんえい》九年（一六三二）六月、肥後《ひご》の加藤家が改易《かいえき》になったこと。これを機に島津家は慌ただしく軍役を督励《とくれい》し、これまで守ってきた軍制を改めて兵農分離に勤《いそ》しんだ。時は三代将軍家光《いえみつ》の代。武家諸法度《ぶけしよはつと》で大名は雁字搦《がんじがら》めにされていたので、幕府の命令を拒《こば》むわけにはいかなかった。

伊集院一族を始末した惟新は、表舞台から身を引いて大隅の加治木《かじき》に隠居し、伊集院一族や関ヶ原で自分を逃すために死んでいった家臣たちの冥福《めいふく》を祈りつつ、夫人と共に余生を静かに過ごしながら、若者たちの教育に力を注いだ。

筆まめな惟新は家久にしばしば書状を送り、華美、文弱、武弱になることを戒《いまし》めている。薩摩隼人《さつまはやと》が京言葉などを使うようになれば国が滅ぶと、家臣たちには独自の伝統を守ること、身を犠牲にしても島津の家を守ること、家を存続させるために戦うことを厳命している。

覇気ある惟新も晩年は、衰退して食事もままならなくなった。

「敵でございもす。敵にお懸かりなさいもそ」

家臣が鬨《とき》を上げて叫ぶと、惟新は瞬時に目を開いて食事を手にしたという。闘争本能は惟新の生命の源だったのかもしれない。

豊臣家を滅ぼすことに全力を尽くした家康は、島津家を取り潰すことができなかった。このことが心残りだった家康は死に際し、三池典太《みいけてんた》の名刀を手にとり、罪人の胴を切らせて切れ味を確かめせた。

「余の遺骸《いがい》は西に向かって埋めよ。余は死すともこの刀をもって西国に備え、子孫を守るであろう」

家康は遺言を残して、黄泉《よみ》に旅立ったという。遺体は駿河《するが》の久能山《くのうさん》に葬られた。

〈内府《だいふ》は俺《おい》を恐れていったか。関ヶ原で鼻先を横切った時、寡勢《かぜい》の俺たちゃあに仕寄《しよ》せてこなかったのは、臆《おく》していたからか〉

人伝手《ひとづて》に聞いた惟新は、一応、満足することにした。

元和《げんな》五年（一六一九）七月二十一日——。

目を閉じると喧噪《けんそう》が聞こえる。鉄砲の轟音、馬蹄《ばてい》、具足《ぐそく》がぶつかる衝撃音、剣戟《けんげき》、喊声《かんせい》、絶叫……。視界の中に見えてくるのは白地に『三《み》つ葉葵《ばあおい》』の家紋、『厭離穢土欣求浄《おんりえどごんぐじょう》土《ど》』の軍旗、『金無地開扇《きんむじかいせん》』の馬印。徳川家康の本隊三万。

自陣には五千の軍勢。

「こいならば勝てる。内府の首を討ち取れ！」

絶叫した惟新は、静かに息を引き取った。享年八十五。法名は妙円寺殿松齢自貞庵主《みょうえんじでんしょうれいじていあんしゅ》。神号は精矛厳健雄命《くわしほこいずたけをのみこと》と贈られた。

辞世の句は二つ残されている。

——天地《あめつち》の　開けぬ先の　我なれば　生くるにもなし　死するにもなし——

——春秋《しゅんじゅう》の　花も紅葉《もみじ》も　留まらず　人も空しき　関路なりけり——

惟新を追って十三人が殉死《じゅんし》した。

島津家が家康に攻められず、減封されなかったのは、もし、兵を進めて戦《いくさ》が長引き、その最中、上方で挙兵されれば目も当てられぬ、と家康が考えた可能性が高い。家康としては一刻も早く将軍職を得るため、世に静謐《せいひつ》を齎《もたら》すことを第一とした。つまらぬ汚点を残したくはなかったからであろう。

もう一つは海外との貿易。秀吉が大陸に出兵したことで、明との交易は閉鎖されている。戦後、使者を送ったところ、明は日本国を信用せず、どうしてもというならば琉球を通せと返答した。琉球に影響力のある島津家、戦をして莫大な利益を無にするのは惜しかった。

家康の欲したのは島津家が屈したという名目。島津家が欲したのは本領安堵。徳川、島津両家とも戦はしたくなかったのが本音だった。

口頭や書状では柔らかく対処しつつ、軍備を揃えて徹底抗戦の構えは崩さない。柔軟と堅硬を一対とした不屈の交渉は、いつの世にも通じる外交術であることを四百数十年前に島津家が示した。

島津家の名を高らかに示すこと、硬軟とりまぜた交渉、最強の軍勢と鉄の意志は、二百六十年後、島津久光《ひさみつ》・小松帯刀《たてわき》の公武合体論《こうぶがったいろん》、西郷隆盛・大久保利通の強硬な武力討幕によって幕府を倒し、実証してみせた。

中央を知り、中央に寄った惟新と、中央を拒《こば》み、国許《くにもと》に目を向けた龍伯。どちらがよかったのか、明快な解答を出すのは難しい。あるいは、両者を両輪としたことで島津家は西軍に与《くみ》しながらも、秀吉に降伏した時の領地を失わずにすんだのかもしれない。

龍伯と惟新の狭間《はざま》にいた家久は琉球を併合して近世島津家の礎《いしずえ》を築いた。島津に暗君なしと言われる教育制度も、惟新の薫陶《くんとう》を受けた家久の尽力に他ならない。

家康の憂《うれ》いは二百六十年後に現実のものとなる。

島津は屈せず、戦い続けた。

（了）

参考文献

【史料】

『史料綜覧』『大日本史料』『島津家文書』『浅野家文書』『毛利家文書』『吉川家文書』『小早川家文書』『相良家文書』『上井覚兼日記』『豊太閤真蹟集』以上、東京大学史料編纂所編『岩淵夜話』大道寺友山著『羣書類従』塙保己一編『續羣書類従』塙保己一編・太田藤四郎補『續々群書類従』国書刊行会編纂『當代記　駿府記』続群書類従完成会纂『新訂寛政重修諸家譜』高柳光寿・岡山泰四・斎木一馬編『舜旧記』鎌田純一・藤本元啓校訂『三藐院記』近衛通隆・名和修・橋本政宣校訂『義演准后日記』弥永貞三・鈴木茂男・酒井信彦ほか校訂『萩藩閥閲録』山口県文書館編・監修校訂『武徳編年集成』木村高敦編『國史叢書』黒川眞道編『改定史籍集覧』近藤瓶城編『黒田家譜』貝原益軒編『武家事紀』山鹿素行著『朝野旧聞裒藁』史籍研究会編『新編藩翰譜』新井白石著『家康史料集』小野信二校注『島津史料集』北川鐵三校注『太閤記』小瀬甫庵著・桑田忠親校訂『関ヶ原合戦史料集』藤井治左衛門編著『徳川實紀』黒板勝美編『徳川家康文書の研究』中村孝也著『新修徳川家康文書の研究』徳川義宣著『改正三河後風土記』桑田忠親監修『明良洪範』真田増誉著『懲毖録』柳成竜著・朴鐘鳴訳注『新薩藩叢書』新薩藩叢書刊行会編『鹿児島県史料』鹿児島県維新史料編さん所編『鹿児島県史料集』鹿児島県史料刊行委員会編『島津家資料　島津氏正統系図（全）』尚古集成館編『島津國史』山本正誼著・島津家編集所校訂『宮崎県史叢書』宮崎県編『日向郷土史料集』日向郷土史料集刊行会編『三国名勝図会』五代秀堯ほか編『新撰美濃志』岡田啓著『美濃明細記・美濃雑事紀』伊東實臣・間宮宗好著『十六・七世紀イエズス会日本報告集』松田毅一監訳・エンゲルベルトヨリッセン協力・家入敏光翻訳『朝鮮史』朝鮮史編修会編『豊公遺文』日下寛編『太閤書信』桑田忠親著

【研究書・概説書】

『真説関ヶ原合戦』『関ヶ原島津退き口』以上、桐野作人著『戦国九州軍記』『裂帛島津戦記』『戦国九州三国志』『文禄・慶長の役』『関ヶ原の戦い』『徳川四天王』『石田三成』『決戦関ヶ原』以上、学習研究社編『大名列伝』児玉幸多・木村礎編『島津義弘の賭け』『幕藩制の成立と近世の国制』以上、山本博文著『薩摩島津氏』三木靖著『島津義弘のすべて』三木靖編『日本城郭大系』児玉幸多ほか監修・平井聖ほか編『戦国大名家臣団事典』山本大・小和田哲男編『戦国大名閨閥事典』『関ヶ原合戦のすべて』以上、小和田哲男編

『戦国合戦大事典』戦国合戦史研究会編著『新編物語藩史』児玉幸多・北島正元監修『藩史大事典』木村礎・藤野保・村上直編『島津氏の研究』福島金治編『戦国大名島津氏の領国形成』福島金治著『安国寺恵瓊』河合正治著『石田三成』今井林太郎著『石田三成』安藤英男著『石田三成の生涯』白川亨著『石田三成』相川司著『義に生きたもう一人の武将石田三成』『敗者から見た関ヶ原合戦』以上、三池純正著『立花宗茂』『豊臣政権の対外侵略と太閤検地』『秀吉の軍令と大陸侵攻』『戦争の日本史・文禄・慶長の役』以上、中野等著『小西行長』島津亮二著『近世公家社会の研究』橋本政宣著『戦国期印章・印判状の研究』有光友學編『支配体制と外交・貿易　織豊政権の成立』『九州と豊臣政権』以上、藤野保編『近世日本國民史家康時代上巻關原役』徳富猪一郎著『関ヶ原合戦』二木謙一著『天下人の条件』『戦国―15大合戦の真相』『〈負け組〉の戦国史』『その時、歴史は動かなかった?!』『戦国軍事史への挑戦』以上、鈴木眞哉著『福島正則』福尾猛市郎・藤本篤著『近世武家社会の政治構造』『関ケ原合戦と近世の国制』『関ヶ原合戦』『関ヶ原合戦四百年の謎』以上、笠谷和比古著『関ヶ原役』松好貞夫著『関ヶ原合戦の人間関係学』中西信男著『関ヶ原前夜』光成準治著『豊臣秀吉の朝鮮侵略』『豊臣政権の対外認識と朝鮮侵略』『壬辰倭乱と秀吉・島津・李舜臣』『朝鮮日々記・高麗日記』『加藤清正』以上、北島万次著『天下統一と朝鮮侵略』池享編『秀吉の朝鮮侵攻と民衆・文禄の役（壬辰倭乱）』中里紀元著『家康傳』中村孝也著『新編日本武将列伝』桑田忠親著『大系日本国家史　3』原

秀三郎・峰岸純夫ほか編『豊臣氏九州蔵入地の研究』森山恒雄著『織豊期の政治構造』三鬼清一郎編『毛利輝元卿伝』三卿伝編纂所編『戦国宇喜多一族』立石定夫著『豊臣期の宇喜多氏と宇喜多秀家』大西泰正著『平群谷の驍将嶋左近』坂本雅央著『三州諸家史（氏の研究）・薩州満家院史』三州郷土史研究会編『島津中興記』渡辺盛衛・伊地知茂七・谷山初七郎著・原口虎雄監修『島津義弘の軍功記』『島津歳久の自害』以上、島津修久著『財政史より見たる島津七百年の歴史』鹿児島市教育会著『赤松俊秀教授退官記念国史論集』赤松俊秀教授退官記念事業会編『九州中世史研究第二輯』川添昭二編『幕藩制下の政治と社会』丸山雍成編『幕藩制社会と石高制』松下志朗著『幕藩制成立史の研究』山口啓二著『藩社会の研究』宮本又次編『ぼさつ日新公』橋口純美編『島津貴久公』伊地知茂七著『島津歴代略記』島津顕彰会編『戦国武将島津義弘』姶良町歴史民俗資料館編集企画『関ヶ原合戦と九州の武将たち』八代市立博物館未来の森ミュージアム編『隼人学』志學館大学生涯学習センター・隼人町教育委員会編『薩藩史談集』重野安繹・小牧昌業著『さつま人名の歴史』稲葉行雄著『隼人世界の人々』大林太良ほか編『日本軍事史』高橋典幸・山田邦明・保谷徹・一ノ瀬俊也著『唐津城　寺沢御代記』井手保著『太閤秀吉と名護屋城』鎮西町編纂委員会編『肥前名護屋城の人々』佐賀新聞社編集局編『倭館・倭城を歩く』李進熙著『壬辰戰亂史』李烱錫著『韓国地名総覧』韓国書籍センター編『現代北朝鮮地名辞典』国際関係共同研究所編著『鹿児島県の歴史』原口泉・永山修一ほか著『鹿児島県人』

岩田玲文著『鹿児島県の不思議』今吉弘編『鹿児島方言大辞典』橋口滿著『鹿児島方言辞典』嶋戸貞良著『加治木郷土誌』加治木郷土誌編纂委員会編『雑兵たちの戦場』藤木久志著『大いなる謎　関ヶ原合戦』『嶋左近』以上、近衛龍春著

【地方史】
『岐阜県史』『京都府史』『大阪府史』『山口県史』『佐賀県史』『熊本県史』『宮崎県史』『鹿児島県史』『大垣市史』『関ヶ原町史』『京都の歴史』『新修大阪市史』『都城市史』『小林市史』『高城町史』『鹿児島市史』『枕崎市史』『加世田市史』『入来町史』『宮之城町史』各府県市町村史編さん委員会・刊行会・教育会・役所・役場など編集・発行

【雑誌・論文等】
『戦況図録関ヶ原大決戦』別冊歴史読本五二『歴史読本』五一八「戦国武将電撃の大遠征」六三七「関ヶ原合戦の謎」七二〇「豊臣五大老と関ヶ原合戦」七五九「関ヶ原合戦の謎と新事実」七八〇「関ヶ原合戦全史」八一七「書き換えられた戦国合戦の謎」八四七「日本の名字」『歴史群像』七九「関ヶ原島津退き口」一〇一「続関ヶ原島津退き口」『歴史街道』一五七「立花宗茂と島津義弘」二五一「島津義弘」『戦国史研究』三四「関ヶ原合戦前の島津氏と家康」西本誠司

近衛龍春（このえ・たつはる）
一九六四年埼玉県生まれ。大学卒業後、オートバイレースに没頭。その後、通信会社勤務、フリーライターを経て『時空の覇王』シリーズで作家デビュー。著書に『上杉三郎景虎』『直江山城守兼続』『毛利は残った』『南部は沈まず』『奥州戦国に相馬奔る』『伊達の企て』『赤備えの鬼武者　井伊直政』『家康の女軍師』『九十三歳の関ヶ原　弓大将　大島光義』『兵、北の関ヶ原に消ゆ　前田慶次郎と山上道牛』『島津豊久　忠義の闘将』など多数。

本書は二〇一一年五月に毎日新聞社より書き下ろし小説として刊行されました。

毎日文庫

島津《しまづ》は屈《くつ》せず　下

印刷　2024年1月20日
発行　2024年1月30日

著者　近衛龍春《このえたつはる》
発行人　小島明日奈
発行所　毎日新聞出版
東京都千代田区九段南1-6-17 千代田会館5階
〒102-0074
営業本部：03(6265)6941
図書編集部：03(6265)6745
ブックデザイン　鈴木成一デザイン室
印刷・製本　中央精版印刷
 ISBN978-4-620-21066-7